KB118722

시가
안 써지면
나는
시내버스를 탄다

시가
안 써지면

이정록 산문

나는
시내버스를 탄다

한겨레출판

생애 첫 그림을 선물해주신 어머니,
이의순 화가님 고맙습니다.

1부

나는 가슴을 구워서
화분을 만들었습니다

슬럼프는 화분이죠

진짜 슬럼프에 빠진 사람은

자신이 구덩이에 빠진 줄도 모르죠.

이미 포기하였으므로.

벌써 그 암흑에 둥글게 적응하였으므로.

처음부터 헛일을 해온 것이라고 담을 쳤으므로.

슬럼프는 구덩이가 아니랍니다.

슬럼프는 멍청한 짐승이 빠지는 함정이 아니랍니다.

슬럼프는 화분이죠.

날아가던 씨앗이

골목길이나 담장에 놓인 오래된 화분을 만난 것이죠.

천천히 뿌리를 내리고 꽃대를 피워 올리면 돼요.

다리가 생기고 팔이 나온 화분이 어딘가로 움직일 거예요.

식물이 되었다가 다시 동물이 되는 거죠.

슬럼프를 축복하세요.

자신을 달여서 까만 꽃씨를 빚어요.

제 가슴을 구워서 화분으로 만들어요.

상처뿐이라고 생각하는 자신의 가슴우리에서

향기 나는 손발을 다시 꺼내요.

2부

당신의 시에
뺨을 대다

뺨에 창을 낸다

-장석남,《뺨에 서쪽을 빛내다》, 창비

나는 그녀의 분홍 뺨에 난 창을 열고 손을 넣어 자물쇠를 풀고 땅거미와 함께 들어가 가슴을 훔치고 심장을 훔치고 허벅지와 도톰한 아랫배를 훔치고 불두덩을 훔치고 간과 허파를 훔쳤다 허나 날이 새는데도 너무 많이 훔치는 바람에 그만 다 지고 나올 수가 없었다 이번엔 그녀가 나의 붉은 뺨을 열고 들어왔다 봄비처럼 그녀의 손이 쓰윽 들어왔다 나는 두 다리가 모두 풀려 연못물이 되어 그녀의 뺨이나 비추며 고요히 고요히 파문을 기다렸다

014

사랑은 볼그레하다

사랑이 오기 전에, 그녀의 뺨은 얼어붙은 겨울 연못 같다. 얼음 위에 눈이 쌓여 있다. 눈 덮인 뺨은 그 얼음의 두께를 가늠할 수 없다. 얼음장 밑에 고여 있는 물의 깊이를 알 수 없다. 그 차가운 물 속에 어떤 물고기가 떨고 있는지, 연뿌리의 가슴에는 얼마나 많은 구멍이 파여 있는지, 그녀의 한숨을 헤아릴 수가 없다.

엄지장갑으로 눈을 스윽 문지른다. 신발 끝으로 조심히 내디디려다가 무작정 봄을 기다리기로 한다. 연못에서 한 발자국도 떠나지 않기로 마음먹는다. 그녀의 언 뺨에 창을 내는 게 나의 운명이니까. 눈부신 얼음 연못만 바라보며 버드나무로 서 있다.

드디어 봄비가 내린다. 분홍빛 버드나무의 실뿌리가 연못 물을 들이켠다. 우듬지까지 끌어 올린다. 내 어두운 땅거미가 연두 이파리로 피어난다. 오래도록 메말라 있던 손수건이 그녀의 눈물을 훔친다. 연못 물에 파문이 인다. 버드나무의 다리가 다 풀려버린 것이다. 봄물이 오른 버드나무는 드디어 춤꾼이 된다. 내통(內通)만이 버들피리 소리를 낸다. 한 쌍의 붉은뺨멧새가 연못의 뺨에 창을 낸다.

쌀

-정일근, 《오른손잡이의 슬픔》, 고요아침

서울은 나에게 쌀을 발음해 보세요, 하고 까르르 웃는다
또 살을 발음해 보세요, 하고 까르르 까르르 웃는다
나에게는 쌀이 살이고 살이 쌀인데 서울은 웃는다
쌀이 열리는 쌀나무가 있는 줄만 알고 자란 그 서울이
농사짓는 일을 하늘의 일로 알고 살아온 우리의 농사가
쌀 한 톨 제 살점같이 귀중히 여겨 온 줄 알지 못하고
제 몸의 살이 그 쌀로 만들어지는 줄도 모르고
그래서 쌀과 살이 동음동의어라는 비밀 까마득히 모른 채
서울은 웃는다

살과 쌀

　살과 쌀은 부부처럼 한 몸이기도 하고 때로는 남남이기도 하다. 살을 뺄 때는 살살 내보내야 한다. 한꺼번에 쌀쌀맞게 몰아내면 숨어 있던 주름살이 딸려 나와 겉늙게 된다. 논에서 물을 빼낼 때도 살살 빼내야 한다. 논바닥이 쌀쌀 쓸려 나오면 벼의 잔뿌리가 드러나 말라버리기 때문이다. 우는 아이도 살살 달래야 한다. 자꾸 윽박지르면 성깔만 쌀쌀맞아진다. 사랑도 살살 나눠야 한다. 저 혼자 힘자랑하듯 쌀쌀맞게 몰아쳐서는 안 된다. 쌀쌀거리다 돌아오면, 이불 속 하얀 쌀밥 한 그릇이 삶의 허기를 살살 다독여주었다.

　쌀은 벼에서 나온다. 벼 화(禾)가 들어가는 한자엔 좋은 뜻의 글자가 많다. 和(평화로울 화), 香(향기 향), 秀(빼어날 수), 秋(가을 추), 穆(화목할 목), 積(쌓을 적) 등 쌀은 최고의 덕목을 낳는다. 부와 평화와 힘의 상징이기 때문이다. 평(平)이란 한자는 쇠스랑을 본뜬 상형한자(象形漢字)이다. 쇠스랑은 땅을 고르게 하는 농기구다. 그러므로 평화(平和)란 말을 들여다보면 너와 내가 고르게 밥을 나눠 먹는 아름다운 풍경을 읽어낼 수 있다. '쌀'이라고 발음하는 너와 '살'이라고 읽는 나를 아우르는 두레상이 있다.

　쌀밥 한술 크게 떠 넣고 얼굴 마주 보며 살살 씹어보는 삶의 기뿜! 그게 바로 향(香)이자 화(和)인 것이다.

너무 그러지 마시어요

-나태주, 《너도 그렇다》, 종려나무

너무 그러지 마시어요. 너무 섭섭하게 그러지 마시어요. 하나님, 저에게가 아니에요. 저의 아내 되는 여자에게 그렇게 하지 말아달라는 말씀이에요. 이 여자는 젊어서부터 병과 더불어 약과 더불어 산 여자예요. 세상에 대한 꿈도 없고 그 어떤 사람보다도 죄를 안 만든 여자예요. 신장에 구두도 많지 않은 여자구요, 장롱에 비싸고 좋은 옷도 여러 벌 가지지 못한 여자예요. 한 남자의 아내로서 그림자로 살았고 두 아이의 엄마로서 울면서 기도하는 능력밖엔 없는 여자이지요. 자기 이름으로 꽃밭 한 평, 채전밭 한귀퉁이 가지지 못한 여자예요. 남편 되는 사람이 운전조차 할 줄 모르는 쑥맥이라서 언제나 버스만 타고 다닌 여자예요. 돈을 아끼느라 꽤나 먼 시장 길도 걸어다니고 싸구려 미장원에만 골라 다닌 여자예요. 너무 그러지 마시어요. 가난한 자의 기도를 잘 들어 응답해 주시는 하나님, 저의 아내 되는 사람에게 너무 섭섭하게 그러지 마시어요.

너무 고마워요

안타까운 사람들이 모여 식구가 된다. 안쓰러움이 구들장이 되고, 보살핌이 맞배지붕이 되어 가족을 이룬다. 연애가 자라서 배려로 성숙할 때 우리는 가정을 이룬다. 천상배필은 누가 이뤄주는가? 전설상의 중매쟁이는 월하빙인(月下氷人)이지만, 이제 그는 나이가 너무 많이 드셔서 월하노인(月下老人)이 되었다. 눈동자에 백태가 끼고 속눈썹이 길어져서 시야가 흐려졌다. 눈썹에 하얀 고드름이 주렁주렁해서 아무나하고 짝을 맺어준다. 그러니 이별이 이리도 많아질 수밖에.

시인은 근래에 큰 병을 앓았다. 병상에서 쓴 시다. 죽음의 문턱을 넘나들어서인지, 시가 참 배포가 있다. 하나님에게 이 정도로 드잡이할 수 있는 시인이 몇 있으랴. 사랑의 힘이다. 하지만 하나님도 과히 기분 나쁘시지는 않을 것 같다. 충만한 사랑의 시는 그 자체가 경문(經文)이 되기 때문이다. 이 시를 읽은 아내는 얼마나 뜨거운 눈물을 흘리었으랴.

시인의 아내는 이렇게 화답했으리라. 아내의 마음인 양, 내가 대신 쓰고 읊조려본다.

"남편의 병상 밑에서 잠을 청하며 사랑의 낮은 자리를 깨우쳐 주신 하나님, 이제는 저이를 아프게 하지 마시어요. 우리가 모르는 죄로 한 번의 고통이 더 남아 있다면, 그게 피할 수 없는 것이라면, 이제는 제가 병상에 누울게요. 하나님, 저 남자는 젊어서부터 토막분필이랑 몽당연필과 함께 산 시골 초등학교 선생이에요. 시에 대한 꿈 하나만으로 염소와 노을과 풀꽃만 욕심내온 남자예요. 시 외의 것으로는 화를 내지 않는 사람이에요. 책꽂이에 경영이니 주식이니 돈 버는 책은 한 권도 없는 남자고요, 아끼는 거라곤 제자가 선물한 만년필과 그간 받은 편지들과 외갓집에 대한 추억뿐이에요. 한 여자 남편으로 토방처럼 낮게, 한집의 가장으로 소 여물통처럼 배고프게 살아왔고, 두 아이 아빠로서 우는 모습 숨기는 능력밖엔 없었던 남자이지요. 공주 금강의 아름다운 물결과 금학동 뒷산의 푸른 그늘만이 재산인 사람이에요. 운전조차 할 줄 몰라 언제나 버스만 타고 다닌 남자예요. 승용차라도 얻어 탄 날이면 꼭 그 사람한테 큰 덕 봤다고 먼 산 보던 사람이에요. 하나님, 그이에게 너무 그러지 마시어요. 가난한 여자의 기도를 들어주시는 하나님, 저의 남편 나태주 시인에게 너무 섭섭하게 그러지

마시어요. 좀만 시간을 더 주시면 아름다운 시로 당신 사랑을 꼭
갚을 사람이에요. 아멘.”

   −이정록, 〈너무 고마워요〉

오누이

-김사인, 《가만히 좋아하는》, 창비

57번 버스 타고 집에 오는 길
여섯살쯤 됐을까 계집아이 앞세우고
두어살 더 먹었을 머스마 하나이 차에 타는데
꼬무락꼬무락 주머니 뒤져 버스표 두 장 내고
동생 손 끌어다 의자 등을 쥐어주고
저는 건드렁 손잡이에 겨우겨우 매달린다
빈자리 하나 나니 동생 데려다 앉히고
작은 것은 안으로 바짝 당겨앉으며
'오빠 여기 앉아' 비운 자리 주먹으로 탕탕 때린다
'됐어' 오래비자리는 짐짓 퉁생이를 놓고
차가 급히 설 때마다 걱정스레 동생을 바라보는데
계집애는 앞 등받이 두 손으로 꼭 잡고
'나 잘하지' 하는 얼굴로 오래비 올려다본다

안 보는 척 보고 있자니
하, 그 모양 이뻐
어린 자식 버리고 간 채아무개 추도식에 가

술한테만 화풀이하고 돌아오는 길

내내 멀쩡하던 눈에

그것들 보니

눈물 핑 돈다

참새 부부

이 시를 읽자, 여동생을 자랑하고 싶어 손이 근질거린다. 팔불출의 입방정.

나에겐 뒤늦게 신학대학원 다니는 여동생이 있다. 같은 신학대학 나온 연하남과 결혼했다. 닭살 부부, 서로 존중하고 배려하는 말본새가 병아리들 모이 쪼듯 예쁘다. 둘은 기도하듯 말을 나눈다. 말은 하는 게 아니라 나누는 것이라고 가르쳐주려는 듯하다. 그들이 나누는 말은 찔레 꽃잎이 초록 벼 포기 사이로 사르르 내려앉는 듯하다.

동생은 두 살 터울씩인 아들만 셋이나 기르는데, 구김살 하나 없다.

결혼 전에는 엄마와 가장 많이 다퉜던 전사. 학원 강사 첫 월급부터 할부 피아노를 들여놓고 땅동거리던 가시내. 두 번째 월급을 받자 유화물감과 이젤을 사들였던 낭만녀. 마지막 월급과 퇴직금으로는 더블 침대를 들여놓았던 철부지. 고이 농사나 거들다가 시집갈 것이지 좁아터진 방구석에 이것저것 끌어들인다고, 엄마한테 구박받던 겉보리 자루. 200만 원도 안 되는 남편 월급으로 애를 셋이나 키우면서 매년 기백만 원씩 저금하다니, 식구들을 놀라게 한

짠순이. 신랑 자랑할 때만은 그 다소곳하던 입을 참새 부리처럼 지저귀는데, 신랑 용돈이 하루 전철비 정도란다. 출퇴근 교통비에서 남은 돈 500원을 몇 달 모아서 원피스를 선물해주더라며 얼굴 볼 그레해지는 예쁜 것.

매제는 또 얼마나 아름다운 남잔가. 건축 현장에서 일꾼들이 남긴 간식을 집으로 가져오다가 좌판 할머니들께 다 나눠준단다. 오, 예쁜 것! 그래서 동네 칭찬이 자자하다고, 삼 형제 입고 먹는 것을 동네 분들이 다 갖다준다고 종알거리는 참새 아씨.

"우리 애들은 하나님이 키워. 이웃 분들이 다 예수님이야." 감동한 방 든든하게 선물해주는 어여쁜 참새 부부.

알전구

-이명수, 《울기 좋은 곳을 안다》, 시로여는세상

재래시장에 시(詩)가 있다

집집마다 알전구가 달려 있는

서산 어물전 한 귀퉁이

알전구 옆 경고문

—이곳 전구를 빼간 도둑님아!

　너희 집은 밝으냐

　오늘도 빼가 봐—

알전구가 눈을 부라리고 있다

살아내는 일이 100촉 알전구만큼 뜨겁다

시가 안 써지면 나는 시내버스를 탄다

떡국만 먹으면 이제 일곱 살이다. 여섯 살에 초등학교에 입학하는 바람에 송장칡뿌리처럼 쓰디쓴 한 해였다. 6학년 형들에게 업혀 등교한 적이 한두 번이 아니었고 신발을 잃어버려 울면서 집에 돌아오기 일쑤였다.

삼촌이 제대했다. "야, 서울 갈래?" 서울엔 작은아버지가 사셨다. 처음으로 산골 마을을 벗어나 기차를 탄다. 잠이 안 온다. 쌀자루를 멘 삼촌을 따라 홍성역까지 20리 길을 걸어간다. "벌써 공장이 나오네." 감동적인 눈빛으로 '만경정미공장'을 더듬더듬 읽자 삼촌이 피식 웃는다. "그건 방앗간이야."

"기차다! 한강이다! 서울역이다! 우아, 붉은 기와지붕이 산꼭대기까지 기어올라갔어!" 서울 변두리, 붉은 자라 떼가 온 산을 뒤덮고 있다. 삼촌은 그 복잡한 서울에서 작은아버지 댁을 기어코 찾아냈다.

형광등이란 것을 처음 봤다. 주인댁 벽을 뚫고 자라 꼬리만 한 불꼬리를 디밀고 있었다. 그것도 멍이 들어 시커멨다. "이제 불 끄네. 그만 좀 잡시다." 옆방 주인아저씨가 투덜거렸다. 형광등 주인은 작은아버지가 아니었다. 주인만이 빛을 갖는다. 빛을 되찾는 게 광복(光復)이라는데, 작은아버지는 식민지 백성이었다. 어두운 방 한 칸에 오글오글 모여 이야기를 나눴다.

　이틀을 기죽어 지내다가 고향 산골로 내려왔다. 서울도 안 가본 놈들하고 대화하는 게 이렇게 어렵다니! 큰아버지가 서울에 사시는 명근이를 이해할 수 있었다. 명근이랑 나는 개화된 세상을 보고 온 현대적 인간이었고, 나머지 예닐곱 친구들은 칡뿌리와 새총과 토끼몰이밖에 모르는 무식한 수구파였다. 알전구와 형광등도 구분 못 하는 기계총들! 전기가 들어오기 전이었으니, 서울 사람들은 전봇대로 이를 쑤신다고 해도 믿을 판이었다.

　시가 안 써지면 나는 시내버스를 탄다. 구불구불 종점까지 갔다가 돌아온다. 올 때는 반대쪽 풍경을 보며 천천히 세상을 읽는다. 그래도 시가 안 써지면 재래시장에 간다. 돼지국밥에 소주 한 병! 이만한 보약이 어디 있으랴. 그리고 좌판 구석구석에서 오고가는 오래된 말씀들을 엿듣는다. 흥정의 리듬과 침묵과 줄다리기와 방점을 배운다. 환한 알전구 하나 빼서 어두운 내 문장에 박아 넣는다.

　알전구가 사라진 소켓 속 작은 어둠이 이 시를 낳았다. 얼마나

살아 펄떡이는 언어인가. 마음을 열면 도처에 말씀이시다. 필라멘
트처럼 떨리는 가슴에 차곡차곡 빛의 말씀을 모셔두자. 그게 바로
삶의 감동이려니! 세상만 한 책이 어디 있으며, 사람만 한 시집이
또한 어디 있겠는가.

봉숭아 이사

-박방희, 《참새의 한자 공부》, 푸른책들

우리 이사는
맑은 날 하고
봉숭아 이사는
비 오는 날 한다.

우리 이사는
이삿짐 차로
봉숭아 이사는
삽으로 한다.

봉숭아 이사 쉽지?
아냐, 뿌리내린 땅과
숨 쉬던 하늘까지도
떠 와야 하거든.

어렵겠다고?
아냐, 둥글고 넓고 깊게 파

한 삽 푸-욱 떠 오면

하늘과 땅도 딸려 오거든.

분꽃 목소리

한때 모 주유소에서 꽃씨를 나눠준 적이 있다. 사람들이 주유소에서 얻은 꽃씨를 방방곡곡에 심을 것이니, 전 국토는 꽃 천지가 되리라. 자동차 기름이 꽃손을 만들고 다시 꽃을 바라보는 수많은 꽃눈망울을 낳는 일, 얼마나 감동적인 퍼포먼스인가. "누가 심은 거야? 꽃씨는 어디서 얻었는데?"

주유소의 '꽃씨 나눠주기'는 아름다운 입소문을 타고 광고효과를 톡톡히 보고도 남으리라 생각했다. 하지만 이 행사는 크고 깊은 회사 측의 뜻과는 무관하게 일회성에 그치고 말았다. 왜냐? 꽃씨가 시골로만 가서 묻힌 것이다. 도시 베란다에 심기에는 준비할 게 너무 많았다. 화분과 배양토가 필요했고, 꽃을 돌볼 마음의 여유도 필요했다. 게다가 꽃씨란 게 봉숭아, 맨드라미, 백일홍 등 시골 장독대나 담장 밑에 어울리는 향수 높은 씨앗 위주였다. 차 안에 굴러다니며 구박받던 씨앗 봉지는 부모님 생신날이나 명절이 되어서야 "주유소에서 이런 것도 주데요" 하며 슬그머니 시골집 토방에 부려졌다. 시골엔 이미 환갑이 넘은 맨드라미와 봉숭아가 대대로 꽃씨를 내리고 있는데 말이다.

또 다른 이유는 사람들이 당장 필요한 것을 찾았기 때문이다.

"꽃씨 말고, 생수나 휴지 없어요?" 하고 말이다. 다음 해가 되어서야 반응이 왔다. "이거 작년에 네가 놓고 간 꽃씨에서 얻은 거다. 아파트 화단에 가져다 심든지?"

　그렇게 해서 시골집 처마 밑에서 싹을 틔웠다가 도심으로 옮겨 온 꽃이, 나에게도 있다. 우리 집 아파트 화단에는 몇 해째 분꽃이 예쁘게 핀다. 출퇴근 때마다 분꽃을 보면 어머니의 얼굴이 떠오른다. 아침이면 틀니를 빼낸 듯 꼭 다문 입술로 '쉬잇!' 하는 것 같다. "남에게 맘 상하게 하는 말 하지 마라." 늦은 밤 퇴근길이면 주름진 입술을 달싹이며 다시 한마디 건넨다. "종일 힘들었냐? 그래도 나처럼 웃어보렴." 비척거리는 발길을 멈추고 분꽃 가지에 손을 대자, 엄니의 눈물인 양 이슬이 떨어진다.

　꽃을 옮겨 심는 것 역시 마음의 이사다. 아파트 화단에 어머니의 마음이 이사 와 있다. 고향 땅 밤하늘 별빛이며 포플러 이파리의 교향곡도 덩달아 가슴에 들이친다. 밤하늘 우러러 '어머니!' 하고 불러본다. 분꽃이 작은 소리로 답한다. "늦었다. 편히 쉬어라."

감나무

-이재무, 《몸에 피는 꽃》, 창비

감나무 저도 소식이 궁금한 것이다

그러기에 사립 쪽으로는 가지도 더 뻗고

가을이면 그렁그렁 매달아놓은

붉은 눈물

바람결에 슬쩍 흔들려도 보는 것이다

저를 이곳에 뿌리박게 해놓고

주인은 삼십년을 살다가

도망 기차를 탄 것이

그새 십오년인데……

감나무 저도 안부가 그리운 것이다

그러기에 봄이면 새순도

담장 너머 쪽부터 내밀어 틔워보는 것이다

그늘진 발자국

빡빡머리 후배들에게 담배를 가르치는 형이 있었다. 형은 미남인 데다 운동도 잘했다. 담배는 무조건 박하 향이 나는 '수정'이었다. 이유는 간단했다. 자신이 그 담배를 피우기 때문이었다. 형은 아이들이 니코틴에 중독될 때까지 담배 개비를 마구 디밀었다. 일종의 투자였다. 대여섯 살까지 콜라를 먹으면 평생 마셔야만 하는 이치와 같았다. 피자와 통닭에 콜라가 따라오듯, 형에겐 박하 향 담배가 한 세트였다. 문제는 그 형과 형제자매들의 다양한 사건 사고에 있었다. 논밭과 집이 날아갔다. 은행은 집터만 챙기고 허름한 농가 한 채를 그냥 놔뒀다. 아저씨, 아줌마의 어깨가 한없이 오그라들었다. 형도 담배 연기처럼 멀리 날아갔다. 명절에만 밤늦게 다녀간다고 했다. 박하 향처럼 소문만 돌았다. 노부모만이 품을 팔며 살았다. 농사일을 접고 아주머니는 읍내 국숫집에 취직했다. 첫 버스를 타고 나가셨다가 마지막 버스를 타고 돌아오셨다. 아저씨는 일당을 받고 동네에서 품을 팔았다. 그런데 이상한 일이 벌어졌다. 농사는 한 해 지으면 한 해 더 빚이 느는데, 이 집만이 현찰이 돌았다. 돈을 꾸려면 아저씨 댁으로 갔다. 농사를 짓지 않아야 돈이 고이는 기이한 현상을 목격한 이웃들은 혀를 찼다.

울안에 감나무 한 그루가 있다. 집은 텅 비어 있다. 폐가인 것이다. 주인은 무슨 일인가로 밤차를 타고 고향을 등졌다. 그러니 헛간이며 마당에는 살림살이들이 고스란히 나뒹굴고 있으리라. 언젠가는 돌아올 것이라고, 매년 까치발을 돋우고 있는 울 밑 봉숭아의 무릎관절이 퉁퉁 부었으리라. 폐가에서도 감나무를, 그 감나무의 사철 중에서도 담장 너머로 눈물 그렁그렁 매달아놓은 붉은 감을 형상화함으로써 감동을 한껏 고조시켰다. 작고 초라한 것에서 출발한 미시적 관찰이 거시적 통찰과 어깨동무하며 나아간다.

우리나라에서 집들은 대부분 동남향을 하고 있으니 감나무가 사립 쪽으로 가지를 뻗는 것은 생태적으로 당연하다. 하지만 감나무는 안타까움으로 새순을 피우고 간절한 기다림으로 붉은 눈물의 홍시를 매단다. 좋은 시는 그림이 그려진다. 풍경에 두께가 깊다. 삶의 그늘이 묵직한 데다 등골을 타고 오르는 서늘함이 있다. 폼나게 낙관이 찍혀 있는 게 아니라, 그늘진 발자국이 남는다.

마늘촛불

-복효근, 《마늘촛불》, 애지

삼겹살 함께 싸 먹으라고

얇게 저며 내 놓은 마늘쪽

초록색 심지 같은 것이 뾰족하니 박혀 있다

그러니까 이것이 마늘어미의 태 안에 앉아 있는 마늘아기와 같

은 것인데

알을 잔뜩 품은 굴비를 구워 먹을 때처럼

속이 짜안하니 코끝을 울린다

무심코 된장에 찍어

씹어 삼키는데

들이킨 소주 때문인지

그 초록색 심지에 불이 붙었는지

그 무슨 비애 같은 것이 뉘우침 같은 것이

촛불처럼

내 안의 어둠을 살짝 걷어내면서

헛헛한 속을 밝히는 것 같아서

나도 누구에겐가

싹이 막 돋기 시작한 마늘처럼

조금은 매콤하게

조금은 아릿하면서

그리고 조금은 환하게 불 밝히는 사랑이고 싶은 것이다

초록 심지

미국의 범죄학자인 제임스 윌슨과 조지 켈링이 1982년에 발표한 '깨진 유리창 이론(Broken window theory)'이라는 게 있습니다. 뉴욕의 어느 주택가, 이사를 온 아이가 근처 빈집에 장난으로 돌을 던져 유리창을 깼습니다. 마을 사람들이 대수롭지 않게 여기며 막지 않자 유리창은 동네 아이들에 의해 모두 파손됩니다. 이곳저곳에 쓰레기까지 쌓이고 악취가 납니다. 마을이 점차 더러워지고 음산해지자 주민들이 이사 가기 시작했습니다. 빈집은 늘어났고 유리창은 계속 부서졌습니다. 악순환이 되풀이되면서 마을은 범죄자 소굴로 변했습니다.

이 이론은 기업의 조직 관리나 범죄 수사에 적용되곤 합니다. 심리적 나비효과를 미리미리 막아보자는 거지요. 깨끗한 골목, 전봇대 기둥 밑에 누군가 종이컵 하나를 버립니다. 다른 사람이 좀 더 큰 쓰레기를 버립니다. 나중에 전봇대는 이런 명찰을 답니다. '이곳은 쓰레기장이 아닙니다.'

먼저 마음의 유리창을 잘 고치고 갈아 끼워야겠습니다. 마음의 문풍지가 떨어져나가면, 그 자리로 북풍한설의 황소바람이 쳐들어옵니다. 이제 곧 따뜻한 봄이 온다고 내버려두면, 그곳으로 황사

바람이 새 들겠지요.

　습(習)이란 한자는 깃 우(羽)와 날 일(日)이 합쳐져 만들어진 글자입니다. 알에서 깬 새가 매일 부단하게 날갯짓을 익히듯, 학습과 연습에 전념하라는 가르침이겠지요. 마음의 날개로 창공을 날고 보드라운 깃털로 뭇 생명을 보듬어야겠습니다. 그 날개가 바로 저 '마늘 심지'가 아니겠습니까? 마음의 심지로 깨진 유리창을 갈아 끼우고 전봇대 밑 쓰레기터에 작고 둥근 화단을 일궈야겠지요. 자, 다시 시작합시다. 늘 작심삼일이었다면, 이제는 나흘에 한 번씩 작심을 합시다.

　맵고 환한 마늘 촛불로 새 희망을 밝힙시다. 서로에게 푸른 마늘 촛불이 됩시다.

반 뼘

-손세실리아, 《꿈결에 시를 베다》, 실천문학사

모 라이브 카페 구석진 자리엔

닿기만 해도 심하게 뒤뚱거려

술 쏟는 일 다반사인 원탁이 놓여있다

거기 누가 앉을까 싶지만

손님 없어 파리 날리는 날이나 월세 날

나이든 단골들 귀신같이 찾아와

아이코 어이쿠 술병 엎질러가며

작정하고 매상 올려준다는데

꿈의 반 뼘을 상실한 이들이

발목 반 뼘 잘려나간 짝다리 탁자에 앉아

서로를 부축해 온 뼘을 이루는

기막힌 광경을 지켜보다가 문득

반 뼘쯤 모자란 시를 써야겠다 생각한다

생의 의지를 반 뼘쯤 놓아버린 누군가

행간으로 걸어 들어와 온 뼘이 되는

그런

모자라서 아름다운

내 이메일 문패는 'mojiran'(모지란)이다. 'mojaran'(모자란)을 이미 누군가 쓰고 있어서 사투리로 바꿨다. 이메일을 주고받을 때 사람들은 곧잘 웃음기 섞인 반응을 건넨다. "아이고, 충청도분 아니라 할까 봐." 얼굴 한번 못 본 사이라도 금세 말문이 트인다. 나는 한술 더 떠 너스레를 늘어놓는다. "모지란이라고요, 중국 장자제(장가계) 청벽에만 사는 난초가 있지요. 그 꽃향기가 9만 리까지 퍼진대요. 주제넘게도 제 시향(詩香)이 그만큼 넘쳐났으면 해서요." 짐짓 거짓부렁을 늘어놓는다. 그러면 상대 쪽에서 "네, 그렇게 큰 뜻이 숨어 있군요" 하고는 목소리를 낮춘다. 물론 서둘러 농담임을 밝히지만 어찌 내심 그런 욕심이 없으랴.

과유불급이란 말이 있다. 지나친 것은 모자람과 같다는 말이다. 지나침도 모자람도 다 경계해야 할 일이지만, 둘 중 하나만 취하자면 모자람이 나을 듯싶다. 모자람에는 절제의 미덕이 숨어 있지만, 넘침에는 과욕과 만용의 너부러짐이 있다. 조금 덜 익은 감이 고요히 홍시로 간다. 차고 넘치면 깎아내야 한다. 껍질을 도려내고 수분을 날려버려야 곶감이 된다. 시에 대한 내 욕심이 차고 넘쳐서 병이 되었다. 나는 '모지란'이란 문패를 열 때마다 차고 넘침의 눈

금을 가늠한다. 물러 썩는 것보다야 땡감의 정신이 낫다고 마음을 다잡는다. 땡감 아니면 칼자국 품은 곶감이 나은 거라고.

《후한서(後漢書)》에 '등용문(登龍門)'이란 말이 나온다. 황하강 상류에 있는 '용문(龍門)'이라는 거친 협곡을 오르면 잉어가 용이 된다는 이야기에서 비롯된 말이다. 성공과 출세를 아우르는 등용문의 반대말로는 '점액(點額)'이 있다. 이백의 시 〈삼주기(三奏記)〉에 나오는 말이다. '점(點)'이란 용문을 통과하지 못한 잉어의 이마에 난 상처를 말한다. 하지만 어찌 실패한 잉어의 이마에만 상처가 깊으랴. 용문을 통과해서 용이 된 잉어도 상처투성이리라. 상처가 용의 비늘을 만드는 것이다.

천의무봉의 좋은 시는 상처를 여미서 흉터로 무늬를 짜는 것이다. 반 뼘의 상실과 기우뚱거림이 또 다른 상처를 어루만질 수 있게 한다. 실패와 좌절 속에 아직도 꿈이 살아 숨 쉬고 있다면 그게 바로 연꽃 봉오리인 것이다. 반 뼘 모자란 것의 이마에 입술을 대고 사랑한다 말하자. 거울 속 내 이마는 언제나 차갑구나. 나는 나를 사랑할 수밖에 없다. 차고 넘치는 나란 애초부터 없는 거니까. 나는 모자라서 아름다운 거니까.

두꺼비

-박성우, 《거미》, 창비

아버지는 두 마리의 두꺼비를 키우셨다

해가 말끔하게 떨어진 후에야 퇴근하셨던 아버지는 두꺼비부
터 씻겨주고 늦은 식사를 했다 동물 애호가도 아닌 아버지가 녀석
에게만 관심을 갖는 것 같아 나는 녀석을 시샘했었다 한번은 아버
지가 녀석을 껴안고 주무시는 모습을 보았는데 기회는 이때다 싶
어 살짝 만져보았다 그런데 녀석이 독을 뿜어대는 통에 내 양 눈
이 한동안 충혈되어야 했다 아버지, 저는 두꺼비가 싫어요

아버지는 이윽고 식구들에게 두꺼비를 보여주는 것조차 꺼리
셨다 칠순을 바라보던 아버지는 날이 새기 전에 막일판으로 나가
셨는데 그때마다 잠들어 있던 녀석을 깨워 자전거 손잡이에 올려
놓고 페달을 밟았다

두껍아 두껍아 헌집 줄게 새집 다오

아버지는 지난 겨울, 두꺼비집을 지으셨다 두꺼비와 아버지는

그 집에서 긴 겨울잠에 들어갔다 봄이 지났으나 잔디만 깨어났다

내 아버지 양 손엔 우룰두룰한 두꺼비가 살았었다

반지의 두께

아버지의 손은 두꺼비를 닮았다. 거친 일을 할수록 몸집이 부푸는 두꺼비, 손등 뼈마디는 대나무 뿌리 같았다. 대숲은 추웠다.

해가 중천에 떠오르기도 전에 이미 술에 취한 아버지의 대숲에서는 코 고는 소리가 들려왔다. 술안주는 소금이었다. 고춧가루와 깨소금이 박혀 있던 소금 한 종지, 손가락에 침을 묻혀 참깨만 찍어 먹기도 했다. 사군자를 숭상하는 선비도 아니었건만 아버지의 대나무는 갈수록 억세졌다. 나는 굴뚝새처럼 아버지의 대숲에 안기고 싶었다. 그 굵은 대마디에는 금반지가 하나 끼여 있었다. 아버지는 시조를 잘 쓰는 선비가 되길 꿈꿨다. 내가 대숲에 들어 참새처럼 지저귈 방법은 어서 빨리 작가가 되는 것이었다. 스물여섯 살, 나는 지방신문 신춘문예에 당선되어 시인이 되었다. 원고 청탁은 군정 소식지와 반상회보가 전부였지만 얼마 안 되는 고료를 탈때마다 아버지께 드렸다. 그때마다 아버지는 읍내 금은방에 가서 반지의 두께를 늘려갔다. 때론 반지와 대마디를 만져보기도 했다. 하지만 펜으로 지은 반지인지라, 글 독이 올라 두 눈이 한동안 충혈됐다. 복수가 차서 무덤을 안고 사는 아버지, 저는 황금 보기를 돌같이 할래요.

아버지는 이윽고 금반지를 보여주는 것조차 꺼리셨다. 반지가 펑펑 돌아갔기 때문이다. 더 이상 반지는 굵어지지 않았다. 고료는 늘었지만, 장가들며 아버지 몰래 원고료 통장을 만들어버렸기 때문이다. 헐거워진 닷 돈짜리 금반지는 서랍에서 겨울잠에 들었다. 쉰여섯의 짧은 생을 놓은 뒤에야 작은 황금 개구리는 서랍에서 경칩을 맞았다.

나는 요즈음 아버지의 손을 만난 듯 내 손등의 죽순을 어루만진다. 맥주잔에 소주를 부어 천천히 입술에 대는 동안, 어두운 부엌에서 빛나던 술잔 속 작은 태양을 잊을 수가 없다. 아버지 손엔 마디 굵은 대나무가 살았다. 아버지는 떠나고 소금 안주와 원고지는 남았다.

여자비

-안현미, 《이별의 재구성》, 창비

아마존 사람들은 하루종일 내리는 비를 여자비라고 한다
여자들만이 그렇게 울 수 있기 때문이라고 한다

울지 마 울지 마 하면서
우는 아이보다 더 길게 울던 소리
오래전 동냥젖을 빌어먹던 여자에게서 나던 소리

울지 마 울지 마 하면서
젖 먹는 아이보다 더 길게 우는 소리
오래전 동냥젖을 빌어먹던 여자의 목 메이는 소리

비처럼 우는

신은 모든 곳에 존재할 수 없어 어머니를 두었다 한다. 모든 갓난아이는 젖 앞에 평등해야 하므로 마을에 한 분씩 젖어미를 보냈다 한다. 그 어떤 이념도, 전쟁도, 천재지변도 갓난아이를 굶주리게 해서는 안 된다. 젖어미의 젖이 마르지 않도록 젖아비인 국가와 사회가 그 젖줄을 마르지 않게 해야 한다.

여자를 종일 울게 해서는 안 된다. 비처럼 우는 여자가 있다는 것은 그 영토에 홍수가 닥쳤다는 뜻이다. 어린 물고기의 가녀린 지느러미에 흙탕물을 퍼붓지 말자. 거센 홍수를 거슬러 오르면 거기 옹달샘이 있다고, 거짓 희망으로 주린 배를 달래지 말자.

여기 슬픔이 범람하는 시가 있다. 어미가 해줄 수 있는 건 달래는 것뿐이다. "울지 마, 울지 마" 하고 어르다가 꺼이꺼이 삼킨 울음통, 텅 빈 자궁이 온몸을 흔드는 비가(悲歌)가 있다. 떨리는 어미 손이 아이 등을 둥글게 감싸 안을 때, 세상의 구름은 또 얼마나 깊은 설움을 서려 물까.

동냥젖을 얻어먹는다는 게 무언가? 태어나자마자 동냥아치가 된 아이를 업고 다니는 동냥어미의 마음은 무언가? 어미마저 동냥젖으로 컸으니, 여인의 울음은 참 오래된 것이구나. 구름이 구름을 낳듯, 비가 비를 낳듯, 울음이 울음을 낳았구나. 목멤이 목멤을 낳았구나. 아마존 여인의 울음소리가 장맛비가 되었구나.

비 걷힌 하늘 햇살이 최고 아닌가. 눈물방울 아롱진 웃음이 가장 아름답지 않던가. 이제 여자비를 거두게 하자. 동냥젖에서 화약 냄새를 걷어내자. 여자의 울음에서 탱크 소리를 뽑아내어 아마존 악어에게 던져주자. 세상 아비 된 자들아, 굶주린 아이를 이제 남자들이 건네받자. 마약과 알코올과 니코틴과 총성을 거두어서 미음을 끓이자. 밥을 짓자.

갓난아이에게서 빼앗은 젖을 돌려주자. 여자의 젖은 애초부터 남자의 것이 아니다. 평화는 여자의 젖을 어미의 젖으로 돌려주는 일부터다. 아이에게 어미의 젖을 온전히 돌려주는 것부터 평화가 시작되나니!

독서

-이경호,《비탈》, 애지

시장市場은
누덕누덕한 사기史記 한 권이다

함석과 슬레이트 판자로 만든
표지는 아주 낡았다

책갈피처럼 넘보지만
동부시장이라고 쓴
큼지막한 제목만 읽어낼 뿐이다

생의 동쪽 찾아가는 유목민들이
아기가 크는 동안 잠시 눌러앉은 푸른 초원

어느새
눈 맑은 부족 이야기를 읽고 있다
한 여인이 건넨 덤 때문에
나도 푸른 초원편의 한 페이지가 되었다

시장에 가자

"어디 가?" "장에." "뭐 하러?" "돈 사러." "왜?" "큰애 교련복 사주려고." "응." "교련복 읎다고 벌 받나 벼."

궁금했다. 어머니의 말씀 중에 돈 사러 간다는 말을 이해할 수 없었다. 참깨 팔러 가는 게 아니고 참깨로 돈을 사러 간다니?

30년 전만 해도 농사꾼에겐 곡식이, 고기잡이에겐 생선이 중심이었다. 물고기와 석탄과 곡식이 돈보다 밑자리 구석으로 떨어진 요즈음, 그걸 생산하는 사람들의 생도 밑바닥 인생이 되어버렸다.

하지만 재래시장에 가면 아직 돈을 살 수 있다. 세상 공부의 압축본이 거기에 있다. 그곳에는 커다란 서책이 있다. 나는 시 쓰는 사람이다. 글이 꽉 막히면 재래시장에 간다. 오일장이면 더욱 좋다. 어느 날 나는 '아리랑 종묘사' 앞을 지나다가 기막힌 말을 얻어들었다. 손과 머리가 바빠졌다. 시 한 편이 거저 오는 순간이었다.

두어 평 남짓한 아리랑종묘사
푸짐한 그가 맞춤으로 앉아 있다

(쭉정이는 한 톨도 읎어유)

몸집으로 가을을 보여준다
신문지 조각에 씨앗을 접는,
저 두꺼비 손을 거쳐 열무가 되고
육쪽 마늘이 터지며 김치가 버무려진다

(속 안 썩이는 자식이 있나유
그래두 그놈들 죄다 새끼 낳구
낭중엔 눈물이 뭔지도 알더래니께유)

그의 품을 지나
들판이 열리고 겨울이 풀림을
근방 비둘기며 꿩이 다 안다

(가찹게 가만 들여다보면
때깔이며 모냥이 같은 게 읎지유
그러구 흠 읎는 씨앗 읎구유
그런디 이놈들, 씨앗 틔우고

한 가지 맴으로 골똘해지면

원하는 색깔루다 기차게 남실거리지유

말 더 안 혀두, 알지유)

- 이정록, 〈씨앗 파는 女子〉, 《풋사과의 주름살》, 문학과지성사

흠 없는 씨앗은 없지만 그 씨앗이 자라서 맡은 바 큰 몫을 한다는 가르침! 눈물이 곧 씨앗이라는 말씀!

더 큰 수확도 있었다. 좌판 할머니가 파시는 시든 풋사과에서 "주름살이란 것/내부(內部)로 가는 길이구나/연(鳶) 살처럼, 내면(內面)을 버팅겨주는 힘줄이구나"(〈풋사과의 주름살〉)라는 한 소식을 얻은 것이다.

나는 감히 말한다. 시는 창작이 아니라 줍는 것이라고. 마트에는 물건이 있지만 재래시장엔 사람이 있다고. 대형 슈퍼에는 충동구매와 끼워팔기가 있지만 오일장에는 어우러짐과 덤이 있다고.

시장에 가자. 푸른 초원으로 가자. 눈 맑은 부족이 살고 있는 근

현대사 속으로 온 가족이 함께 가자. 도서관에 가듯, 룰루랄라 장 바구니 들고 공부하러 가자.

맛의 거리

-곽해룡, 《맛의 거리》, 문학동네어린이

할머니가 옛날 사탕을 하나 주면서, 사탕 하나에 든 달고 고소한 맛이 얼마나 긴 줄 아느냐고 물었다 맛의 길이를 어떻게 재느냐고 되물었더니, 걸으면서 재 보면 운동장 열 바퀴도 넘는다고 했다 뛰면서 재면 스무 바퀴도 넘겠다고 했더니, 자동차를 타고 재면 서울에서 천안도 갈 거라 했다 비행기 타고 재면 제주도도 가겠다고 했더니, 할머니는 더 이상 말을 잇지 못했다

사탕 하나 물고 다녀올 수 있는 거리
황해도 옹진이 고향이신 할머니

긴 맛

《이 세상에서 제일 먼 곳》이란 안도현의 동화가 있다. 동화 속 아이들은 서로 먼 곳을 가보았다고 자랑한다. 친구가 자랑을 늘어놓을 때마다 부러워도 하고, 심술부리기도 하고, 억지 이야기도 펼친다. 세상에서 가장 먼 곳은 어디일까? 아이들은 내내 옥신각신한다. 슬기와 난이, 만복이 중에서 서울을 다녀온 것은 만복이뿐이다. 만복이는 침이 마르도록 서울 이야기를 들려준다. 서울 작은아버지네 신발 가게에는 신발이 억만 개나 있다고, 서울 사람들은 눈사람처럼 얼굴이 하얗다고 열을 올린다. 만복이는 이런저런 자랑거리를 늘어놓다가 서울이 이 세상에서 제일 먼 곳이라고 말한다. 아이들은 이에 질세라 알고 있는 곳을 모두 댄다. 미국, 아프리카, 달나라……. 그러다가 슬기는 할아버지의 고향을 생각해낸다. 삼팔선 이북이다. 세상에서 가장 먼 곳은, 가려야 갈 수 없는 할아버지의 고향이다.

〈맛의 거리〉 속 할머니의 고향은 황해도 옹진이다. 기차 타고 갈 수도, 비행기 타고 갈 수도 없는 '세상에서 제일 먼 곳'이다. 왕사탕 열 개, 백 개, 한 자루를 다 녹여가며 달려가도 지금은 갈 수 없는 '세상 가장 쓴맛의 거리'이다.

동네 사람 먼 데 사람

-이안, 《고양이와 통한 날》, 문학동네어린이

뒷산 두릅밭 지나가면서
어린순 몇 개는 살려 두었다
내년 봄이 가까운
동네 사람들

뒷산 두릅밭 지나가면서
우듬지까지 싹둑싹둑 잘라서 갔다
내년 봄이 아득한
먼 데 사람들

해마다 두릅

봄이 되면 아버지는 장에 다녀오실 때마다 과실수 묘목을 사 오
셨다. 울타리며 텃밭 두둑에 호두나무, 대추나무, 살구나무, 물앵두
나무, 단감나무, 밤나무 등을 골고루 심으셨다. 감도, 밤도 우리 집
몫은 한 바가지였다. 나머지는 동네 애들 차지였다. "나무에 올라
가지는 말아라. 그리고 한 바가지는 우리 집 몫이니 남겨놓고 나머
지는 아껴 따 먹도록 해라. 오늘 다 따 먹으면 내일부터는 무슨 재
미겠니? 까치가 까치밥 쪼아 먹듯 아끼어 따 먹어라. 다 너희 것이
니까."

암에 걸려 생을 정리하실 때 아버지는 울타리에 두릅나무를 캐
다 심으라 하셨다. 돌아오는 봄에다가 희망을 몽땅 걸으신 걸까?
동생과 나는 늦가을 산을 헤집으며 두릅나무를 캐다가 심었다. 하
지만 아버지에게 두릅을 올려드리지 못했다. 아버지는 다음 해 입
춘 날에 숨을 거두셨다.

"해마다 두릅 먹을 때, 아비 생각도 하겠지?" 아버지가 엄니에게
남긴 말씀이다. 두릅을 먹을 때마다 아버지를 생각한다. 두릅 향은
아버지 향취 같다. 살짝 데친 두릅은 병실에 오래 누워 계셨던 아
버지의 손마디 같다. 부드럽되 가시와 옹이가 있는 한 남자의 생애

같다. 먼 데 계신 아버지는 해마다 두릅이 되어 우리 집에 오신다.

다 훑어가지 마시라. 한 바가지만 남겨놓으시라.

바가지와 두릅, 그리운 아버지여.

토막말

-정양, 《살아 있는 것들의 무게》, 창비

가을 바닷가에
누가 써놓고 간 말
썰물진 모래밭에 한줄로 쓴 말
글자가 모두 대문짝만씩해서
하늘에서 읽기가 더 수월할 것 같다

정순아보고자퍼죽껏다씨펄.

씨펄 근처에 도장 찍힌 발자국이 어지럽다
하늘더러 읽어달라고 이렇게 크게 썼는가
무슨 막말이 이렇게 대책도 없이 아름다운가
손등에 얼음 조각을 녹이며 견디던
시리디시린 통증이 문득 몸에 감긴다

둘러보아도 아무도 없는 가을 바다
저만치서 무식한 밀물이 번득이며 온다
바다는 춥고 토막말이 몸에 저리다

얼음 조각처럼 사라질 토막말을

저녁놀이 진저리치며 새겨 읽는다

교통사고

교통사고가 났다. 진입 차량을 보려고 왼쪽으로 고개를 쭉 빼고 있는데 뒤따라오던 차가 내 차 꽁무니를 받아버렸다. 뒷목을 오른손으로 받치고 차 문을 열고 나왔다. 운전사는 스물댓 살 남짓한 청년이었다. 깍듯했다. 마치 여러 번 이런 일이 있었던 듯 훈련된 몸짓이었다. 내게 먼저 몸 상태를 묻고는 명함을 건넸다. 자신의 실수로 그런 거니 수리비를 통보해달라고 했다. 꼭 정품을 쓰라고 했다. 차량 번호를 적고 전화를 걸어 명함 주인과 차주가 일치하는지 확인하고 서둘러 차에 오르려는데 앞 유리 안쪽으로 영문 이니셜이 눈에 들어왔다. 온전한 이니셜은 차 주인 것이 분명한데 하트 모양 다음의 이니셜은 뜯겨 있었다. 뜯긴 자리에 며칠 안 된 먼지들이 붙어 있었다.

순간 마음이 싸했다. 이 총각 운전사는 이별의 아픔을 지나가고 있었다. 잠도 설쳤겠다 싶었다. 그러고 보니 눈자위에 눈물이 고여 있었다. 눈물을 훔치다가 내 차를 박았나? 한 사람의 이별이 내 목덜미를 후려친 거였다. 나와는 상관없는 이별의 아픔이, 내 목덜미까지 건너온 것이었다. 순간 하나도 안 아프다고 둘러대고 서둘러 사고 현장을 벗어났다. 그에게 두 차례 전화가 왔을 때도 아무렇지 않다고 거짓말을 했다. 그의 복잡한 심사를 덧내고 싶지 않았다. 손은 뒷덜미를 어루만지고 있었건만, 외려 내 쪽에서 이별의 상처를 묻고 싶었다. 그는 지금 멍든 가슴의 속살에 얼음 조각을 올려놓고, 그 얼음 조각에서 촛불이 켜지기를 기다리고 있을 것이다. 가끔 대책 없는 막말에 깜짝깜짝 놀라면서, 제가 뜯어먹은 겨울 난초 잎에 부드러운 혀를 찔려 그렁그렁한 눈망울로 노을을 보고 있는 아기 사슴처럼 엄마를 부르며 크게 울고도 싶을 것이다.

시인은 말한다. 이처럼 간절한 밑바닥 말은 하느님이 좀 읽어주는 게 옳지 않으냐고. '씨펄' 근방에 찍힌 발자국이 꽃잎 같으리라. 노을빛 발자국! 혹 하느님의 신발 자국이라면, 정순이와 헤어진 남자 친구는 하느님과 근처 포장마차에서 소주를 걸치고 있으리라. 저녁놀이 불콰한 걸 보면 2차, 3차 낮술을 한 게 분명하다.

하느님은 정순이를 데리러 가고, 파도는 혼자 '씨펄! 씨펄!' 하며 비틀거린다.

기도

-최영철, 《찔러본다》, 문학과지성사

미사 시간에 한 아이가

미사 볼 때 제발 졸리지 않게 해달라고 기도하고 있다

나 조는 사이

하느님이 다녀가시지 않게 해달라고 기도하고 있다

무엇을 빌까 한참을 망설이다가

나는 그저께 집 나간 반달이가

부디 좋은 주인 만나 잘 살게 해달라고 빌었다

구박받다 울며 돌아왔을 때

집 비우는 일 없게 해달라고 빌었다

저 아이에 비하면 너무 큰 욕심인 것 같아

제발 무서운 짐승에게 잡아먹히지 않게 해달라고 빌었다

잡아먹히더라도 개소주 같은 건 안 되게 해달라고 빌었다

한없이 낮은 기도

내가 올린 몹쓸 기도를 떠올려본다. 초등학교 3학년 때다.

"신발을 가져간 놈이 누군 줄 알고 있어요. 제가 신코에 쇠 부지 깽이로 무좀이라고 써놓았거든요. 근데 훔쳐간 놈이 자기가 무좀이라고 지져놓았다는 거예요. 하느님, 그 녀석의 무좀이 도져서 목발을 짚게 해주세요."

아, 다시 하나 떠오른다. 고등학교 2학년 늦가을이다. 아버지가 편찮으셔서 가을걷이가 늦어졌다. 간경화 판정을 받은 아버지로부터 농사일을 다 떠맡자니 시험이 걱정되었고, 중간고사 핑계로 들녘에 어린 동생과 어머니만 남기고 군립 도서관에 가자니 양심이란 놈이 수수 이삭처럼 도리질을 쳤다. 시험 과목을 펼쳐놓고 벼를 베었으니, 헛된 기도만이 두렁거리는 논두렁이었다. "하느님! 제가 공부하기 싫어서 안 하는 거 아니잖아요. 다 아시죠? 그러니까 아는 것만 나왔으면 좋겠고요, 찍는 족족 성령이 임하시고요, 가능하다면 인쇄실에 불이 나서 시험이 연기되거나 기말고사만 봤으면 좋겠어요. 소원을 이뤄주시면 교회에 다시 나가고 헌금도 많이 할게요. 어미 염소가 새끼 낳은 거 아시죠. 염소 팔아서 헌금할게요. 아멘." 하느님을 겁주는 기도라니, 생각해보면 참 어이없고도 끔찍한 기도다.

인터넷을 찾아보니 어린이들의 순수한 기도문이 올라와 있다. 하느님도 웃으신 기도문 중 몇 개만 옮긴다. "만일 알라딘처럼 마술 램프를 주시면, 하느님이 갖고 싶어 하시는 건 다 드릴게요. 돈이랑 체스 세트만 빼고요."(라파엘) "눈이 너무 많이 와서 학교에 못 갔던 날 있잖아요. 기억하세요? 한 번만 더 그랬으면 좋겠어요."(가이) "하느님은 천사들에게 일을 전부 시키시나요? 우리 엄마는 우리가 엄마의 천사래요. 그래서 우리한테 심부름을 다 시키나 봐요."(마리아) "사랑하는 하느님, 왜 새로운 동물을 만들지 않으세요? 지금 있는 동물들은 너무 오래된 것뿐이에요."(죠니) "하느님, 사람을 죽게 하고 또 만드는 대신, 지금 있는 사람을 그대로 놔두는 건 어떻겠어요?"(제인)

내가 하느님이라면 아이들의 기도만 듣겠다. 이제 기도는 하지 말고 하느님의 너털웃음이나 엿들어야겠다. 한없이 낮게 기도해야 하리라. 작은 기도만이 무릎에 연꽃을 피우리니.

시인이 되려면

-천양희, 《너무 많은 입》, 창비

시인이 되려면

새벽하늘의 견명성(見明星)같이

밤에도 자지 않는 새같이

잘 때에도 눈뜨고 자는 물고기같이

몸 안에 얼음세포를 가진 나무같이

첫 꽃을 피우려고 25년 기다리는 사막만년청풀같이

1kg의 꿀을 위해 560만 송이의 꽃을 찾아가는 벌같이

성충이 되려고 25번 허물 벗는 하루살이같이

얼음구멍을 찾는 돌고래같이

하루에도 70만번씩 철썩이는 파도같이

제 스스로를 부르며 울어야 한다

자신이 가장 쓸쓸하고 가난하고 높고 외로울 때*

시인이 되는 것이다

* 백석의 시 〈흰 바람벽이 있어〉 중에서.

가만히 스스로

누군가 나를 시인이라고 소개하면, 나는 얼굴이 빨개지고 가슴이 방망이질 친다. 몸 둘 바를 모른다. "시인이 뭔 훈장인가요. 요즈음 시인이 세 집 걸러 한 명씩이래요. 그리고 제 친구 한창훈 소설가가 이르길, 시인이 창궐하면 나라가 망할 징조래요" 하고는 대충 얼버무린다. 그러고는 가만히 스스로에게 물어본다. 그럼 나는 제대로 된 교사인가? 좋은 아버지인가? 혹 물가에 내놓은 동생은 아닌가? 밤길 서성이는 자식은 아닌가? 몇 마디 반문해보면, 내가 왜 시인이라 소개받는 것을 쑥스러워하는지 알게 된다. 무슨 이름을 붙여도 다 못 미치기 때문이다.

'새벽하늘의 견명성'이라. 이는 세존께서 샛별을 보고 도를 깨치셨다는 '견명성오도(見明星悟道)'에서 온 말이다. 보녕용(保寧勇) 선사가 설법하길 "여래께서 샛별이 돋을 때 도를 이루셨다 하는데, 대중은 말해보라! 샛별이 언제는 뜨지 않았던가?" 하였다. 그렇다. 진리는 늘 그 자리에 존재한다. 빛으로 빛을 보니, 다른 빛이 가려짐이라.

'시인이 되려면'이란 시구 자리에 '어머니가 되려면'을 넣어보자. 누님, 형, 삼촌, 아줌마, 아저씨를 넣어보자. 눈물로 빚은 만두와

빵을 넣어보자. 쓸쓸하고 가난하고 높고 외로운 모든 것을 넣어보자. '세상에서 가장 쓸쓸하고 가난하고 높고 외로운 내가 되려면'을 넣어보자.

사람의 혈관을 한 줄로 이으면 지구를 두 바퀴 반이나 감을 수 있다. 마라토너 이봉주 선수는 20년 동안 지구를 네 바퀴나 뛰었다고 한다. '시인이 되려면' 대신에 '마라토너 이봉주의 엄지발가락이 되려면'을 넣고 숨차게 읽어보자.

어른의 뼈는 206개이다. 그 가운데 106개가 손과 발에 있다. '시인이 되려면'이란 말 대신에 '구멍 숭숭한 정강이뼈가 되려면'을 넣어보자. '아름다운 발'을 넣고 읽어보자. '힘찬 아기'를 넣고 읽어보자.

'시인이 되려면'이란 시구 대신에 '새 아침을 맞이하려면'을 넣고 그 무슨 경문처럼 오래도록 읊조려보자. 뒷덜미에 솔잎 새싹이 돋을 때까지, 읽고 또 읽어보자.

재춘이 엄마

-윤제림, 《그는 걸어서 온다》, 문학동네

재춘이 엄마가 이 바닷가에 조개구이집을 낼 때

생각이 모자라서, 그보다 더 멋진 이름이 없어서

그냥 '재춘이네'라는 간판을 단 것은 아니다.

재춘이 엄마뿐이 아니다

보아라, 저

갑수네, 병섭이네, 상규네, 병호네.

재춘이 엄마가 저 간월암(看月菴) 같은 절에 가서

기왓장에 이름을 쓸 때,

생각나는 이름이 재춘이밖에 없어서

'김재춘'이라고만 써놓고 오는 것은 아니다.

재춘이 엄마만 그러는 게 아니다

가서 보아라, 갑수 엄마가 쓴 최갑수, 병섭이 엄마가 쓴 서병
섭,

상규 엄마가 쓴 김상규, 병호 엄마가 쓴 엄병호.

재춘아, 공부 잘해라!

서로서로 애쓰는 것

"정록아, 공부 잘해라!" 내 머리를 쓰다듬던 거친 손길이 그립다. 그 투박하고 옹골진 손길들은 거의 모두 앞산, 뒷산 골짜기로 가서 무덤이 되었다. 왜 무덤들은 살아생전 그가 쓰다듬었던 조무래기들의 머리통을 닮았을까.

사람들은 우리 집을 '안면도댁'이라고 불렀다. 할머니가 안면도에서 시집을 오셨기 때문이다. 더러는 '신권댁'이라고도 불렀다. 어머니가 '충남 홍성군 장곡면 신동리 신권마을'에서 시집을 오셨기 때문이다. 내가 초등학교에 입학하기 전까지 우리 집은 안면도댁 아니면 신권댁으로 불렸다. 그러나 내가 초등학교에 입학한 뒤부터 호칭이 바뀌었다. '신동댁'이 된 것이다. 신동리 신권마을에서 시집을 오셨으니 신권댁이나 신동댁이나 매한가지였으나 호칭이 바뀌면서 헛소문이 하나 탄생했다. "그 아이가 신동이라며?" 황당한 소문은 나를 더욱 쪼그라뜨렸다. 여섯 살에 입학한 것은 순전히 나를 괴롭히는 이웃집 아이에게서 피신시키기 위함이었다. 하지만 소문 속의 나는 천재였다. 소문의 꼬리는 봉황이나 용의 꼬리로 둔갑했다.

나는 초등학교 2학년 때까지 용변도 못 가리는 얼치기였다. 성적도 달리기도 꼴찌였다. 또래보다 두 살이나 어리니, 당연히 왕따 인생이었던 것이다. 그러나 인근 삼동마을 어른들은 나를 천재로 여기며 가당찮은 칭찬을 아끼지 않으셨다. 어른들의 손길로 내 머리에는 부스럼 딱지 붙어 있을 날이 없었다. "네가 태어난 지 4년 5개월 만에 초등학교에 입학한 신동이라며?" 칭찬은 고래도 춤추게 한다고 했던가. 구구단을 외우고 나자, 성적이 조금씩 오르기 시작했다.

"정록아, 공부 잘해라!" 시골에 가면 녹슨 양철 지붕의 신동댁이, 굴뚝 손을 치켜들고 날 반긴다. "재춘아, 공부 열심히 하자. 공부라는 게 별거냐. 서로서로 맘 뜨뜻하게 애쓰는 거지. 갑수야, 병섭아, 상규야, 병호야, 저녁에 청국장이나 같이 먹게 신동댁으로 와라."

일곱 살, 우주宇宙

-함순례, 《뜨거운 밥》, 애지

바람이 들썩이는 호숫가

비닐돗자리 손에 든 아이가

풀밭으로 걸어간다

신발 벗어 한 귀퉁이 두 귀퉁이

메고 온 가방 벗어 세 귀퉁이

마지막 귀퉁이에 제 몸 내려놓는다

삼라만상을

돗자리에 전부 모셨다

돗자리 깔고 앉은 아이

'돗자리 깔아도 되겠다'라는 말이 있다. 뛰어난 식견과 예지가 우연히 겉으로 드러났을 때, 우리는 깜짝 놀란 양 말한다. "돗자리 깔아도 되겠다." 소소한 일상에서 진리를 캐내 우리의 불안을 다스려주기도 하고, 때로는 윽박질러 외려 자신의 매듭을 풀려는 사람이 점쟁이 아니던가. 점쟁이들이 주로 쓰는 말은 두 가지, 호통과 얼버무림이다. "어두워!" "이런 지경까지 뭐 하고 있었어?" 두어 마디면 상대는 "무슨 묘한 수가 없나요?" "복채는 얼마죠?" 하면서 마음 졸이며 코끝의 땀을 찍는다. 또 하나는 뒷날에 대한 얼버무림, 곧 삶의 뒷면 보기이다. 천리마가 거저 들어와 사람들의 부러움을 사도 "두고 봐야지요", 아들놈이 그 말을 타다가 다리가 부러져도 "두고 봐야지요" 한다.

여기 제대로 돗자리 깔고 앉은 아이가 있다. 자리도 참 좋다. 바람 들썩이는 호숫가 풀밭이다. 함께 소풍 나온 가족을 보면, 저게 바로 우리가 꿈꾸는 이상향이 아닐까 싶다. 이 작은 아이가 어찌 고단한 삶의 정체를 파악했을까? 평생 육신을 지고 다녀야 할 신발과 무엇 하나라도 더 담아 날라야만 하는 가방을 부려놓았다. 놀라워라! 자신도 벗어 네 귀퉁이 중 한 꼭지에 내려놓았다. 신발과 가방과 자신이 같은 일을 해내면 삶은 저절로 풀린다는 것을, 삼라만상이 공손해진다는 것을 어찌 깨우쳤을까? 사람도 짐짝과 같아 틈틈이 내려놓아야 한다는 것을.

돗자리 한가운데에는 조촐한 음식과 어른들을 모시리라. 어른들의 신발이, 그 무슨 우람한 짐승의 커다란 입처럼 돗자리 주변을 지키리라. 이윽고 점괘 하나가 바람결에 날아와 아이의 주머니에 꽂힌다. "돗자리가 놓여 있던 두어 평의 평화를 너에게 영구 임대하노라. 이 시를 읽는 모든 이에게도 풀밭의 평화를 허하노라."

아, 아름다워라.

엄마의 지갑에는

-박예분, 《엄마의 지갑에는》, 신아출판사

항상 두둑한 엄마 지갑
만날 돈 없다는 건 다 거짓말 같아.

엄마는 두꺼운 지갑을 열어 보며
혼자서 방긋 웃기도 하지.

돈이 얼마나 많이 들었을까
나는 몹시 궁금해서 살짝 열어 봤지.

에계계,
달랑 천 원짜리 두 장뿐이었어.

대신 그 속에 어릴 적 내 사진이
활짝 웃고 있지 뭐야.

거기에 할머니 할아버지
아빠랑 누나 사진까지 들어 있지 뭐야.

사진의 뒷면

엄니 베갯머리에 놓인 가방을 들여다보았습니다. "뭐 찾는 거 있니?" 부스럭거리는 소리에 엄니가 잠시 눈을 떴다 감으십니다. 가장 먼저 의료보험 카드가 보입니다. 내가 건네준 복사본입니다. 그리고 자식들과 친척들 전화번호가 적힌 종이쪽이 보입니다. 흙물, 빗물, 핏물이 조금씩 번져 있습니다. 몇 개는 016과 011에서 010으로 번호를 옮겨갔습니다. 작은 사각의 거즈 손수건, 동전까지 집히는 걸 보니 엄니의 외출 지갑이 분명합니다. 가방은 베개만 한데, 살림은 고작 이게 답니다. "길거리에서 죽으면 어째? 연락처는 갖고 있어야지." 엄니가 한마디 하시더니 스르르 잠드십니다.

엄마의 지갑 속에는 펑펑 퍼줘도 남는 사랑이 그득하지요. 박예분 시인의 감동 가득한 시에다가 졸시 하나 덧대어봅니다.

사진 액자 뒤, 장판 밑바닥, 장롱 이불장, 버선 속, 베갯잇, 쌀독, 전화기 밑받침, 냉장고 냉동실

이곳들은 늙으신 엄니의 지갑입니다 나름 속셈을 바꿔온 엄니의 지갑 변천사입니다 단돈 몇천 원이라도 꺼낼 양이면 온 집 안

을 들었다 놓았다, 도둑이 다녀간 듯합니다 도토리나 밤톨 숨겨놓
은 델 까먹고는 먼 구름에 눈 맞추는 하늘다람쥐처럼 마른 두 손
만 비빕니다 빈방 수만큼 금고만 텅텅 늘어납니다

   행시비, 가루실, 쟁밭댁, 귀안터골, 약방집, 도시짱네, 샘안집,
고랑집, 함박골, 울어네

   이것은 이웃 은행들의 이름입니다 혼자 입출금에 경비까지 서
며 밥도 짓고 잠도 잡니다 빗소리 커다란 양철 지갑 안에 개도 키
웁니다 빚 가마니 실어나르던 녹슨 경운기도 있습니다 그 경운기
탈탈거리던 사내에게 제도 올립니다

   ─이정록, 〈상호신용금고〉 부분, 《정말》, 창비

   지갑에다가 늙으신 엄니 아버지 사진을 모셔볼까요. 너무 무거
워지려나요? 그렇다면 젊은 날의 흑백사진은 어떨까요? 제가 갖고
있는 엄니 아버지의 사진 뒷면에는 쉰 살가량 된 밥풀이 말라붙어

있습니다. 그 밥풀은 누구의 밥그릇에서 빌린 걸까요? 사진은 역시 뒷면이 참맛입니다. 눈은 앞면을 보는데 엄지를 뺀 나머지 손끝은 뒷면을 쓰다듬습니다. 엄니 아버지의 등을 슬며시 어루만져봅니다.

노루의 품삯

-마경덕,《글러브 중독자》, 애지

글쎄, 뒷산 노루가 농사를 지었다하네. 세 마지기 울타리 없는 고구마밭 귀 밝은 노루가 드나들며 씨알을 키웠다네. 깊은 밤, 마을이 깜박 졸 때 한 이랑 두 이랑 고구마순 야금야금 따먹고 농사를 지었다네. 잠 없는 발 잰 짐승이 참으로 극진히 고구마밭을 섬겼다하네. 무릎 꿇고 지은 입농사에 씨알이 굵어, 그해 농사

포대 포대 알토란처럼 재미를 봤다는데,

그러게, 이듬해 밭주인이 울타리를 쳤네. 고구마순이 사라진 민둥밭에 기둥 박고 그물치고 담을 둘렀네. 달빛도 새 울음도 넘지 못해 밭그늘이 날로 무성했네. 밤마다 어지러운 발자국만 남기고 노루가 돌아간 뒤, 시퍼런 넝쿨이 남실남실 고랑까지 기어갔네. 흐뭇한 넝쿨 걷어내고

드디어 두둑을 헐었는데,

실뿌리만 줄줄 끌려 나왔네. 땅 기운 다 빨아먹은 이파리, 밑은 허당이었네. 노루의 품삯은 이파리였네. 짐승에게 품삯을 아낀 농사는 암만,

헛농사였네.

초록 손톱

    목포홍어집에서 삼합을 먹다가, 옆 탁자에서 막걸리 마시는 아주머니의 손끝에 눈길이 닿는다.

    "이거요? 내가 여기, 중앙시장에서만 27년이요. 손톱 풀물, 절대 안 빠져요. 이게 채소 장수 명함이죠. 나이 먹고 살갗이 트니까 손금에도 풀물이 들데요. 세상에 초록 손금 가지고 있는 사람은 모두 장바닥 채소 장수지요. 내가 지나가면 개들은 눈을 안 마주쳐도, 시장에 끌려온 염소 새끼들은 내 손을 자꾸 핥아요. 풀 냄새가 지독하게 그리운 거예요. 막걸리잔, 이리 줘봐요. 풀물 든 손가락으로 이래 저어야 제맛이 나지요. 어때요? 논둑 막걸리 같죠? 시쿰한 싱아 풀로 저어서 아카시아꽃 띄워놓고 먹어야 더 맛나지만요."

    어머니 농사를 곁다리로 거들던 시절, 오이며 참외 순 집는 게 유난히 싫었다. 뽕 따는 것도 싫었다. 담배나 인삼 농사에 비하면 순지르기가 그중 놀고먹기지만 손톱 밑에 풀물이 끼는 게 싫었다. 연필심으로 파내면 외려 더 까매지고, 옷핀이나 연필 깎는 칼로 파내다가는 피를 보기 십상이었다. 풀물 들거나 연필심의 흑연 박히거나 핏물 솟아 붙거나 손톱 밑이 까매지는 건 매한가지!

    시를 읽으며, 선한 노루의 눈이 자꾸 떠올랐다. 무릎을 꿇고 고구마 순을 집는 노루의 이빨에 초록 물이 들었을 것이다. 그 초록 이빨도 채소 장수 아주머니처럼 30년은 너끈히 건너가야 할 텐데, 그물망에 갇혀버렸구나. 철망을 핥다가 돌아서서 울기라도 했을까? 제 꼬리처럼 짧은 욕이라도 배워놨을까? 짐승이라고 어찌 욕하고 싶을 때 없을까?

또박또박 큼지막하게 시를 옮겨 적어 목포홍어집에 간다. 오늘은 풀물 막걸리를 마실 수 있을까? 주전자 다 비워가는데, 왜 아니 오시나? 새끼 염소에게 푸성귀 건네주러 가셨나? 오늘의 시 읽기는 고구마 넝쿨처럼 꼬이겠구나. 막걸리에 취한 내 입술이 고구마 순을 지르는 노루 입술처럼 벌름거리겠구나. 막걸리잔에 맑은 물 떴는데, 풀물 아줌마는 왜 이리 늦으시나?

"풀물 든 손가락으로 이래 이래 저어야 제맛이 나지요. 어때요?"

그 배*를 생각함

-이종문,《정말 꿈를, 하지 뭐니》, 천년의시작

흥남 철수 때다,

그 阿鼻

그 叫喚** 속

정원 쉰아홉에 만사천을 태운 배가

사흘 뒤 거제 항구에

무사히 가

닿았다.

내릴 때 인원 파악을

다시 해 보았더니

모두 만사천다섯, 다섯이 더 많았다 한다.

그 사흘, 그 북새통 속

햇빛을 본

목숨

다섯!

* 그 배: 6.25전쟁이 한창이던 1950년 12월 중공군의 개입으로 인한 흥남 철수 때 정원 59명에 피난민 14,000명을 태워 자유의 땅에 인도함으로써 '기적의 배'로 불리고 있는 미국 화물선 메레디스 빅토리호! 이 배는 2004년 '단 한 척의 배로 가장 많은 인명을 구한 세계 기록'으로 기네스북에 올랐음.

** 阿鼻(아비), 叫喚(규환): 불교에서 말하는 지옥 이름들.

목숨, 다섯

한 배에서 사흘 동안 다섯 명의 아이가 태어난 것도 기네스북에 오를 만한 일이다.

정원 59명의 화물선에 1만 4000명이 타고 있다. 만삭의 임산부도 많았을 것이니, 어머니 배 속에 있는 태아까지 합하면 족히 백은 더 보태야 하리라. 태아들의 발길질이 배를 더 힘차게 밀었으리라. 한 치 발 디딜 틈 없는 선상에서 시작된 산통, 신음 소리가 나이테처럼 아주 조금씩 공간을 넓혔으리라. 돌아선 장정들의 어깨걸이가 선상에 출산의 방을 만들었으리라. 함께 힘을 주고 함께 기뻐했으리라. 갓난아이 울음소리가 뱃고동보다 찬란했으리라.

닻줄보다 질긴 생명의 힘줄이 행간마다 처연하다. 모질다는 말이 이 시에 와서야 감동의 눈물 한 방울 내비친다. 모지락스럽다는 말이 악이 아니라 선임을, 과거가 아니라 미래에 뿌리를 내린 생명의 또 다른 이름임을 알겠다.

시작 노트에서 시인은 다음과 같이 말한 바 있다. "이 시의 표면적 주제는 말할 것도 없이 그 배에 대한 뜨거운 찬미다. 그러나 작품 밑바탕에는 그 배의 행위에 대한 짙은 회의가 깔린 것도 사실이다. '기적의 배'라는 호칭이 말해주듯 그 배가 무사할 수 있었던 것은 기적이었다. 기적은 그야말로 기적적으로 일어나는데, 이토록 많은 사람들의 목숨을 기적에다 맡겨도 좋은 것일까. 상상도 하기 싫은 일이지만 그 배가 도중에 어떻게 되었다면, 단 한 척의 배로 가장 많은 인명을 수장시킨 어리석고도 무모하기 짝이 없는 배로 기네스북에 올랐을 터다."

이 배가 '기적의 배'가 될 수 있었던 것은 첫울음의 힘 때문이었으리라. 사흘 동안 바다를 잔잔히 재운 나머지의 힘은 김종삼 시인의 시 〈민간인〉에 나오는 한 영아(嬰兒)의 한 서린 영혼에서 왔으리라. 한반도의 늑골 용당포가 살아남은 이들의 가슴마다 출렁이는구나. 아, 눈물샘의 먹먹함이라니! 모든 쇠붙이는 눈물 한 방울로부터 녹슬기 시작하나니!

민간인

-김종삼, 《시인학교》, 신현실사

1947년 봄

심야(深夜)

황해도 해주(海州)의 바다

이남(以南)과 이북(以北)의 경계선(境界線) 용당포(浦)

사공은 조심조심 노를 저어가고 있었다.

울음을 터뜨린 한 영아를 삼킨 곳.

스무 몇 해나 지나서도 누구나 그 수심(水深)을 모른다.

살아남은 우리가

이 시의 1연은 완벽한 드러냄으로 팽팽한 긴장을 보여주고 있다. 독자의 폐부를 날카롭게 찌르고 있다. '1947년 봄 심야'라는 시간에 '황해도 해주의 바다 이남과 이북의 경계선 용당포'라는 공간까지 '사건 25시'의 도입부처럼 안내하고 있다. 작자가 '나는 이 시를 통해 이걸 말하고 싶다'고 용기 있게 내보이고 있는 것이다. 좋은 시는 단도직입의 직언을 던진다. 돌아가는 것을 지상 목표로 삼는 시인은 하수다. 이게 고단수다. 독자를 단번에 끌고 들어가는 통로를 지니고 있다. 이게 어디 단순한 통로이기만 한가?

2연으로 오면 사공은 역사의 중심으로 노를 저어간다. 그 긴장의 경계에 초병의 총구와 아이의 울음을 병치시킨다. 밤바다에 떠 있는 수많은 칼날, 서슬 퍼런 춤이 느껴진다. 오싹해진다. 일가족의 안전을 위해 입을 틀어막았다가 끝내는 아이를 밤바다에 집어 던지는 순간, 침묵의 공포가 이 시에서 피 끓고 있다. 하느님도 이 순간, 숨이 턱 막힐 것이다. 태초부터 존재하는 단 한 차례 우주의 질식이 이 시에 있다. 시 속의 카메라는 눈을 깜박일 수조차 없어 얼어붙는다. 배경음악이 있었다면 그 순간 스피커마저 숨죽였으리라. 민간인이라니! 살아남은 우리가 민간인이라니!

딱 반걸음씩

-유미희, 《짝꿍이 다 봤대요》, 사계절

바닷물은
아무리 급해도
뛰어가지 않는다.

한 걸음 앞으로 내딛을 때마다
뒤로 반걸음씩 물러나
생각하다
다시 앞으로 간다.

한 걸음
한 걸음
앞만 보고 가서

갯바위 따개비 잘 크는지 들여다보고
종수네 고깃배 수평선까지 밀어다 준다.

몽당 크레파스

고향 집 바깥마당에 차를 대는데, 마당 귀퉁이에 군데군데 낙서가 그득하다. 무지개 모자를 쓴 크레파스 소녀가 토방에 누워 처마 끝을 보고 있다. 엄니가 현관문을 활짝 연다.

"누가 그린 거예요?"

"누가 그렸겠니? 네 조카지. 거기만 그린 게 아녀. 집구석이 다 화첩이다. 돌 지난 연임이도 한몫 거들더라."

"예쁘네."

집 안에 생기가 돈다. 들꽃 활짝 핀 들녘이다. 물거품 부서지는 바닷가 언덕이다.

추석 명절이라 식구들이 다 모였다. 성묘를 마치고 와서는 조카들을 몰고 나와 본격적으로 벽화를 그리기 시작했다. 서랍을 뒤지니 토막 크레파스 네 갑이 나온다. 애, 어른 할 것 없이 벽에다 코를 대고 박박 문지른다.

"집 다 버려놓네." 엄니가 혀를 차신다. 맞춤법 틀린 낙서와 유치한 그림이 서로 조화를 이뤄 이야기 그득한 벽으로 서서히 틀을 잡아간다. "그래도 볼만하네." 드디어 엄니가 후한 점수를 준다. 이제 엄니는 동네 어르신들에게 입술이 마르게 벽화를 설명하는 해설가가 되리라. 조카들은 해마다 그림을 덧대어 그리면서 자신의 성장을 추억해낼 것이다. 시들지 않는 꽃밭 속으로 엄니가 들어가신다. 온 가족이 기념 촬영을 한다.

바다가 화첩이고 통통배가 색색의 크레파스라면, 바다는 얼마나 아름다운 그림이 되었을까? 고둥, 짱뚱어, 농게, 상어, 새우도 크레파스라면, 얼마나 멋진 풍경이 펼쳐질까? 하늘이 화첩이고 비행기와 새와 나비가 색색의 크레파스라면, 얼마나 멋진 그림이 될까? "가을입니다. 고추잠자리 크레파스 때문에 오늘 하늘은 온통 붉겠습니다." 이런 일기예보는 얼마나 신이 날까? 먹구름이 몰려올 때 비둘기와 갈매기 크레파스가 하얗게 색칠하며 종횡무진 날아다니면 다시 맑은 하늘이 될까?

종수네 고깃배는 무슨 색 크레파스일까? 무슨 색 물고기 크레파스를 가득 담아 올까? 반걸음씩 쑥쑥 자라서, 먼바다 끄트머리까지 나아가 큰 그림을 그리자꾸나. 낙서 가득한 하늘은 흰 구름이 싹 지워줄 테니 걱정할 거 없단다. 못난 그림 덕지덕지한 바다는 하얀 파도가 말끔히 닦아줄 테니 우리는 색칠만 하자꾸나.

쓸쓸

-문정희,《다산의 처녀》, 민음사

요즘 내가 즐겨 입는 옷은 쓸쓸이네

아침에 일어나 이 옷을 입으면

소름처럼 전신을 에워싸는 삭풍의 감촉

더 깊어질 수 없을 만큼 처연한 겨울 빗소리

사방을 크게 둘러보아도 내 허리를 감싸 주는 것은

오직 이것뿐이네

우적우적 혼자 밥을 먹을 때에도

식어 버린 커피를 괜히 홀짝거릴 때에도

목구멍으로 오롯이 넘어가는 쓸쓸!

손글씨로 써 보네 산이 두 개나 위로 겹쳐 있고

그 아래 구불구불 강물이 흐르는

단아한 적막강산의 구도!

길을 걸으면 마른 가지 흔들리듯 다가드는

수많은 쓸쓸을 만나네

사람들의 옷깃에 검불처럼 엎혀 있는 쓸쓸을

손으로 살며시 떼어 주기도 하네

지상에 밤이 오면 그에게 술 한잔을 권할 때도 있네

그리고 옷을 벗고 무념(無念)의 이불 속에

알몸을 넣으면

거기 기다렸다는 듯이

와락 나를 끌어안는 뜨거운 쓸쓸

쓸쓸하고 쓸쓸해서

넉잠을 잔 누에가 군집(群集)의 생을 닫으며 외로이 고치를 지을 때, 얼마나 쓸쓸할까. 희미한 고치 밖을 마지막으로 내다보고는 시나브로 눈을 닫아걸 때, 얼마나 쓸쓸할까. 스스로 맹인이 되어 제 몸에서 터져 나올 날개의 근질거림만 하염없이 기다릴 때, 얼마나 쓸쓸할까. 아직 나방이 되려면 멀었는데, 누군가 고치에서 명주실을 풀어내는 소리만 조곤조곤 들리는 밤, 얼마나 쓸쓸할까. 당신도 혼자군요. 많이 늙으셨군요. 왜 머리에만 명주실을 얹으셨나요. 다시 방바닥에 내동댕이쳐진 번데기의 알몸은 얼마나 쓸쓸할까. 생애 단 한 번뿐인 단칸방이 헐린 철거민들, 촘촘해진 주름을 비벼서 만드는 위로의 언어들은 얼마나 쓸쓸할까. 닫힌 기문(氣門) 안에는 시취(尸臭)만 그득할 뿐, 얼마나 쓸쓸하고 쓸쓸할까.

누에뿐이랴.

빈집 부뚜막에 놓인 숟가락은 얼마나 쓸쓸할까. 반달처럼 닳은 숟가락, 가운데에 쓰인 '복(福)'이란 글자는 얼마나 쓸쓸할까. 솥 바닥 누룽지를 긁던 숟가락, 그믐달처럼 무너진 '福' 자는 얼마나 쓸쓸할까.

숟가락뿐이랴.

전화세 많이 나오는데 그만 전화 끊어라! 수화기 내려놓고 혼자 밥상을 차리는 사람, 허리가 굽을수록 가슴에 그늘 깊어지는 사람은 얼마나 쓸쓸할까. 3년 전에 떠난 남편의 방한화를 아직도 치우지 않은 사람은 얼마나 쓸쓸할까. 빛바랜 방한화에 구두약이라도 바를까, 망설이는 그녀는 얼마나 쓸쓸할까.

큰애야, 올해엔 누에를 쳐볼까? 내 마음 뒤집어놓는 어머니, 얼마나 쓸쓸하고 쓸쓸할까. 어머니는 이제 얼마큼 고치를 지었을까. 얼마큼 고치를 풀었을까.

나룻배와 행인

-한용운, 《님의 침묵》, 시인생각

나는 나룻배
당신은 행인

당신은 흙발로 나를 짓밟습니다.
나는 당신을 안고 물을 건너갑니다.
나는 당신을 안으면 깊으나 옅으나 급한 여울이나 건너갑니다.

만일 당신이 아니 오시면 나는 바람을 쐬고 눈비를 맞으며 밤
에서 낮까지 당신을 기다리고 있습니다.
당신은 물만 건너면 나를 돌아보지도 않고 가십니다 그려
그러나 당신이 언제든지 오실 줄만은 알아요.
나는 당신을 기다리면서 날마다 날마다 낡아갑니다.

나는 나룻배
당신은 행인

풍경과 이야기

나는 이 시 속의 풍경을 즐긴다. 시 속의 풍경은 마음을 비춰보는 거울이다. 흙발인 채 다급하게 강을 건너는 사람이 있다면, 나는 온몸을 내던져 그를 건너게 해줄 수 있을까. 그와 동행할 수 없음을 알지만 지친 그가 다시 올 때까지 하염없이 기다릴 수 있을까. 바람과 눈비에 지워져가는 그의 발자국이며 내 몰골을 물끄러미 바라보면서 어깨울음 출렁거리는 나룻배 한 척. 그런 슬픈 풍경이 마음속에 그려지는 것이다. 그 행인은 지금 어디에 있을까. 뒤도 돌아보지 않고 언덕 너머로 달음질친 그는 어느 산맥을 넘어 어느 마을에 숨어 살고 있을까. 그 또한 이 시대의 나룻배 한 척이 되어 숨 가쁘게 달려오는 흙발들을 건네주고 있을까. 그 행인은 지금 어디에 있을까. 조정래의 《태백산맥》에 있을까, 아니면 신경림의 《농무》 속에 있을까.

나는 풍경과 이야기가 있는 시를 좋아한다. 그림이 잘 그려지는 시를 쓰고자 한다. 그림을 방해하는 시, 풍경을 두려워하는 시를 믿지 않는다. 그런 시들은 삶을 감동으로 바라보려는 눈과 세상을 정면으로 건너고자 하는 발길질이 부실하다고 여기는 까닭이다. 하고자 하는 이야기에 자신이 없으면 풍경과 이야기를 숨긴 채

모호한 기교로 연막을 치기 때문이다. 연막은 맵고 어두울 뿐이다. 연막으로 인한 눈물은 감동이 아니며, 또한 칠흑의 절망도 없다. 〈나룻배와 행인〉은 어느 방향으로 엮어도 앞뒤로 수많은 이야기가 열려 있다. 애인 이야기로 봐도 좋고 독립투사를 주인공으로 삼아도 좋다. 건너야 할 강이 연애엔들 없겠는가. 영원히 함께 가고 싶지만 혼자 남아 기다려야 하는 경우가 얼마나 많은가. 풍경과 이야기는 닫힘이 아니라, 독자의 경험 속으로 새로운 길을 내어주는 창이다. 각처시담(各處是談)이다. 세상 안팎이 모두 말씀이고 풍경이다. 우리 마음도 이야기 집이요, 화투 갑이다. 어찌 패를 놓고 개평이나 뜯을 것인가.

함께 건널 사람을 기다리든지, 먼저 건너간 사람을 뒤따라갈 일이다. 나룻배여, 너는 낡아가고 행인의 발걸음은 바빠야 한다. 흙발이어야만 행인인 것이다. 나여! 나룻배 위에서 잠들지 말자.

고양이 죽이기

-김기택, 《껌》, 창비

그림자처럼 검고 발걸음 소리 없는 물체 하나가

갑자기 도로로 뛰어들었다.

급히 차를 잡아당겼지만

속도는 강제로 브레이크를 밀고 나아갔다.

차는 작은 돌멩이 하나 밟는 것만큼도 덜컹거리지 않았으나

무언가 부드러운 것이 타이어에 스며든 것 같았다.

얼른 싸이드미러를 보니 도로 한가운데에

털목도리 같은 것이 떨어져 있었다.

야생동물들을 잡아먹는 것은, 이미 오래전부터,

호랑이나 사자의 이빨과 발톱이 아니라

잇몸처럼 부드러운 타이어라는 걸 알 리 없는 어린 고양이였다.

승차감 좋은 승용차 타이어의 완충장치는

물컹거리는 뭉개짐을 표나지 않게 삼켜버린 것이다.

씹지 않아도 혀에서 살살 녹는다는

어느 소문난 고깃집의 생갈비처럼 부드러운 육질의 느낌이

잠깐 타이어를 통해 내 몸으로 올라왔다.

부드럽게 터진 죽음을 뚫고

그 느낌은 내 몸 구석구석을 핥으며

쫄깃쫄깃한 맛을 오랫동안 음미하고 있었다.

음각무늬 속에 낀 핏자국으로 입맛을 다시며

타이어는 식욕을 마저 채우려는 듯 속도를 더 내었다.

슬픔 속에 고여

가을 감나무는 참 아름답다. 허름하기 그지없는 나뭇가지에 주렁주렁 매달린 붉은 감. 저걸 먹어야 맛인가? 가지째 꺾어 꼭 내 것으로 만들어야 좋은 것인가? 참기름을 발라놓은 듯한 감나무 잎을 만지작거리다가 바닥에 떨어진 물렁 감을 바라본다. 나무에 남아 있는 녀석은 하나도 안 아까운데, 아차, 바닥에 떨어져 터져버렸구나! 흘러내리는 과즙에 나무 꼬챙이도 박혀 있구나! 개미란 놈이 온몸을 물렁 감으로 칠한 채 기어 나오고 있다. 감나무 아래를 지나다가 우연히 물렁 감에 맞은 것일까? 단내를 맡고 촉각을 곤두세운 채 달려든 것일까? 아, 개미마저 참 예쁘다.

세상 만물에 마음을 문질러보면 거울 아닌 것이 없고, 부처 아닌 것이 없다. 온통 스승이고 주기도문이다. 내 마음속 날카로운 분노의 칼마저도 가을 억새와 부드럽게 살을 비빈다. 이런 형편없는 도취가 때로 죄가 되는 계절, 나는 슬프게 감나무 밑을 떠난다. 이상하다. 뒷덜미가 따끔거린다. 홍시에 빠졌던 개미가 머릿속으로 기어들었나?

그렇다. 아침에도 홍시처럼 박살이 난 족제비를 본 것이다. 운전을 시작한 뒤로 수도 없이 죽은 짐승을 보아왔다. 아니, 내가 죽을

뻔한 경우도 있었다. 바퀴를 피해 숲속으로 달아나던 검은 짐승이 고맙고, 한편 두려웠다. 그곳에 피 흘리는 짐승을 눕혀놓고 갔다면, 뒤따라오던 차들이 수도 없이 그 짐승의 영혼을 짓이겼으리라. 고양이 한 마리가 아스팔트에서 흔적도 없이 자연으로 돌아가는 데는 열흘쯤 걸렸다. 차바퀴에 녹아난 가죽이 터럭을 날려 보낼 때까지 나는 안타까이 바라만 보았다. 짧은 출퇴근길에도 종종 그런 주검을 만나야 하거니와, 장거리 코스거나 운전이 업인 사람들은 오죽할까? 그들을 숨이 멎은 즉시 묻어줄 방법은 없을까? 숲 가장자리에 보기 좋은 망을 만들어놓으면 어떨까? 이런 생각은 또한 얼마나 안일한가.

질경질경! 핑계 좋은 속도로 어린 영혼을 죽이고 짓이기는 동안 진정 죽는 것은 그들이 아니라 우리의 마음이요, 오뉴월 곶감같이 졸아붙는 우리의 눈물샘인 것을! 차 앞자리에 어린아이를 앉히지 말자. 늠름한 죽임을 어찌 자랑할 수 있으랴!

이 가을, 나는 또 슬픔 속에 고여 있는 것이다.

유리컵 속으로 가라앉는 양파

–이윤학, 《나를 위해 울어주는 버드나무》, 문학동네

유리컵에 물을 붓고
싹이 나기 시작한 양파를
올려 놓았다. 양파의 하얀 뿌리들,
바닥을 향해 내려가고 있었다.

파란 양파의 머리카락들
꿈을 꾸고 있는 머리를 보는 듯했다.
꿈은 갈수록 흐릿해지는 것이었다.
파란 양파의 머리카락들
TV 화면을 가리기 시작했다.

머리카락은 곧 잘려 나갔다.
양파의 발들은 바닥에서 엉켜
둥그런 둥지를 틀기 시작했다. 꿈을
다 꾸어 버린 머리통인 양파 속은
텅 비어 있었다. 유리컵은
뿌옇게 변해 있었다.

。

가벼워진 양파,

자신의 둥지 속으로 내려가고 있었다.

모든 상처

무늬보다는 얼룩을, 흉터보다는 상처를 노래하고 있다. 이미 다 지나가버렸다고, 눈길 한번 주지 않는 쓸쓸한 상처들을 다시 불러서 자신의 상처를 덧씌운다. 이 시를 읽는 동안 섬뜩한 아름다움과 소름이 돋을 만큼 생생한 언어의 생기를 느낄 수 있다.

일기를 쓰듯 경험담을 늘어놓는 시를 경멸한다는 시인은, 무덤에 뿌리를 박고 푸른 잎과 가시를 피워 올리는 아카시아처럼 주검을 파먹고 꽃을 피우는 시를 쓰고자 한다. 매년 잘리면서도 무덤을 숲으로 돌려놓고자 천형의 길을 가려는 것이다. 그리하여 시인의 눈은 늘 끔찍한 것에 닿아 있다. 그 끔찍한 것들은 시인의 내부로 들어와 껍질을 벗고 반죽이 되면서 독자들을 위한 끼니가 되어준다. 독자들은 이 끼니를 건너뛸 수도 있다. 하지만 상처는 가려운 것이어서 독자들의 목젖과 달팽이관과 방광을, 시인이 늘어놓은 삶의 얼룩과 상처 깊은 영혼을 어느새 긁고 말 것이다. 독자들의 손톱 밑에 피와 비늘이 끼게 될 것이다. 그렇지만 눈은 세상의 복판으로 빛을 내뿜게 될 것이다.

이 시는 말한다, 상처란 삶의 끔찍함을 견뎌내는 것이라고. 세상 모든 상처는 현재진행형이며 안쪽으로 뿌리를 내리는 것이어서 시인은 당연히 안창을 응시하게 된다. 그리하여 파먹을 수 있는 것은 자신밖에 없다고 말하게 된다. 그 또한 끊임없이 상처를 입는 것이니, 자신이 세상 상처의 총화인 것이다.

그 끔찍함과 독한 견딤 사이에 시가 있다. 이 시는 독자의 환부에 다가와서 그곳을 헤집고 과산화수소를 들이붓는다. 이미 아물었다고 믿고 싶었던 흉터에서 기포가 솟는다. 다시금 상처가 되어 확 꽃이 핀다. 쓰라리고 아름답다.

은적암

-박두규,《당몰샘》, 실천문학사

내 사는 동안

이 물줄기 거슬러

산란을 마친 버들치

그 투명한 속에 이를 수 있다면

노을에 잦아지는

上古의 저녁 연기를 보리.

별들이 뜨기를 기다려

가고 오지 않는 것들의

그 오롯한 슬픔 사이에 놓이리.

가고 오지 않는 것들의 슬픔

시인은 지금 남원 교룡산성의 조그마한 암자로 가고 있다. 최수운과 동학에 대한 얘기는 잠시 접기로 하자. '내 사는 동안'의 주 무대는 속세이므로 시인의 길은 거슬러 올라가는 것이다. 사는 동안 맑은 영혼으로 산란을 하듯 시를 쓰고 싶은 시인은 맑은 물, 맑은 바람에 자신을 닦으러 가고 있다. 닦고 헹구고 싶은 것은 자신을 포함한 저 속세 전부지만, 메고 오를 방도가 없어 산길에는 시인뿐이다. 길옆 계곡에는 일급수에만 사는 버들치들이 산란을 마치고 헤엄치고 있다.

수컷의 색깔은 고동색이지만 알을 밴 암컷 버들치는 가을 참나무 이파리처럼 맑아진다. 산란을 마친 투명한 속! 시인은 자신의 정신과 몸을 거기까지 끌고 가고 싶은 것이다. 그러나 물줄기를 거슬러 오르기가 쉬운 일인가. 정신이 가려 해도 몸이 따르지 못한다면 말이다.

어릴 적 우리 마을 앞 내에서도 버들치가 헤엄쳤다. 마을 사람들은 버들치를 '중꼬기'라고 불렀다. 물이 깨끗해서인지 10리 밖 저수지에 사는 물고기들까지 이곳으로 몰렸는데, 우리 마을까지 이르려면 보 몇 개를 타고 올라야 했다. 물줄기를 거슬러 오르려는 물고기들이 보의 시멘트 벽 아래에 우글거렸다. 보 아래 웅덩이는 어로가 막혀 서성이던 물고기를 쉽게 잡을 수 있을뿐더러 물놀이 하기도 좋아서 개구쟁이들의 단골 피서지였다. 이제 와 생각해보면 그곳까지 이르렀다가 다시 저수지 쪽으로 지느러미를 돌리지 않고 순교한 물고기들의 마음이 아리게 느껴진다. 간혹 붕어나 구구리도 잡혔지만 그 녀석들은 막혀 있는 어로를 피해 논으로, 물꼬로 올라온 것들이었다.

시인이 일급수로 가려면 막힌 어로를 뛰어넘든지, 논바닥을 기어 계단식 논의 물꼬를 차근차근 올라가는 방법밖에 없는 것이다. 시인의 정신은 물줄기를 거슬러 올라 산란을 마친 버들치, 그 투명한 속에 이르고자 한다. 하지만 혼탁한 시대는 시인에게 다시 암자를 내려와 가물치와 송사리가 서로 부닥뜨리는 하류로 몸을 낮추라 한다.

시인은 끝끝내 정신의 맑은 계곡, 그 끝자락에 암자를 끌어들이고, 노을을 깔고, 잦아드는 노을 속에 별까지 띄워놓는다. 하루 노동을 끝낸 노을이 역시 하루를 끝낸 산마을의 저녁연기와 만나는 자리에 산란을 마친 버들치가 있다. 힘을 다 써버린 버들치의 맑은 몸속에 자꾸 수정을 시도하는 시인의 마음이 싸하다.

아, 가고 오지 않은 것들의 오롯한 슬픔이란 어떤 것일까?

산란을 마친 버들치의 투명한 속과 노을에 잦아드는 上古의 저녁연기와 별들로 지칭되는, 순결과 평화와 생명에 대한 경외가 사라져버린 슬픔일 것이다.

속세를 거슬러 올라가고픈 시인의 맑은 영혼이 조용한 암자의 하늘에 별을 띄우고 그 처마 끝에 산란을 마친 목어 한 마리 매다는구나. 은적암에 몇 낱의 알을 떨구고 속세로 내려오는 시인의 투명한 마음에도 별이 뜨겠구나. 속세의 하늘에 저녁밥 짓는 연기 피워 올리려, 시인은 다시 매운 연기에 그렁그렁해지겠구나.

눈물 젖은 눈에는 쉬이 별이 뜨는 법!

시인의 눈이 버들치의 산도(産道)처럼 끈적끈적하겠구나.

젊은 날의 결

-황동규,《우연에 기댈 때도 있었다》, 문학과지성사

그날, 회현동 집

그날 회현동 집, 하루 종일 눈

내리다 말다 했다.

남산 언덕 눈 쓴 전나무들

보이다 말다 했다.

전나무 속에 숨어 있는 전나무 하나

그리워하다 말다 했다.

"위험하게 살아라!"

니체가 말했다.

난로 위에서 주전자 물이 노래하며 끓었다.

노래로 사는 게 가장 위험하게 사는 것,

노래 끊기면

잦아들 뿐

마지막으로 숨 한번 푹 내쉬고

물이 잦았다.

노래는?

난로 위에서 주전자가 환한 돛처럼 타올랐다.

끝이 만져지는 희망

간밤 눈에 소나무 큰 가지 부러져

창유리 반쯤까지 내려와

창을 열고 만져보니 솔잎

끝이 싱싱했다.

베토벤의 5번 교향곡은 종지부가 너무 길었고

마지막 어디선가 플루튼지 피콜론지

사람 마음을 콕콕 찔렀다.

잡아당기니 이파리 아닌

큰 가지 전부가 떨어졌다.

부러진 곳에는 진이 굳어 있었다,

제5번보다 간명히.

°

허튼 희망을 안 갖고 산다는 게
얼마나 비감(悲感)했던지.

이중섭의 소

〈즐거운 편지〉를 쓸 때
이중섭이 세상을 뜨고
신세계백화점 화랑에서
맨몸 게 하나가 맨몸 아이의 맨불알을
물고 늘어지다가 놓았다.
서귀포에서 일어난 철회색 바람이
서울 남산 언저리에서 불다 스러지고
그의 소들만 살아서 흩어졌다.
웃는지 우는지 이빨 옆으로 드러낸 그의 소는
외산(外産) 화집 속에서 발로 땅을 박차던

피카소의 소들보다 얼마나 슬프던지.

그 무렵 신세계백화점 근처를 지나다 보면
저기 또 여기 거닐던
이중섭의 소들!

손님 드문 음악실에서

밤 이슥해 손님 드문 인사동 '르네상스'에서 차를 마시며
바르톡의 현악 사중주 4번 4악장을 듣고 있던 예수와 니체,
예수가 말했다.
"활로 그으라고 만든 걸
저렇게 모질게 뜯어도 되나?"
잔을 놓으며 니체가 말했다.
"인간의 형이상학이 인간의 손에 분해되는군요."

옆 좌석에서 인간 하나가 중얼대듯 말했다.

"굿든 뜯든 도저(到底)한 소리만 얻으면 되지요."

'모진' 악장이 끝나자 예수가 나직이 말했다.

"큰 바위가 분해되면 비 몇 번 와도 사막이 아니겠는가."

니체가 혼잣말하듯,

"인간이 건널 수 있는 사막이라면."

옆 좌석에서 인간이 몸부림쳤다.

김정강의 죽음

오랜만에 화가 김정강이 찾아와

난로 뚜껑에 오징어를 구우며 소주잔을 들었다.

"우리의 건강을 해치기 위하여!"

35도 소주가 내려가는 반쯤 긴장한 식도가 별안간 환해져

겁먹은 어두운 장기(臟器)들을 차례로 비추었다.

소주가 더 아래로 내려가자

어두운 장기들이 환해지고

대신 식도가 어두워졌다.

다시 식도를 환하게 만든다.

수시로 명도(明度) 서로 바꾸는 식도와 장기들을

어떻게 편가를 수 있단 말인가?

어떻게 밝음 어둠을 각기 딴 숨결,

어떻게 천상(天上) 지하(地下) 무명처(無明處)를

따로따로 그린 지도로?

난로 위에서 오징어가 몸을 일으키려다 말고

몇 달 후 그는 죽었다.

병나발은 독주의 악기이니

4 · 19 날, 콩콩 심장과 책가방을 양 겨드랑에 끼고

경무대 앞에 가서 물러가라 구호를 외치다

옆 여학생 흰 옷 홀연 붉게 물들자
효자동 가정집 월장
유유히 대문 열고 골목길로 나오다.
아 일지매(一枝梅)!

한 달 뒤, 스피커 매단 리어카 앞세우고
마이크 들고 종로 거리를 누비며
정작 필요하지 않은 것 가지지도 쓰지도 말자는 비밀
누설하고 다니다.
아 소로(Thoreau)!

소로, 소로, 그대의 휴대용 아나키즘을 뭉개고
어느 날 새벽
군인들이 포를 끌고 시내에 들어왔다.
친구들이 허름한 간판들 뒤로 숨고
나는 입대했다.

1961년 여름 저녁

용산역, 천산남로(天山南路) 낙타와 말들이 술렁대며 떠나던
곳,

객차 나무 의자에 궁둥이 붙이고 앉아

아는 얼굴 하나 없는 젊음들 사이에 숨어

목청 간 테너처럼 신문지로 싼 진로병나발 불며

기적을 기다렸다.

켜져도 어두운 불 방금 매달리기 시작한 서울이

흐르기 시작하고

언제부턴가 기차가 역을 빠져나가고 있었다.

누군가 창밖으로 소주병을 힘없이 던졌다.

또 하나, 이번엔 더 힘없이.

믿거나 말거나 하늘의 별들이 몽땅 우박처럼 땅에 쏟아졌다.

머릿속이 온통 금갔다가 엉겨 붙고

별이 새로 돋기 시작했다.

별들의 부활!

보충대 야간 트럭 짐칸에 실려

별빛 속으로 들어갔다.

그래, 별이 있지, 노래로

노래로 살아야지.

황금빛 어둠.

젊은 날의 결

젊은 날의 결

결은 다스림에서 온다. 물결이 그렇고 숨결이 그렇고 나뭇결이 그렇다. 파도가 아무렇게나 출렁거리고 밀려다니는 듯해도, 거기에는 리듬이 있고 가락이 있다. 팽팽한 다스림이 있다. 우리의 숨결은 또 어떤가. 일방적으로 내쉬기만 할 수 있는가. 들숨과 날숨의 끝없는 반복이 숨결을 만든다. 반복은 리듬을 낳는다. 면면한 리듬과 가락을 품은 결들은, 그래서 다스림이자 다스름(국악기를 연주하기 전에 음률을 맞추고자 짧은 곡조를 연주해보는 일)이다. 우조 다스름이자 평조 다스름이다. 안팎에서 솟구치고 들이닥치는 파동의 음폭을 수렴과 발산으로 다스리지 못한다면 어찌 결 고운 마음의 무늬가 주어지랴. 나뭇결에는 폭풍우와 날벼락과 가뭄과 폭설을 견뎌낸 세월이 서려 있다. 나무속 어금니의 힘이 서려 있다. 홀로 결을 이룰 수는 없다. 스스로를 한없이 작은 존재로 밀어붙인 다음, 여럿이 어깨걸이를 할 때만이 결이 솟는다. 풀 한 포기가 결을 가지려면 풀밭이 되어야 하고, 산 하나가 결을 가지려면 겹겹의 산등성이와 숲을 품어야 한다. 나무 한 그루가 결을 품으려면, 혹한의 겨울이 겹겹 서려야 한다. 그 많은 흔들림과 설렘과 아픔과 울렁임이 쌓여야 숲이 되는 것이다. 사람 하나가 자신을 인간의 숲에 내맡길 때만이, 한 사람의 내부에 옹이를 넘어선 올곧은 정신의 결이 내장되는 것이다.

그날 회현동 집

나는 회현동을 모른다. 하지만 '회현동' 하고 입술을 오므리면 입가를 감도는 음악 소리가 들린다. 도돌이표 악보가 보인다. 불현듯 김현이라는 높고도 슬픈 평론가도 떠오른다. 김현은 훌륭한 문학 연주가였다. 회현동과 김현이 무슨 인연이 있었는지는 아는 바 없다. 그런데도 회현동 어느 언덕배기의 작은 술집으로 노래를 주고받으며 들어가는 황동규와 김현의 풍경이 떠오른다.

남산 언덕 눈 쓴 전나무들/보이다 말다 했다/전나무 속에 숨어

있는 전나무 하나/그리워하다 말다 했다

남산이 불순하다. 눈도 불순하다. 둘 다 무슨 사상처럼 보인다. 많은 전나무 속에 숨어 있는 전나무 하나가 더 아파 보인다. 시인은 남산 밖에 있고 전나무는 전나무들 속에 숨어 있는데도 시인은 숨어 있는 전나무를 본다. 너무 그리워서 그리움을 꺼버린다. 시인과 전나무 사이가 순정한 아픔으로 연결되어 있어서 눈이 남산 전체를 다 덮어버렸으면 싶다. 그래도 가지를 부러뜨리고 제 옆구리를 떼내어 산 아래를 굽어볼 전나무, 그 아픈 가지 사이로 송진처럼 한마디 말씀이 고인다.

위험하게 살아라

나도 이런 말을 한 적 있다. 제 말대로 살 수 없는 것. 그렇게 살고 싶다는 바람이고, 그 말을 잊지 말자는 자기 약속이리라. 자신과의 약속이 세상에서 제일 지키기 어렵다. 저를 가장 잘 용서하는 게 자신이기 때문이다. 숨어버리기로 말한다면 자신보다 더 안전한 방공호가 어디 있으랴. 시 하나를 보탠다.

모나게 살자
샘이 솟는 곳
차고 맑은 모래처럼

모서리마다
빛나는 작은 칼날
찬물로 세수를 하며

서리 매운 새벽
샘이 솟는 곳
차고 맑은 모래처럼

-이정록, 〈나에게 쓰는 편지〉, 《버드나무 껍질에 세들고 싶다》, 문학과지성사

난로 위에서 주전자 물이 노래하며 끓었다/노래로 사는 게 가장 위험하게 사는 것

　　노래는 열정의 끝자리, 영혼의 꼭짓점에서 솟는 것이다. 끓는 주전자처럼 영혼의 들끓음이 하얗게 솟아오르는 게 노래다. 하지만 주전자의 노래는 제 가슴이 퍼 올리는 열정이 아니라, 외부에서 쳐 들어온 불길이기에 소멸로 치닫는다. 몸과 영혼을 파내어 허공에 날려버리는 노래, 주전자처럼 한 젊음이 졸아들고 있다. 노래가, 노래가 되지 못하고 절규가 되는 삶이 있다. 피와 멍이 깃든 노래는 자꾸만 제 가락을 잃어버린다. 그러므로 노래로 사는 것은 가장 위험하게 사는 것! 주전자의 노래는 주전자만 들썩이고 세상으로 나아가질 못한다. 펄펄 끓는 주전자의 노래는 결국 한 뼘 허공에서 사라진다. 지하수면과 맞닿아 있지 않기 때문이다. 전나무 찢긴 가지, 차가운 송진까지도 다다르지 못한다. 혼자 부르는 절규의 노래는 끓는 주전자의 물처럼 잦아든다. 새로이 차고 맑은 물을 담아도 검게 타버린 얼굴이 보인다. 타버린 주전자 밑바닥은 소총의 개머리판을 닮았다. 알 철모를 닮았다. 다 써버린 잉크병을 닮았다. 그

잉크병 속 스펀지를 닮았다. 제 펜촉에 수도 없이 찔린 너덜너덜한 스펀지를 닮았다. 난로는 주전자 밑바닥을 계속 달군다. 밝은 눈 내리는 추운 밤이다. 젊은 날의 결! 제일 아래층부터 그을음이 켜를 이룬다. 무엇이 그다음의 결이 되랴.

끝이 만져지는 희망

언젠가는 오리라! 믿는 것이 희망이다. 끝이 만져지는 희망은 이미 절망이다. 희망의 여린 싹 위로 폭설 쏟아지는 밤, 솔잎 가지 아프게 잡아당기자 굵은 가지가 찢어져버린다. 송진이 이미 굳어 있다. 오래전에 찢겼던 것이다. 한 시대의 절망은 갑자기 오는 것이 아니어서 눈처럼 천천히 쌓인다. 얼고 녹고 하면서 나뭇가지에 켜를 이룬다. 절망도 희망만큼이나 악착같다. 솔잎처럼 차갑게 눈 뜨는 희망, 그러나 깨어난 것은 절망의 굵은 가지다. 삶은 불행 몇 마디로 간명하고, 노래는 덧난 상처처럼 지루하다. 끝이 만져지는 절망의 노래는 지리멸렬하다. 죽음은 순간이고 장례식은 길다.

이중섭의 소

은박지처럼 하얗게 출렁이는 바다가 엽서만 하게 소용돌이치다가 반짝임을 놓고 이중섭의 눈 속으로 깊게 파고든다. 이중섭의 눈은 그가 그린 소의 눈망울이다. 아이의 불알에 맨몸의 게를 시계추처럼 매달아놓고 바다 건너로, 없는 희망을 부치던 한 화가의 썰물. 이중섭의 소는 당대의 전나무들이 꿈꾸던 발굽이고 당대의 희망들이 꿈꾸던 돌진이지만, 그 힘찬 멍에 터와 근육은 절망의 밭을 갈아 희망을 경작하는 용트림이지만, 아! 그 훌러덩 뒤집힐 것 같은 눈망울! 주전자 밑바닥 같은 눈망울!

도저한 소리

도저한 소리를 얻고 싶은 시인. 하지만 그 절창의 노래는 사막을 건너는 고행자의 발가락에 스미는 모래바람 같은 것! 인간이 건널 수 있을 때만이 사막이다. 사막은 낙타의 절망이자 사람의 희망이다. 시인은 낙타이고 시는 희망이다.

우리의 건강을 해치기 위하여!

권주가는 시대를 대변한다. 1980년대 초, 우리는 '개나발조통수'를 외쳤다. '개인과 나라의 발전과 조국 통일을 위하여'란 뜻이라지만, 어떤 불한당들에 대한 욕이었다. 또 이런 노래도 곁들였다. '술잔을 들자. 술잔을 들자. 정신을 맑게 하는 술잔을 들자!' 많은 사람들이 희망과 절망 때문에 몸부림쳤다. "난로 위에서 오징어가 몸을 일으키려다 말고/몇 달 후 그는 죽었다." 난로 위에서 오징어가 몸을 일으키려다 마는 것은 이미 정신이 떠난 뒤란 것을 알아차렸기 때문이다.

병나발은 독주의 악기이니

혼자 술 나발을 부는 건 제 몸을 독약 통으로 만드는 일이다. 독약 통에서 무슨 노래를 꺼내 부르랴!

군인들이 포를 끌고 시내에 들어왔다/친구들이 허름한 간판들 뒤로 숨고/나는 입대했다

제 아들딸을 총알로 삼고 제 아내와 어머니의 치마 속으로 총구와 포신을 들이미는 미친 땅에서, 충성! 군으로 가는 젊은이들의 충혈된 눈동자가 그 황혼을 지켜보고 있었다.

어둠

검게 탄 주전자의 밑바닥에 주소를 두고 있는 시인이 있다. 시인은 소멸로 가는 주전자의 삶을 노래해왔다. 그의 노래에서 탄내가 났다.

과음 후

-이진수, 《그늘을 밀어내지 않는다》, 시와시학사

우리말은 아름답네. 순우리말이라면 더욱 그렇고 우리말에 그런 말이 많다는 것을 아는 사람도 많네. 내가 알고 있는 불알이라는 말만 해도 그렇네. 진작부터 나는 이 말에 매료되어 있었네. 불이 알을 만나고 알이 불을 만나다니, 얼마나 정확하고 살맛나고 잘 익을 것 같은 만남인가. 온몸이 굼실굼실해지는 것이 당장이라도 뭔 일 생길 것만 같네. 어쩌면 우리 조상님들은 그 크나큰 비밀을 단 두 글자로 줄여 말할 수 있었을까. 손을 아래에 넣고 슬며시 떠올려 보는 불, 알. 이 땅의 난생설화들은 또 얼마나 절묘한 시작인가.

그런데, 그런데 말일세. 그 아름다운 말 때문에 뒤꼭지에서 연기가 폴폴 새어 나오네. 어떻게 된 노릇인지 그 살맛나던 말이 오늘 내게 와서 ㄹ탈락 현상을 일으켜 버린 것이네. 부아가, 으으 부아가 끓어오르네. 도대체가 나의 사랑하는 ㄹ받침은 어디 가고, 탈락된 그것만 알속 없이 치밀어 올라 식전 댓바람부터 씩씩거리는 꼬락서니나 보이게 하는지 아뿔싸, 나의 부아여 불알이여.

불

유쾌한 시이지만, 우리를 과음하게 하는 세상 모든 것들에게 엿을 먹이는 시이기도 하다. 지금 불알을 주물럭거리는 이 시인은 쉰이 넘은 농촌 노총각이다.

이진수는 정식 등단 절차를 밟지 않은 논두렁 시인이다. 칠갑산 산등성이로 등단했다. 2002년 가을, 첫 시집《그늘을 밀어내지 않는다》를 내며 시인이 된다. 좋은 시는 단박에 독자들의 품에 깃든다. 시집을 내기 전까지 그는 조막손의 장애를 딛고 경운기를 끌던 농투성이였다. 농민 운동가였으며 자유 기고가였다. 그것만으로도 훌륭한 농민이었으며 홀어머니를 모시는 효자였다. 게다가 그는 시까지 썼다. 시라는 덩굴은 숨통을 조이는 것, 얼마나 많은 사람들이 이 덩굴손에 삶을 송두리째 내주었던가. 그러나 이 논두렁 시인은 시를 잘 수확해서 우리를 감동시킨다. 시인은 숨을 수 있지만 좋은 시는 제 지느러미 흔들어 사람의 가슴팍을 후려친다. 저 혼자 휘이 휘이 산등성이를 넘어 저잣거리의 진창 밑에 떨리는 숨결을 내려놓는다.

시인은 지금 불을 넣고 싶은 것이다. 사람 사이에 아랫목을 들이고 부아가 아닌 불알을, 그 난생설화를 쓰고 싶은 것이다. 당신의 냉골에 내 불을 넣어드리겠다고. 당신의 불을 내 냉골에도 넣어달라고.

시집 앞날개에 적힌 그의 약력은 고사목처럼 옹골지다. "1962년 충남 청양에서 태어나 그곳에서 농사일을 하고 있다." 단지 한 문장이다. 이게 그의 첫 단추다. 화려한 금 단추로 서푼 옷섶을 치장하려 애쓰는 요즈음 세태에, 그는 창끝처럼 단순한 문장으로 출사표를 던진 것이다.

쉬

-문인수, 《쉬》, 문학동네

그의 상가엘 다녀왔습니다.

환갑을 지난 그가 아흔이 넘은 그의 아버지를 안고 오줌을 뉜 이야기를 들었습니다. 生의 여러 요긴한 동작들이 노구를 떠났으므로, 하지만 정신은 아직 초롱 같았으므로 노인께서 참 난감해하실까봐 "아버지, 쉬, 쉬이, 어이쿠, 어이쿠, 시원허시것다아" 농하듯 어리광 부리듯 그렇게 오줌을 뉘었다고 합니다.

온몸, 온몸으로 사무쳐 들어가듯 아, 몸 갚아드리듯 그렇게 그가 아버지를 안고 있을 때 노인은 또 얼마나 더 작게, 더 가볍게 몸 움츠리려 애썼을까요. 툭, 툭, 끊기는 오줌발, 그러나 그 길고 긴 뜨신 끈, 아들은 자꾸 안타까이 따에 붙들어매려 했을 것이고, 아버지는 이제 힘겹게 마저 풀고 있었겠지요. 쉬-

쉬! 우주가 참 조용하였겠습니다.

135

시인이 만드는 것

한국 출판 사상 이런 제목의 시집은 없었다. 우주 저 너머의 숨소리이다. 쉬! 소란한 세상 잠재우는 하느님의 검지가 보인다. 쉬! 번뇌 많은 스님에게 밤새 얻어맞은 목탁의 한숨 소리가 들린다. 쉬!

환갑이 지난 아들이 아흔 넘긴 아버지를 안고 오줌을 뉘는 풍경이다. '생의 여러 요긴한 동작'은 다 떠나고 정신만 초롱 같은 아흔의 노인이 난감해하지 않도록 재롱 피우는 풍경이 애잔하게 그려져 있다.

'툭, 툭, 끊기는 오줌발' 같은 것이 생이다. 돌아보면 생은 시원하지도, 줄기차지도 못한 것이다. 돌아서서 찔끔거리는 것이다. 더구나 늙은 자식에게 다 들켜버리는 생이라니! '그러나 그 길고 긴 뜨신 끈'이 있다. 저 우주 너머로부터 면면히 이어지는 생의 신비, 생명 순환의 고리가 사타구니를 푸는 소리가 있다. 쉬! 그 우주의 숨소리를 자식과 함께 듣고 있는 것이다. 그러니 다시 우주는 생명의 메아리를 조용히 듣고 있어야 하는 것이다. 툭툭 끊기는 약한 오줌발 하나가 온 우주의 실핏줄인 것이다. 우리의 바지춤과 치마 솔기에 우주의 샘물이 숨겨져 있는 것이다.

매화 꽃망울이 봄비로 목을 축이듯, 임 마중의 눈길이 먼 산 너머에 달을 띄우듯 시를 읽는다. 마흔하나에 등단한 그는 언제나 문학청년기를 관통하고 있다. 그의 눈은 아이처럼 촉촉하고, 눈썹은 초가지붕에 먹물을 엎질러놓은 것 같다. 도대체 작위가 없다. 그는 과년한 개구쟁이다. 내 혀가 버릇없이 말하는 것이 아니라, 그의 시가 천연의 순수함과 천진난만과 품위를 잃지 않는 상상력을 품고 있기 때문이다. 시인은 세발자전거를 타고 달나라를 가는 사람이라 말해온 바, 그 세발자전거의 페달을 돌리며 지구로 돌아오는 검정 고무신의 땟자국과 방귀 뽕뽕 끼는 사타구니의 발칙한 음악이 천둥 번개가 되는 것이다. 하늘과 우주는 신의 것이지만 달그림자와 천둥 번개는 시인이 만드는 것이다.

물 속을 읽는다

-유용주, 《은근살짝》, 시와시학사

파도 드높은 세상을 잘 헤쳐나가기 위해서는

물 이용하는 법을 배워야 하는데

물결을 잘 타야 하는 법인데

우선 힘을 빼고 물에 몸을 가만히 내맡기면 된다

(힘이 들어가면 가라앉는다)

몸 전체 고루고루 힘이 퍼지게 하는 것이다

한 곳으로 힘을 집중하면 금방 균형을 잃게 된다

(허우적대면 더 빠진다)

아기가 엄마 등에 기대듯

물에 기대면 물 속을 읽을 수 있다

힘을 뺀다는 생각까지도 없애버리는 것이다

(들고 나서는 일도

들이쉴 때 들이쉬고 내뱉을 때 내쉬어야지

내뱉을 때 들이키고 들이쉴 때 내뿜으면 물 먹는다!)

전신을 물결에 맡기고

때리는 게 아니라 어루만지며 나가야 한다

물살을 찢는 게 아니라 기우면서 나아가야 오래 간다

아기가 어머니 뱃속에 누워 손을 꼬물락거리면서 배를 차듯

툭툭 물을 차다 보면

어느덧 세상 저편에 닿아 있으리라

캄캄하면서도 밝은 출구가 드디어 보인다

늦게야 눈이 트인다

은근살짝

유용주의 첫 시집 《가장 가벼운 짐》을 읽다가 한숨을 쉰 게 언젠가. 먹물이 아니라 잿물이었던 나, 숭늉은커녕 뜨물도 못 된 나. 맹물이고 빗물이었던 내가 시 짓는 일로 위장포를 쓰고 거드름 피우던 시절, 그의 시는 금세 내 어깨를 무너뜨리고 내 마음을 절여버렸다. 땀과 소금의 시가 내 오금을 팍 꺾어버렸다.

그는 내가 살던 홍성 옆 서산에 살고 있었지만 만나고 싶지 않았다. 주눅 들기 위해 달려가는 사람이 어디 있겠는가. 그러나 천둥 번개를 피하고 어찌 가을로 갈 수 있겠는가. 만나자마자 우리는 형, 아우가 되었다. 순전히 그의 믿음직스러운 너름새 때문이다.

그의 집에는 누구도 보아서는 안 되는 두툼한 노트가 있다. 집 안 누구도 보지 않는다는 묵약이 있었기에 아무렇지도 않게 나뒹굴고 있었다. 형이 화장실에 간 사이 그걸 펼쳐본 적이 있다. 일기장이었다. 한마디로 치부책이었다. 부끄러운 피투성이의 문장들이 고스란히 쓰여 있었다. 그 유려한 글씨체며 적나라한 채찍이라니. 대부분의 일기는 두세 장을 훌쩍훌쩍 넘어섰다.

그는 빈틈없이 쓴다. 가장자리도 자투리도 없다. 먹빛 바다처럼 슬프게 느껴진다. 촘촘하다. 막 깨어난 누에가 도시락 뚜껑에 가득하다. 윤기 자르르한 김 한 톳을 들춰보는 듯하다. 일기는 수행이다. 며칠 전에 그와 함께한 사흘간의 폭음을 들춰본다. 하루하루 한 문장씩이다. 대취하다. 만취하다. 장취하다. 하지만 그다음 날의 일기는 무려 네 장이다. 소소한 대화며 문학적 언사들이 빼곡하게 적혀 있다. 나는 그만 길게 한숨을 쉬고 일기장을 쓰다듬는다. 졌다! 평생 유용주라는 산그늘에서 목이나 축여야겠구나.

유용주는 크다. 두툼하고 방대하다. 과장법을 신봉한다. 80킬로그램에 육박하는 나도 글쟁이치고는 작은 체구가 아닌데, 그 옆에 서면 왜소해진다. 그는 손이 크고, 콧구멍이 크고, 덩치가 크다. 특히 입이 바지게만 하다. 먹는 게 아니라 쓸어 담는다. 그 자신도 엄청난 식성에 자주 놀란다. "사람도 소처럼 참 많이 먹어잉." "사람이 아니고, 형이 소여." 하지만 거대한 식욕 뒤에는 어릴 적 굶주림의 처절함이 똬리를 틀고 있다. 먹을 수 있을 때 많이 저장해야만 했던 눈물 나는 가난이 도사리고 있다.

그는 중학교 1학년 중퇴 후 중국집 배달부터 시작한 '인생 설거지' 출신이다. 그때는 다리가 자전거 페달에 빨리 닿는 게 꿈이었다고 한다. 철가방이 땅바닥에 쓸리는 소리가 가슴을 후볐다고. 공사판 막노동꾼에 구두닦이에 일식집 주방 보조 등등으로 점철된 서울 생활을 접고 세상 하직하는 마음으로 조치원 '이바돔'이란 술집의 지배인으로 내려왔을 때, 거기서 아내 될 처자를 만난다. 그의 젊은 날은 현장에서 경찰서 유치장으로, 다시 교도소로 이어지는 나날이었다. 두툼하고 방대한 분노와 좌충우돌이었다. 처자만이 그의 문학적 미래를 믿어주었다. 교원대 수석 졸업의 재원이 모든 반대를 무릅쓰고 하마와 고릴라와 코끼리라는 별명을 달고 사는 가방끈 짧은 막노동꾼을 선택했다. 자신만이 저 분노를 다스릴 수 있다고 확고하게 믿은 처자의 사랑은 숭엄했다. 순간, 한 사내의 문학에 꽃봉오리가 잡힌 것이다. 한국 문학사가 두툼해진 것이다. 위대한 인간 경영이다. 그는 MBC 〈느낌표〉 선정 작가가 되어 많은 사람들에게 감동을 선물했다.

유용주는 늘 '걱정 마!'를 입에 달고 산다. 그와 있으면 정말이지 걱정이 없어진다. 늘 그렇듯 그날도 좀 과하게 술을 마셨다. "걱정 마! 오늘 내가 아내 지갑에서 카드 가져왔어." 계산대로 성큼성큼 걸어간 그가 주인과 한참 실랑이했다. 주인과 그가 황소처럼 이마를 맞대고 긁어댄 카드는 동네 빵집 포인트 적립 카드였다. 술집 주인도 우리의 입담과 노래에 반해 이미 취해 있었다. 우리는 유쾌하게 웃으며 3차 술자리로 옮겼다.

그런 그가 잠시 시를 접고 소설을 쓰기 시작했다. 〈한겨레〉에 자전소설을 연재하게 된 것이다. 나는 그의 캐리커처(그는 정말 그리기 쉽게 생겼다)를 그리고 그 밑에 한 구절을 박아 넣었다. "유용주가 소설로 갔다. 하나도 슬프지 않았다." 그가 단편을 쓰면 정말 잘 쓸 것 같다는 생각을 오랫동안 해온 터였다.

그리고 몇 년 뒤 다시 《은근살짝》이란 시집을 들고 은근살짝 나타났다. 녹슬지 않았다. 식식거리며 지고 다니던 가마솥에 밥이 그득했다. 허공으로 피어오르던 연기가 사랑방 냉골을 지나 굴뚝 연기가 되었다. 맵지 않고 훈훈했다. 붉은 피였던 그가 허기를 다스리는 선짓국이 되었다. 불길이었던 그가 물이 되었다. 나는 시집 뒷날개에 이런 내 마음을 옮겨 적었다. "한때 그는 달아오른 무쇠 가마솥 같았다. 하지만 그 식식거리던 무쇠솥이 보이질 않는다. 언젠가 가슴 안창에다 솥을 걸어놓았기 때문이다. 눈 밝은 이들만 그의 손에서 솥뚜껑의 흔적을 짐작할 뿐이다. 가슴에 솥을 거는 방법은 퍼주는 일밖에 없다. 그가 장수 뜬봉샘 옆에 앉아 가마솥을 닦는 것을 본 적이 있다. 가마솥을 들어낸 가슴팍에는 그을음이 수북했다. 깊고 아득한 우멍눈, 그 그을음 눈썹이 씨줄 날줄이 되어 빚어낸 속울음을 본다. 물도 솟고 불도 솟구쳐야 가슴에 솥을 걸 수가 있다. 제 갈비뼈와 등뼈를 장작 삼을 수 있어야 부뚜막에 고양이 한 마리라도 품을 수 있다. 그의 가슴을 툭툭 치자 너털웃음이 밥 짓는 연기처럼 피어오른다. 혀엉, 하고 불러보니 밥 냄새가 나의 허기를 감싸고 돈다. 뜨건 솥뚜껑이 쓴 시, 그의 시가 밥을 푼다."

언제였을까 사람을 앞에 세웠던 일이

-김영서, 《언제였을까 사람을 앞에 세웠던 일이》, 시로여는세상

아내가 출근한 뒤

두 돌 지난 막내 손잡고 외출 중이다

막내는 잡힌 손 뿌리치고

혼자 내달음 친다

애를 앞세우고

어정쩡한 걸음으로 집에 돌아오면

하루해가 저문다

온종일 아이가 나를 끌고 다닌 것이다

애가 세상에 있기 전

깃발을 쫓아다닌 적이 있었다

그때는 펄럭이는 깃발이 희망이었다

깃발 아래서 사람을 생각하면 분파주의자로 몰렸다

하늘을 찌르는 높기만 했던 깃발

이제 깃발은 꺾이고 바람만 남았다

철모르는 막내가 그 속을 뛰어다닌다

아버지 손을 뿌리치고

바람 헤집고 뛰노는 아이를 본다

바람 속에서 자유로운 아이를 본다

맑고 투명하고 짧은

    한때 우리는 말발굽을 앞세우고, 창끝을 앞세우고, 깃발을 앞세우고, 세상 흙먼지 일으키며 싸돌아다녔다. 말발굽에 꺾이는 것이 자신의 손발인 줄도 모르고 채찍 휘둘렀다. 총칼 겨눈 것이 제 어미 아비의 심장인 줄 모르고 화약 냄새 풀풀 날리며 싸움질해댔다. 깃발이 희망인 줄 알았다. 그 깃발이 부르르 떨려올 때 깃봉을 타고 내려오는 전율이 생의 환희이고 살아 있음의 증거인 줄 알았다. '왜? 무엇 때문에?'라는 질문에 너무 거창한 답을 달고 다녔다. 신념이라는 것은, 사상이라는 것은 늘 핏빛이었다. 그 우람한 주먹을 호주머니에 넣고, 그 뜨거운 깃발을 걸레로 깁고, 이제는 내가 발굽에 밟히는 잡풀 되어, 과녁이 되어, 불우 이웃 돕기 후원금 통처럼 낮은 자리로 돌아온 시인의 목소리를 읽었다. 돌아보니 아내는 보험 설계사가 되어 있고 시인은 여러 직업을 전전하다가 사내아이 셋을 돌보는 전업주부가 되어 있다. 막내를 돌보던 시인은 허공으로 사라진 깃발과 화살과 함성을 본다.

    이 시의 쓸쓸함은 어디서 오는 걸까? 아마 이 아이도 언젠가 깃발을 잡으리란 불안과 걱정에서 비롯되는 것이리라. 김영서의 시는 맑고 투명하고 짧다. 자연스러운 경지를 터득한 시는 바람이 술

술 통한다. 밀짚모자다. 10만 평의 공지에 심은 소나무 한 그루다. 스스로 낙락장송이라고 으스대지도 않는다. 세상 낮은 곳으로 솔 향기를 나누어줄 뿐이다. 무엇보다도 그늘과 서늘함과 애잔함이 촉촉할 따름이다. 시인은 한때 레스토랑 보이였고, 택시 기사였고, 대목수를 따라다니던 잡부였고, 남의 돼지를 맡아 키우던 축산인 이었고, 아주 오랫동안 가축 사료를 싣고 다니던 트럭 기사였다. 그리고 한때는 쌍지암이란 암자에 둥지를 틀고 있었다. 스님은 아 니되 스님 같고, 바람둥이는 아닌데 바람 냄새가 난다. 지금은 뭘 하나? 노인복지사가 되어 동네 어르신들과 잘 지내고 있다. 또한 술 빚는 공부를 하고 있다.

덕숭산 노루가 투명한 제 눈에 세상을 넣고, 눈을 감았다 떴다 하며 속진을 닦아내는 늦가을. 소주를 추로(秋露)라 하거늘, 맑은 이슬이 썩 좋은 밤이다.

오므린 것들

-유홍준, 《북천-까마귀》, 문학사상

배추밭에는 배추가 배춧잎을 오므리고 있다

산비알에는 나뭇잎이 나뭇잎을 오므리고 있다

웅덩이에는 오리가 오리를 오므리고 있다

오므린 것들은 안타깝고 애처로워

나는 나를 오므린다

나는 나를 오므린다

오므릴 수 있다는 것이 좋다

내가 내 가슴을 오므릴 수 있다는 것이 좋다

내가 내 입을 오므릴 수 있다는 것이 좋다

담벼락 밑에는 노인들이 오므라져 있다

담벼락 밑에는 신발들이 오므라져 있다

오므린 것들은 죄를 짓지 않는다

숟가락은 제 몸을 오므려 밥을 뜨고

밥그릇은 제 몸을 오므려 밥을 받는다

오래 전 손가락이 오므라져 나는 죄 짓지 않은 적이 있다

나를 오므린다

배추는 오므릴수록 속이 하얘진다. 속이 딴딴해진다. 중심에 꼿꼿하게 일어설 꽃대를 숨겨놓는다. 겹겹의 속잎을 오므렸다가 펼친 나뭇잎에 햇살이 논다. 햇살이 미끄러지지 않도록 겹겹 잎 주름을 만든다. 어미 오리가 품에 새끼 오리를 오므리며 고개 젓기와 기름칠하기와 물갈퀴 젓는 법을 가르친다. 닭을 잡아먹은 적 없으니 오리발을 내미는 일은 없다고, 품에 든 새끼 오리에게 가르친다. 나는 나를 오므려 꽃대를 품는다. 아직 오지 않은 새끼를 품는다. 오리처럼 꽥꽥거리던 입술마저 오므린다. 노인은 아기를 품기에 알맞은 높이로 오므라진다. 밥그릇이 숟가락을 품듯 오므라진다. 외따로 손가락을 오므리면 주먹이 되지만, 손을 맞잡고 오므리면 기도가 된다. 손 우물이 된다. 마른 꽃밭과 개 밥그릇에 물을 떠주고, 남은 물로는 얼굴을 씻는다. 물을 뜨고 세수를 할 때면 등도 착하게 오므라든다.

터미널

-김주대, 《그리움의 넓이》, 창비

큰 가방을 들고 훌쩍거리던 아이가

버스에 올라 자리를 잡자

늙은 여자는 달려가 까치발을 하고

아이 앉은 쪽 차창에 젖은 손바닥을 댄다

버스 안의 아이도 손바닥을 댄다

횟집 수족관 문어처럼 달라붙은 하얀 손바닥들

부슬비 맞으며 떠나는 버스를

늙은 여자가 따라 뛰기 시작한다

손바닥에 붙은 손바닥이 떨어지질 않아서

가방이 운다

북받치는 슬픔과 미안함이 널빤지 의자에 앉아 있다. 한 아이가 큰 가방을 들고 운다. 아무리 큰 가방이라도 한 사람의 생을 다 우그려 넣을 수는 없다. 서러움이나 먹먹함이나 원망은 지퍼에 끼인 채 훌쩍거린다. 아이를 떼어놓은 늙은 여자는 작대기 놓친 지게처럼 고꾸라진다. 몸이란 것은 이백여섯 개의 뼈마디로 얽어맨 짐짝이다. 어깨를 들썩이며 울음을 삼킬 때, 뼈마디 몇 개는 목젖을 치받고 몇 개는 심장에 처박힌다. 아이의 뼈마디는 얼마나 많이 어긋나 있을까?

버스 좌석이 생의 좌석이 아니듯, 버스가 떠나자 털썩 주저앉은 차가운 시멘트 바닥도 늙은 여자의 아랫목은 아니다. 다가올 명절에는 아이가 선물 상자처럼 밝은 표정으로 내려왔으면 좋겠다. 종합 비타민 통처럼 경쾌한 웃음소리로 만났으면 좋겠다. 터미널까지 나가서 배웅하지 말자. 터분한 미안함은 널무덤에 묻어버리자. 창문 열린 버스처럼 구멍 난 뼈를 위해서라도, 비타민은 꼭 챙기자.

보자기의 비유

-김선우, 《나의 무한한 혁명에게》, 창비

처음엔 보자기 한장이 온전히 내 것으로 왔겠지

자고 놀고 꿈꾸었지 그러면 되었지

학교에 들어가면서 보자기는 조각나기 시작했지

8등분 16등분 24등분 정신없이 갈라지기 시작했지

어느덧 중년—

갈가리 조각난 보자기를 기우며 사네

바늘 끝에 자주 찔리며

지금이 없는 과거의 시간을 기우네

미래를 덮지 못하는 처량한 조각보를 기우네

한번 기우기 시작하면 걷잡을 수 없어지네

그러니 청년이여 우리여

가장 안쪽 심장에 지닌 보자기 하나는

손수건만하더라도 통째로 가질 것

단풍잎만하더라도 온전히 통째일 것

온전한 단풍잎 한장은 광야를 덮을 수 있네

처음이란 말은

처음이란 말은 태아막처럼 둥글다. 새알처럼 땀자국이 없다. 조금이라도 금이 갈 듯하면 어미의 젖을 빨아서 깨진 곳을 흔적 없이 접붙인다. 삐져나오는 모서리를 배냇짓으로 문대어버린다. 앞니와 송곳니가 솟자, 보자기는 물어뜯겨 올이 풀린다. 형제지간도 비교하기 시작한다. 우열과 서열이 생긴다. 담을 수 없는 양을 독차지하려고 공식을 외우고 삿대질을 한다. 압박붕대 묶는 법과 자기소개서 쓰는 기술을 배운다. 언제나 등급으로 평가받는다. 훔치거나 빼앗은 조각보를 잇대어 자루를 만들고 자신의 이름을 새긴다. 검은 자루가 불룩해질수록 명예가 높아진다고 생각한다. '8등분 16등분 24등분' 살코기처럼 찢긴다. 욕망은 끝없이 자라나서, 보자기에는 죄의 멍 자국과 자책의 핏자국이 만발한다. 하지만 심장 안쪽에 단풍잎만 한 양심은 온전히 남아 있다. 다시 처음부터 시작하자. 단풍잎 같은 보자기 한 장씩을 꺼내어 태초의 광야를 덮어보자. 피멍 자국이 아니라 심장의 빛으로.

위대한 남편

-양정자, 《아내 일기》, 화남출판사

지난 밤 우리가

미친 짐승처럼 얼크러져

부끄러운 살의 장작불 활활 태운 그 이튿날

그대는 갑자기

안면 싹 바꾸려 한다

밥상에 반찬 시원치 않다

와이셔츠 단추가 떨어졌다

용돈이 너무 적다는 둥

목소리도 당당하게 위엄 떤다

지난 밤 흠씬 짓눌리고 짓뭉개진

행복해진 그대 마누라

다시 한 번 정신나게 짓밟으려 한다

그지없이 가련하고 귀엽도다

내 하나뿐인 사내 그대여

내 걸으로는 그럴 때, 그대

가장 위대한 사내로 여겨주리라

가벼운 것과 가여운 것

부부 싸움을 할 때마다 무언가 집어 던져야 화가 풀리는 여자를 안다. 그녀는 가장 가벼운 것만을 골라 집어 던진다. 털실 뭉치, 개어놓은 마른 수건, 빨래바구니, 막내딸 원숭이 인형, 약봉지……. 어린 막내가 옷고름 풀고 달아나는 두루마리 휴지와 백기 휘날리는 수건을 주워 온다. 팔을 처음 내밀어보는 것처럼 눈치를 보며 연거푸 엄마에게 건넨다. 자기 원숭이 인형은 등 뒤에 꼭 숨긴다. 얼마 지나지 않아 엄마는 막내를 품고 웃는다. 원숭이 인형을 쓰다 듬는다.

부부 싸움을 할 때마다 무언가 들어 올려야 화가 풀리는 남자를 안다. 식탁 의자, 텔레비전, 전기밥솥, 다듬잇돌……. 비싸고 위험하고 무거운 것이라야 화가 쉬이 풀린다. 어차피 던지지는 않을 거니까. 그 남자는 그 여자의 새끼를 가장 사랑한다.

식식대고 나면, 둘은 양푼 비빔밥을 먹는다. 한가득 밥을 비벼놓고는 서로에게 외친다. 한번 던져보시지? 가볍고 값싼 건 전쟁 소모품이고 무겁고 비싼 건 성벽이다. 전쟁터에서 전쟁터로 분가한 아이들은 가벼운 것과 무거운 것을 분별하는 어른이 된다.

입주

-최종천, 《나의 밥그릇이 빛난다》, 창비

친구들은 다 아파트로 이사가는데
우리는 언제 이사갈 거야 아빠! 하며
대들던 녀석이
그날밤
둘 사이에 끼여들었다
물난리 후 처음으로
아내와 집 한채 짓고 싶은 밤이었다
녀석을 가운데 두고
셋이서 한몸이었다
그렇게라도 아쉬운 대로
집 한채 지어주었다

우주가 집

    용접공인 최종천은 노동자 시인이다. 쇠만 잘 붙이는 게 아니라, 언어 용접에도 상일꾼이다. 사람의 마음에 박힌 쇳덩이를 꺼내어 불꽃으로 잇대어주기 때문이다. 이 시가 가슴 저린 건 아이의 가슴에 박혔다가 튀어나오는 쇠꼬챙이 같은 외침 때문이다. 물난리를 겪고 하느님한테까지 버려졌다고 투덜거리는 녀석의 입시울이 서글프다. 어느새 앙칼지게 배워버린 상대적 박탈감이 시를 읽는 어미 아비를 쫀다.

    구호 물품인 양 세 식구가 이불 속에 든다. 미안해라. 남편이 아내에게 줄 거라곤 뜨거운 입김밖에 없구나. 녀석은 본능적으로 안다. 이 난리 중에 동생까지 생기면 정말 대책이 없다는 것을. 그리하여 가운데에 끼어서 엄마 아버지의 색다른 물난리를 잠재운다. 아이야, 우리는 모두 집에서 집으로 간단다. 자궁(子宮)이란 궁전에서 유택(幽宅)이라는 무덤으로 간단다. 집 우(宇), 집 주(宙), 우주가 집이란다. 우리는 큰 집에 깃들어 있단다. 저 젖은 별이 우리 집 취침 등불이란다.

택배 상자 속의 어머니

-박상률,《국가 공인 미남》, 실천문학사

서울 과낙구 실님이동……. 소리 나는 대로 꼬불꼬불 적힌 아들네 주소. 칠순 어머니 글씨다. 용케도 택배 상자는 꼬불꼬불 옆길로 새지 않고 남도 그 먼 데서 하루 만에 서울 아들집을 찾아왔다. 아이고 어무니! 그물처럼 단단히 노끈을 엮어 놓은 상자를 보자 내 입에서 나도 모르게 터져 나온 곡소리. 나는 상자 위에 엎드렸다. 어무니 으쩌자고 이렇게 단단히 묶어놨소. 차마 칼로 싹둑 자를 수 없어 노끈 매듭 하나하나를 손톱으로 까다시피 해서 풀었다. 칠십 평생을 단 하루도 허투루 살지 않고 단단히 묶으며 살아낸 어머니. 마치 스스로 당신의 관을 이토록 단단히 묶어 놓은 것만 같다. 나는 어머니 가지 마시라고 매듭을 하나도 남기지 않고 다 풀어버렸다. 상자 뚜껑을 열자 양파 한 자루, 감자 몇 알, 마늘 몇 쪽, 제사 떡 몇 덩이, 풋콩 몇 주먹이 들어 있다. 아, 그리고 두 홉짜리 소주병에 담긴 참기름 한 병! 입맛 없을 땐 고추장에 밥 비벼 참기름 몇 방울 쳐서라도 끼니 거르지 말라는 어머니의 마음.

아들은 어머니 무덤에 엎드려 끝내 울고 말았다.

어머니 글씨

눈물은 단순 명료하다. 눈물이 탱자나무처럼 복잡하다면 눈물 한 방울에 눈망울이 찢겨서 눈이 멀 것이다. 눈먼 자들의 세상이 될 것이다. 그리고 눈을 멀게 할 가해자 중 으뜸이 늙은 어머니일 것이다.

등

- 류지남, 《밥 꽃》, 작은숲

아무리 애를 써 봐도
혼자서는
끝내 닿을 수 없는 곳

슬픔은 쉬이 깃들지만
마주 대면
아랫목처럼 따뜻해지는 곳

다가올 땐 잘 모르다가도
멀어질 땐
파도처럼 들썩이는 곳

늘 어둑어둑해지기 쉬워서
오 촉 등(燈) 하나쯤
걸어두어야 할

내 몸의 가장 깊고 어두운 곳

오촉등하나

'아무리 애를 써봐도 혼자서는 끝내 닿을 수 없는 곳'은 날갯죽지의 시작점이다. 내 몸의 블랙홀, 가장 먼 곳이다. 뜨거운 눈물과 시린 배신이 동시에 소용돌이치는 곳. 강물의 발원지이자 스스로 바다인 곳. 언제나 오 촉 등이 깜박이는 곳. 대숲 아래 뒷간 같은 곳. 주저앉을 때에는 맷돌이 되는 곳. 솟구쳐 일어날 때에는 오동 꽃이 환하게 피는 곳. 오동꽃이 핀 달밤에 뒷간에 다녀오다가 어깨를 들썩이며 우는 어머니의 등을 두드린 적이 있다. 토끼장 옆에서 캄캄하게 웅크리고 있던 아버지의 등을 본 적도 있다. 내가 오동나무처럼 자라서 보랏빛 꽃을 환하게 내걸고 찾아갔을 때에는 아버지는 이미 밤에 울던 새를 따라 떠난 뒤였다. 아버지가 떠나자 어머니의 등에서 검은 파도 소리가 들려왔다. 내 등짝에도 바닷가 절벽처럼 서러운 꽃들이 피기 시작했다.

걸친, 엄마

-이경림, 《상자들》, 알에이치코리아

한 달 전에 돌아간 엄마 옷을 걸치고 시장에 간다

엄마의 팔이 들어갔던 구멍에 내 팔을 꿰고
엄마의 목이 들어갔던 구멍에 내 목을 꿰고
엄마의 다리가 들어갔던 구멍에 내 다리를 꿰!
고, 나는
엄마가 된다
걸을 때마다 펄렁펄렁
엄마 냄새가 풍긴다

—엄마……
—다 늙은 것이 엄마는 무슨……

걸친 엄마가 눈을 흘긴다

엄마를 걸치고

막내아들이 자꾸만 내 옷을 입어본다. 어버이날이라고 축하한다는 한마디 없다. 난 안다. 나도 어릴 적에 아버지가 좋으면 아버지 옷을 입고 다녔다. 할머니가 너무 좋아서 할머니 스웨터를 입고 다닌 적이 있다. 엄니 것은 맞는 게 없어서, 엄니의 거즈 손수건을 지니고 다니며 자꾸만 코에 댄 적이 있다. 사람이 싫어지면 옷부터 싫다. 그가 신고 다니는 신발도 싫다. 대가족이라서 삼촌과 고모도 있었는데 누군가의 신발을 똥독에 빠뜨린 적도 있다. 아궁이에 양말을 처넣은 적도 있다. 오늘은 막내가 내 옷을 걸치고 자취방으로 돌아갔다. 오늘 밤에는 아들이 킁킁 아버지 냄새를 맡으며 생긋거리길 바라본다. 나도 아들 옷을 걸치고 동네 술집이나 한 바퀴 돌까.

시계 소리

-안학수,《안학수 동시선집》, 지식을만드는지식

친구들이 부르는 낮엔

공부하라고

"책, 책, 책, …."

형아랑 장난치는 밤엔

일찍 자라고

"자락, 자락, 자락, …."

아직은 멀었어도

학교 가라고

아침마다,

"지각, 지각, 지각, …."

엄마랑 시계랑

둘인 약속했나 보다.

안학수 약전(略傳)

*

안학수는 복어다. 커다란 복주머니에 동심언어를 품고 사는 바닷고기다.

*

안학수 시인은 입을 가리고 웃는다. 입이 커서 마음 주머니가 자꾸만 튀어나오기 때문이다. 간혹 화가 나면 손을 길게 내뻗고 자신의 주장을 속사포로 내던지는데, 그 손가락 끄트머리에서 벌벌 떠는 미움 주머니가 주변 사람들을 내려다보며 속삭인다. '조금만 참아. 평화에 대한 설교야. 평화는 안 시인의 종교잖아.' 우리는 조용히 듣거나 대꾸 없이 술을 마신다. 우리가 거친 호흡이 잦아들기를 기다린다는 것을 알고 나면 그는 자신의 큰 입속 참호에서 위장포를 쓰고 있던 미움 주머니를 서둘러 수습한 뒤 꿀꺽 삼킨다. 그러고는 언제 그랬냐는 듯, 웃음 주머니를 부풀리며 키들거린다. 서너 살 어린 친구들과 학창 시절을 보냈기에 문단 아우들과도 친구처럼 잘 어울린다. 오랫동안 주일학교 선생 일을 경험한 덕분에 큰 몸짓으로 주변의 어색한 공기를 흩뜨린다. '어른의식'은 높고 거룩한데 어깨에 힘을 주고 으스대는 '어른인 체'는 보기 힘들다. 평화예배 같은 설교 때만 빼고 말이다. 그는 평화에 어긋나는 일에는 위아래가 없다.

*

늦은 저녁때 오는 눈발은 말집 호롱불 밑에 붐비다

늦은 저녁때 오는 눈발은 조랑말 발굽 밑에 붐비다

늦은 저녁때 오는 눈발은 여물 써는 소리에 붐비다

늦은 저녁때 오는 눈발은 변두리 빈터만 다니며 붐비다.

-박용래, 〈저녁 눈〉, 《저녁 눈》, 미래사

보문산 뒷덜미에 있는 박용래 시비를 찾아간다. 눈 쌓인 언덕길을 걸어 시비 쪽으로 다가가며 '직각의 검은 돌이 너무 딱딱한 게 아닌가' 하고 생각한다. 못난이 칼국수, 그 밀가루 반죽 같아서 외려 어루만지고 싶은 돌. 따뜻한 체온이 느껴져 볼 비비고 싶은 돌. 감자처럼 생긴 누런 돌을 왜 시비로 쓰지 않았을까.

　가까이 가보니 김구용 선생님의 글씨다. 박용래 시인처럼 못생겨서 정이 가는 글씨체다. 시비가 만든 양달 반 평쯤을 깔고 앉아 눈물짓고 있는 시인이 보이는 듯하다. 글씨 하나하나가 달빛을 차고 오르는 송사리처럼 반짝거린다.

　동행한 안학수 시인이 이문구 선생님한테 들은 얘기라며, 박용래 시인의 일화 한 토막을 건넨다. 생전에 박용래 선생님께서 대천에 살던 이문구 선생님을 찾아오셨단다.

　"문구야, 여기가 바닷가니?"

　"예."

　"근데 왜 파도 소리가 들리지 않니?"

　말씀을 마치고는 밤새 울더란다.

　"바닷간데 파도 소리가 없으니, 울지 않을 수 있니?"

한때 안학수 시인은 소설을 쓰는 서순희 작가와 대천에서 금가락지를 팔고 고장이 난 시계를 어루만지며 살았다. 술 한잔하고 싶어 똑딱거리는 안학수 시인의 가게에 들른 적이 있다. 가게 안에는 낡은 소파와 탁자가 있는데, 유리 상자로 만들어진 그 작은 탁자 안에는 녹슨 주화들이 수북하게 쌓여 있다. 마치 '여기에서 파는 새것보다 손님께서 갖고 계신 헌것이 소중한 것이에요'라고 말하는 듯하다. 셔터를 닫기 전에 안학수 시인은 낡은 광목천으로 진열대를 덮어씌운다. 경보 장치에 철제 셔터까지 채우면서 왜 생선전처럼 덮느냐고 물어보니, 밖에서 손전등으로 비춰보면 진열대가 훤히 보이기 때문이란다. 견물생심이라고 이 보잘것없는 천 조각이 선량한 좀도둑을 막을지도 모른단다. 다른 사람의 항심(恒心)을 헤아리는 아름다움이 보석 같다.

박용래 시인의 감자 같은 순수를 김구용 선생의 글씨체가 보여주듯, 덜 분 풍선처럼 말랑거리는 안학수 시인의 순수는 때 묻은 옛 돈과 낡은 광목천에 있다는 생각이 든다. 휘황한 포장은 반대로 속이 부실하다는 것을 보여주는 게 아닐까. 양파는 하얀 속을 위하여 얇고 보잘것없는 껍질 한 장을 바친다. 속에 비하여 껍데기가 너무 두껍다거나 사이비(似而非)처럼 반질거리지 않는다.

*

그는 도둑게다. 본시 개펄이 원적지이지만, 시장 좌판 할머니의 갈큇발이나 가난한 집 부뚜막을 거처로 삼는다. 그의 게거품은 평화를 깨뜨리는 왜곡과 불의와 부자유의 습곡에서 분출하지만, 가난과 고통으로 세공한 그만의 동심에 의해 웃음꽃으로 바뀐다. 그의 게거품은 동심 가득한 말풍선으로 피어서 우리에게 맑은 동심을 선물한다. 사실 그 게거품이 웃음꽃으로 바뀔 때까지 노을처럼 기다려야 할 때가 더 많지만.

안학수는 바다의 시인이다. 그가 사랑하는 바다는 대양도 아니고 벽해도 아니다. 키 작은 그가 허리를 낮춰 보듬는 곳은 펄이다. 가까운 작은 섬이다. 개펄의 뭇 생명들과 그 바다를 업으로 살아가는 사람들의 애환이다. 그에게 종이는 젖은 땅이요, 글은 개펄 진흙으로 쓴 육필이다.

　그는 달팽이다. 전속력으로 달린다. 바닥에 문을 내고 혓바닥으로 어둠을 헤쳐나간다. 제 상처의 끈적임으로 길을 만드는 달팽이, 상처만이 상처를 열어간다. 더께의 생채기가 이루어낸 저 아름다운 끈적임. 누가 그 앞에서 느림을 말할 수 있으리오. 마당이 온 우주요, 작은 나무 그늘 한 평이 구만리 장천이다. 그게 시인이다. 짐 싸 들고 이곳저곳 헛된 발걸음이나 찍는다고 시가 되는가. 머릿속 에움길마다 골 깊은 상처가 층층이요, 가슴속 간덩이 밑에 사랑이 고추장처럼 졸아드는데 말이다. 한 나무 안에 모든 나무의 생이 쌓여 있듯, 한 폭의 바다 안에 세상 온 개울물의 실핏줄들이 출렁인다. 달팽이 촉수처럼 별빛으로 눈 밝히고, 더디게 제 안을 들여다볼 일이다. 내 안으로 대물려온 수많은 사람들의 아픔과 눈물과 기도와 어쩔 수 없음과 보이지도 않는 몸부림에 대하여, 이것도 아니고 저것도 아닌 어떤 것에 대하여, 어떤 것들의 이전과 아득한 앞날에 대하여, 달팽이의 촉수에 내려앉는 별빛과 그 별빛을 받들고 있는 먼지의 일가(一家)에 대하여.

*

    그가 간다. 옆으로 옆으로, 지도를 그리는 농게처럼, 대동여지도를 그릴 때까지 간다. 뭍으로 바다로, 눈물 젖은 도둑게의 촉수처럼, 간다. 갈아엎는다. 황발이의 집게발처럼.

    걸쭉한 개펄에 발이 빠져서 버둥거리다가 손을 짚은 적이 있었다. 바닥이 만져졌다. 살을 해체하는 도축용 칼끝에 툭! 뼈가 잡히듯이, 그의 동시 바닥에는 뼈가 있다. 맑은 물을 지나고 앙금을 지나면 짱짱한 바닥이 잡힌다. 동시라고 해맑기만 한 게 아니다. 시대와 현실의 부조리에 가장 피해를 보는 이가 어린이다. 옳지 못한 세상이라면, 그 세상에서 가장 오래 살아가며 고통을 받는 이가 어린이다. 어린이에게 해맑은 희망을 선물하는 것 못지않게 희망을 만들고 가꾸는 일 또한 동시인의 몫이리라. 그가 광화문 깃발 아래에, 제주 강정 마을에, 태안 기름띠 제거 현장에, 굶주린 북한 마을에 몸과 마음을 비비는 까닭이다. 그는 낭만주의자이며 리얼리스트다.

*

　안학수는 충남 공주시 신풍면 봉갑리 302번지에서 1954년 12월 23일 어머니 최중순과 아버지 안홍종의 장남으로 출생한다. 봉갑리 출생에 산봉우리를 가슴에 품고 산다 하여 소설가 이문구 선생님이 봉갑(峰甲)이란 별호를 내린다. 그는 꼽추다. 그가 먼저 자신의 가슴을 자랑하기도 한다.

　"가슴이 너무 커서 한쪽은 등 너머로 넘겼슈."

　청천벽력, 다섯 살 나던 해 누나와 앞산에 올랐다가 바위에서 떨어져 대숲으로 구르게 된다. 겁에 질린 누나가 그냥 넘어졌다고 거짓말을 하게 되고, 한 달 가까이 앓는다. 겨우 입맛이 돌아왔을 즈음 이웃집에 놀러 갔다가, 이웃집 형한테 발길질을 당해 마루 밑으로 구른다. 누나 때문에 다친 거로 안다. 배고픔을 참지 못해 슬쩍 고구마를 훔쳐 먹다가 차여서 토방으로 내동댕이쳐지며 허리가 꺾인 것이다. 하지만 감춘다. 그 어린 나이에 평생 꼽추로 살아갈 줄을, 자신의 먹구름을 어찌 헤아렸겠는가. 며칠 앓다 보면 나을 줄 알았으리라. 발길질 한 번에 고구마를 하나씩 얻어먹을 수 있다면,

꾹 참고 사흘에 한 번은 차일 수 있을 것같이 배고픈 시절이었으니까. 또한 평생 억장 가슴으로 살아갈 누이를 어찌 헤아릴 수 있었겠는가. 이실직고에 대한 앙갚음만이 두려웠으리라. 돌주먹을 휘두를 이웃집 형이 더 무서웠으리라. 다음 해 정월 목욕을 시키던 어머니는 아들의 척추 한 마디가 튀어나온 것을 발견한다. 마른가슴에 날벼락이 친다. 암전! 어두운 허방으로 까무러친다. 갖은 약에 용하다는 것은 모두 써보았지만 별 차도를 못 본다. 당시 촌간 벽지의 의료 기술은 회충약에 고약이 전부 아니었던가. 꼽추가 된 거다. 거의 시체나 다름없던 몰골은 보는 이들을 눈물 독 항아리에 빠뜨렸고, 어머니는 결국 그와 동반 자살을 하려고 한다.

"엄마, 지금 자꾸 어디 가는 겨?"

"이젠 못 살겠다. 오늘 이 어미랑 저 황토물에 빠져 죽자."

"난 절대 안 죽을 껴. 죽으려면 엄마나 혼자 죽어. 나는 안 죽을 껴. 나는 안 죽는단 말이여."

그가 필사적으로 울어젖힌다. 종내에는 모자가 얼싸안고 대천 앞바다 하굿둑에 앉아 엉엉 울부짖는다.

"대천 앞 바닷물이 다 내 눈물이여."

그로부터 어머니는 극진한 간병을 한다. 열 살 남짓에 그는 3년 동안 하반신마비로 투병한다. 어머니는 지금까지 치러왔던 굿을 집어치우고 교회로 새벽 기도를 나가기 시작한다. 하반신마비로 입만 살아 있던 자식의 호기심을 채워주기 위해 한밤중으로만 대천 시내를 구경시킨다. 낮엔 멀리 행상을 나가시기에 애간장만 태우다가 파김치가 된 몸으로 돌아오는 어머니, 별 뜨고 달빛 내린 밤길 구석구석을 찬찬하게 설명했다.

　"저건 극장이고, 저것은 전봇대라는 겨. 그리고 이것은 화물열차고 저 풀은……." 그리고 눈물, 눈물, 눈물! 시집 속의 뛰어난 묘사는 어머니의 등에서 어머니의 손가락 따라 머리에 새긴 흑백필름이 아닐까. 하여튼 3년 내리 미꾸라지탕을 먹고 구리 가루를 갈아 마신다. 도저히 못 먹겠다고 발버둥 치면, "너 보는 앞에서 이 어미 죽는 꼴을 볼 껴"라며 새끼줄로 몸을 휘휘 감고 눈물의 쇼를 한바탕 벌이면 어느새 벌컥벌컥 삼키곤 했다 한다. 지금도 얼굴을 자세히 뜯어보면, 채 해체되지 않은 커다란 개구리가 보이고, 미꾸라지 수염이 보이고, 콧등 옆으로 점점이 박힌 구리 가루도 볼 수 있다. 그러던 어느 날, 정말 기적처럼, 소설처럼, 신앙 간증처럼 섬마

섬마를 하고 벽과 마루를 붙잡고 일어서고, 너무 열심히 몸을 움직이려다 피 나고, 찢어지고, 멍들고, 부둥켜 울고, 기도하고. "여보, 애좀 봐요." "동네 사람들아, 대천 시내 모든 사람들아, 공주군 신풍면 사람들아, 하늘아, 땅아, 나무야, 지붕 위 애호박아, 늙은 호박아. 내 아들이 일어났어요, 훨훨 날아다녀요." "내 아들이 오늘은 동생 봉수(현재 청양 남양감리교회 목사님이다)와 함께 새벽 기도 나갔어요." "오늘은 대천에서 제일루 높은 봉황산에 올라갔어요." "오늘은 집사님과 초등학교 운동장으로 축구 하러 갔어요." "단독 드리볼루다 꼴인을……." 그리고 눈물, 눈물, 눈물! 그리하여 열세 살에 대천 초등학교 2학년으로 편입, 갓난아기들 손목 비틀듯 1등을 독차지한다. 5학년 때 처음으로 글짓기를 시작하고 6학년 때 도내 교통안전 글짓기 대회에서 우수상을 받는다. 1974년 대명중학교를 우수한 성적으로 졸업하고 동생의 학업과 자신의 기술 습득을 위해 상급 학교 진학을 포기한다. 1972년부터 1993년까지 교회 주일학교 교사로 지내면서 어린이들의 아름다운 마음과 슬픔을 함께 느끼며 교학상장(敎學相長)을 한다. 1974년 논산 직업훈련소 입소, 그해 겨울 전기 기술자가 되고 1975년 전파사에 취직을 하나, 적성을 살려 1976년 금은 세공 및 시계 수리로 전업하게 된다. 1977년부터 공주의 일성당, 서산의 순금당, 예산의 한원당, 서천의 황금당, 장항의 금시당, 군산의 보옥당 등에서 세공 및 시계 수리공으로 일하며 남의집살이를 한다. 1992년 600만 원으로 천보당이라는 금은방을 개업하는데, 진열해놓을 물건이 없어서 수석을 전시한다. 금은방에 가면 어디나 수석이 좀 진열되어 있는데, 그게 다 눈물의 보석 덩이들이다. 매일 콜드크림 마사지를 해주는 신줏단지인 것이다. 어릴 때부터 노는 동무가 없기에 배운 잡기(바둑, 당구, 장기, 고스톱, 카드, 동전 수집)가 총각의 외로움을 달래준다. 그러다가 1985년 8월 15일 광복 40주년 기념식이 있던 날, 선을 본 지 두 달 만에 소설을 쓰는 서순희와 결혼한다. 아내는 일찍이 MBC 라디오 창사 특집 드라마 공모에 〈사랑의 계절〉이 당선된 소설가였다. 아내의 영향으로 동시와 동화를 몰래몰래 습작하게 되는데 아내의 극찬으로 문학에 중독되기 시작한다. 그 당시 이문구 선생님과 서순희는 지역 문학회인 '한내문학회'를 창립해서,《한내문학》이라는 문학지를 내기 시작한다. 이때 40여 편의 습작 동시를 본 명천 이문구 소설가가 극찬을 한다. 이에 힘을 얻어 1993년 〈대전일보〉 신춘문예와 《아동문예》 신인상을 받으며 등단한다. 2000년에 사기를 당해 금은방을 접은 뒤로는 어쩔 수 없이 부부가 전업 작가의 길을 걷고 있다. 정말 흙 파먹고 산다. 땅 파먹고 사는 지렁이가 되었다. 개펄 파먹고 사는 낙지가 되었다. 아내는 소설을 쓰고 남편은 동시를 쓰는 농게 한 쌍이 되었다. 가슴에 서려 있는 얘기가 넘쳐서 요즘에는 소설도 쓴다.

*

농짝을 옮기다가 책날개가 꺾인 시집을 보았다. 파리나 모기를 잡으려고 집어 던진 것일까. 삐걱거리는 농짝을 받쳤던 것일까. 좋은 시에 질투가 나서 내던진 것일까. 다시 책날개를 들추고 시를 읽는다. 시집은 굽었지만 언어는 한결같다. 아직 살아 있다. 질투가 나서 던진 게 분명하다. 시 속에 등장하는 갯것들이 살아 있다. 행간에 개불과 갯지렁이가 꿈틀댄다. 자연산 장어 같다. 오, 머드 마사지를 하는 시어들.

그는 복어다. 꼬막 캐는 여인처럼, 글 주머니를 등에 지고 다니는 복어다. 눈보라 비켜가는 철갑의 가슴, 까치복처럼 아름다운 사람이다. 파도의 끝자리에 나앉은 불가사리는 밤사이 그가 벗어놓은 시인이라는 훈장, 가슴속 별을 하늘에 내거는 원판 좋은 사람이다. 가벼워라, 눈물의 개펄에 척추 몇 마디 내려놓은 따스운 사람이다. 그가 다듬은 시계들은, 그의 시처럼 약속으로 다가간다. 그가 두드린 반지들은, 그의 가슴처럼 사랑으로 빛난다. 바다가 넘실대는 복어, 그의 가슴에는 커 오르는 섬이 있다. 파도의 끝자리로 밀려오는 불가사리는 그가 벗어 던진 옷가지, 이 땅의 출발선에 별을 걸어놓는다. 아, 그 불가사리와 복어와 조개가 원유를 덮어쓰고 조시(弔詩)를 쓰고 있다.

어버이를 잃은 사람이
가슴에 단다는 삼베 리본
섬자락 모래펄에 달렸습니다.

검은 기름 파도가
갯바위 벼랑까지 덮친 날

。

뻘게 낙지 조개 고둥 개불 쏙……
갯벌 가족들 한꺼번에 잃고
울부짖다 넋 잃은 바지락 조가비

가슴 열고 리본 되었습니다.

-안학수, 〈삼베 리본〉, 《부슬비 내리던 장날》, 문학동네어린이

*

　천 길을 걸어온 물길만이 그에게 닿을 수 있다. 일파만파 은비늘
을 반짝이는 눈망울만이 그에게 이를 수 있다. 글줄이나 만지작거
린다고, 저도 동시를 쓴다고, 소라 껍데기 휘파람 불듯 대천역에서
내리지 말라. '보령 앞바다가 물이 좋다면서요' 하고 너스레 떨며
그의 무릎걸음 앞에다 배낭을 풀지 말라. 피서 온 김에 들렀다고,
제발 그렇게 엉성하게 바다를 치지 말라. 골목골목 온갖 비린내를

함지에 담고, 돌부처처럼 앉아 있는 아주머니들! 저 위대한 바다에 엎드려 절하고, 그들의 얼굴과 지문과 몸뻬에 마음을 닦아라. 그러고 난 뒤에 고장 난 시계처럼 그에게 가라. 그러면 오래전에 잠든 시계불알이 불불불 시동을 걸고, 오래전에 잊었던 사랑이 때를 벗고 가슴을 칠 것이다. 눈물 삼삼한 바다. 자락 자락 자락, 책 책 책!

부처

-김진경, 《슬픔의 힘》, 문학동네

치자꽃 향기가 좋아

코를 댔더니

그 큰 꽃송이가 툭 떨어지다

귀한 꽃 다친 게 미안해서

손바닥 모아

꽃송일 감추었더니

합장 인산 줄 알았던가?

보는 이마다

합장한 채 고개를 숙이고 간다

어허, 여기선

치자꽃이 부처일세!

이름

"이제 유명한 시인이 됐나 벼?" "등단한 지 몇 달도 안 됐는데유. 그래도 형님이 알아주는 걸 보니께, 조금은 나아지나 보네유. 열심히 써야지유." 한참 전 일이다. 명절을 맞아 고향에 내려갔는데, 동네 형님이 내 시를 읽었다며 한껏 추켜세우는 게 아닌가.

"어디서 읽었데유?" "왜, 거 '무슨 생각'이라고 있잖여. 값싸고 읽을 거 많은 잡지." "거기다 글 낸 적 없는데유." "어라, 내기헐 텨. 자네 글이 없으면 통닭 한 마리에 맥주 열 병!"

동네 형님들에게 통닭 열 마리에 맥주 세 박스면 어떠랴. 확인해 보니 떡하니 내 시 한 편이 거기에 실려 있다.

명절 연휴 지나고 통닭이 고스란히 소화될 즈음, 잡지사에 전화를 걸었다. 변명인즉, 추석 전에 책을 내야 하기에, 급하게 마감하느라 소식이 안 닿았다는 거였다. 그러면서 산문 한 꼭지를 다시 부탁했다. 짐짓 화가 안 풀린 듯 멋쩍은 인사로 산문 청탁을 수락했다. 앞서 실린 시와 산문의 원고료가 통닭값을 훨씬 웃돌았다.

그로부터 한참 지나, 서울행 기차에 몸을 실었다. 옆자리에 앉은 아름다운 아가씨가 그 '무슨 생각'이란 잡지를 읽고 있었다. 이제 몇 장만 더 넘기면 내 글이다. 가슴이 뛰었다. 분명 입꼬리가 올라

가리라. 왜냐? 재밌으니까. 그럼 나는 글을 쓴 장본인임을 밝혀야
할까. 맥주라도 나누면서 즐거운 여행을 하는 거야. 드디어 아가씨
가 내 글을 읽기 시작한다. 아가씨의 입꼬리가 씰룩거린다. 창밖을
보면서도 다 느낄 수 있다. 왜냐? 차창 가득 그녀가 있으니까. 이
건 운명이니까. 침을 삼킨다. 내 몸에 커다란 허방이 생긴 듯하다.
왜 아가씨는 이리도 예쁠까. 아저씨였으면 벌써 편한 대화를 나누
며 작가의 고달픈 삶에 대하여 너스레를 떨었으리라. 용기를 낸다.
다시 침이 꼴깍 넘어간다. "아가씨, 제가 이정록입니다." "네?" "제
이름이 이정록이라고요." 아가씨의 얼굴이 일그러진다. "맥주한
잔……." 아가씨가 자리를 차고 일어난다. 뒤도 돌아보지 않고 다
음 칸으로 사라진다. 서둘러 빠져나간 자리에 '무슨 생각'이 나뒹
군다. 아, 깨닫는다. 독자는 지은이가 누군지 관심이 없다. 그냥 글
을 읽을 뿐이다.

　이런 일도 있었다. 부산으로 문학 강연을 하러 가던 길이었다.
앞자리에 앉은 노년의 신사가 백여 장 남짓한 흰 종이를 한 시간
넘게 추스르고 있다. 빈자리에 종이를 앉혀놓고 서로의 거친 숨결
을 달래는 것 같다. 일어났다 앉았다 할 때마다 우두둑우두둑 뼈마

디 소리 들려온다. 종이의 살결이 부딪힐 때마다 잠에서 깬다. 전날의 과음 때문에 잠을 좀 자야만 강연이 순조로울 터, 신경이 쓰인다. 작가라는 놈이 종이 부딪는 소리에 소스라치다니, 스스로를 꾸짖을 뿐이다. 근데 뭔 종이일까? 화장실 가다가 흘낏 내려다보니, 시 원고다. 서울에 다녀가는 게 분명하다. 시집을 출간하려고 출판사에 다녀가는 길일 게다. 이리 재고 저리 재며 부를 나누고 순서를 잡는 게 분명하구나. 나는 어깨가 으쓱해진다. 나 또한 벌써 다섯 손가락을 넘긴 시인이 아니던가. 오줌을 누면서 갈등에 빠진다. 누굴까? 빵모자만 보았지, 어르신의 얼굴을 못 본 거다. 다음 역은 동대구! 혹시 문인수 시인? 이종문 시인? 엄원태 시인? 이태수 시인? 이하석 시인? 아, 이분들은 빵모자를 쓰지 않는데. 그럼 뉘실까? 서둘러 바지를 추스르고 카페 칸으로 가서 마른안주에 맥주를 산다. 돌아와보니 노신사는 아직도 시집 원고에 온통 정신을 쏟고 있다. "선생님, 저 이정록입니다." 모르는 얼굴이다. 그럼 어때? 다시 한 번 용기를 낸다. "선생님! 저는 이정록이라고 합니다. 시집 출간하시나 봐요." "네." "맥주 한잔하시죠." "나, 지금 정신이 없어요. 요번 설에 칠순에 맞춰 시집을 내려는데 빌어먹을 놈들!

돈을 그리 많이 달래. 그리고 나, 교회 장로요." 홀로 자리에 돌아와 맥주 캔을 딴다. 요번 문학 강연 주제는 '저, 이정록입니다'로 잡는다. 근데, 맥주 세 캔을 누가 벌써 다 마셨지?

새해다. 절하는 계절이다. 인사를 받으려 하는 순간, 명절은 초라해진다.

현관문을 열고 나오는데 구두끈이 밟힌다. 고개를 숙인다. 그걸 본 이웃집 아저씨가 고개를 숙인다. 누수 문제로 외면하던 사이다. 시 〈부처〉가 머릿속을 스쳐 지나간다.

시인이 땅바닥에 떨어진 꽃송이를 부처라고 찬탄했듯이, 세상 모든 상처를 부처님, 하느님으로 섬겨야겠다. 그러니 가장 아픈 곳에 그분들이 계시는 것이다. 아침에 언성을 높인 엄마, 막말을 건넨 아들딸, 넌 친구도 아니라고 등을 보인 벗…… 이들이 다 두 손 모아야 할 부처님이고 하느님이다. 세상 어둠과 그늘이 신전(神殿)인 것이다.

아, 설이다. 고향 가는 길에는 얼마나 더 멋쩍은 인사를 나눌까? 그저 미안하고 고마울 따름이다. 과일을 사려고 시장 앞에 차를 세운다. 전봇대에 '가족 구함'이라고 쓰여 있다. 고맙다. 전봇대 사이의 거리가 50미터다. 떨어져 있으면 가족이 아니다. 그 '가족 구함'에도 절을 올린다.

그 옛날 나 때문에 놀랐던 아가씨도 떡국을 호호 불어서 새끼 입에 떠 넣고 있으리라. 할아버지께서는 칠순 잔치 행복하게 보내셨는지요? 그 기념 시집은 어디에서 구해볼 수 있을까요? 시인 할아버지, 그리고 이제는 며느리가 됐을 단호했던 여인이여, 멋쩍은 절을 올립니다. "행복하세요. 제가 그때 그, 이정록입니다."

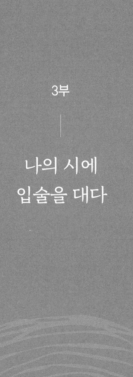

3부

—

나의 시에
입술을 대다

의자

병원에 갈 채비를 하며
어머니께서
한 소식 던지신다

허리가 아프니까
세상이 다 의자로 보여야
꽃도 열매도, 그게 다
의자에 앉아 있는 것이여

주말엔
아버지 산소 좀 다녀와라
그래도 큰애 네가
아버지한테는 좋은 의자 아녔냐

이따가 침 맞고 와서는
참외밭에 지푸라기도 깔고
호박에 똬리도 받쳐야겠다

그것들도 식군데 의자를 내줘야지

싸우지 말고 살아라
결혼하고 애 낳고 사는 게 별거냐
그늘 좋고 풍경 좋은 데다가
의자 몇 개 내놓는 거여

-이정록, 〈의자〉, 《의자》, 문학과지성사

"허리가 아파서 두리번거리는데, 마침 의자가 있는 거여. 그래서 아픈 몸을 주저앉혔는데 허방이여. 헛것한테 홀린 거지. 넘어진 채 두리번거려도 당최 내가 왜 그랬는지 모르겠어. 허리가 너무 아파서, 그 생각 하나로 골똘하니까 헛보인 거여. 허리가 아프니까 세상이 다 의자로 보여. 젤 좋은 의자가 바로 땅바닥이여. 몸 성할 때는 길바닥이 의자고 이부자리인 줄 몰라. 아파 봐라. 가시철조망도 등받이 의자고 고슴도치 등짝도 비단 요여. 아파야 눈이 떠지고 세상에 감사할 줄 아는 겨."

어머니는 자석 요대를 차고 다니신다. 저 자석 벨트는 할머니가 브래지어로 쓰시던 거다. 어디 아프셔서 찬 게 아니라, 남세스럽다 며 한여름에만 차고 다니시던 할머니의 젖 가리개다. 할머니 돌아 가시고 장롱 구석에 처박아뒀던 것인데, 어느새 어머니가 허리춤 에 둘둘 말고 다니신다.

"엄니도 자석 브라자 차요?"

"아녀. 허리에다 찬 건데, 이게 젖가슴부터 둘러야 흘러내리질 않아. 니들이 다 빨아 먹고 쭈그렁이가 됐는데도 자석 벨트 흘러내 리지 않을 만큼 둔덕이 남았나 벼. 근데 넌 며느리는 놔두고 혼자 만 집에 내려왔냐? 밭매기 싫다든? 아님, 애가 아프냐?"

"식구도 허리가 아파요. 그리고 여름 감기까지 들어서 골골해 요."

"뭔 감기가 두어 달 간다니? 내 허리는 거의 나았으니까 올라갈 때 자석 벨트 싸서 가라."

"됐어요. 약국에 가면 파스가 지천인데 뭐."

"담에 올 때는 그 잘난 지천이란 파스 좀 사 와. 말 안 해도 내가 눈치가 구만리여. 싸우지 말고 살아라. 물 좋고 정자 좋은 데 없다.

그늘이 없으면 둘 중 조금이라도 큰 사람이 그늘이 돼주고, 물이 없으면 너처럼 물러터진 놈이 물이 돼주면 되는 거여. 정자야 네 사타구니에 우글우글할 테고."

"엄니도 참, 그 정자가 그 정자여. 누각 쉼터를 말하는 거지."

"얘가, 배운 놈이 농을 못 쳐."

일전에 《시인의 서랍》이라는 산문집을 냈다. 책이 출간되자마자 모 신문사에서 전화가 왔다. 어머니 사진과 함께 인터뷰 기사를 싣고 싶다는 연락이었다. 보잘것없는 글을 내고 두더지 굴에라도 파고들어 동거할 판에 어머니까지 사진기 앞에 세우려니 마음이 불편했다. 고민 끝에 출판사에 전화를 했다. "잘된 일이네요. 홍보가 많이 되겠어요." 싫지 않은 낌새다. 출판사의 노고와 경제적 부담을 익히 아는 터라, 그러마 했다. 문화부 기자와 사진기자를 대동하고 고향 집에 닿은 게 오후 4시경이었다.

"오래 기다리셨어요?"

"이 일 아니면 산소 이장할 때나 올 텐데, 한나절이야 잠깐이지."

이 정도면 심사가 그리 뒤틀리신 건 아니다. 먼저 봄꽃이 흐드러진 이웃집 마당가에서 사진을 찍었다. 경운기 짐칸에 어머니를 올려 앉히고 책을 읽어드리는 쑥스러운 콘셉트였다. 사진을 찍고 어머니를 안아 내리는데, 품에 안긴 채 한 말씀 던지신다.

"난 비행기 못 타겄다. 경운기에서 내리는데도 이리 어지러우니."

"멀미가 아니라, 사내가 안으니까 황홀해서 그런 거지."

"미친놈! 어미 말뜻을 몰라."

다음은 산소 마루에서 마을 쪽으로 난 고샅길을 내려오는 풍경 사진이다. 손잡고 두어 걸음 떼는데, 어머니가 먼 산 건너다보며 또 한마디 던지신다.

"아버지하고도 딴 딴다단 딴 딴다단…… 못 했는데, 늙은 아들하고 딴 딴다단 딴 딴다단…… 한다. 너 자고 가라, 오늘 결혼 첫날인데."

웃다가 미끄러질 뻔했다. 꽃을 따서 흰 머리칼에 꽂고 신혼여행처럼 찰칵찰칵!

다음은 무너진 흙 담장 뒤에 어머니와 나란히 서서 한 장면! 어머니는 진달래꽃을 한 묶음 들고 웃으신다. 사진기자의 어설픈 연출이다. 쑥스러워하시는 어머니 앞에서 내가 글을 읽어드리는 척

자세를 잡는다.

"가슴 쪽으로 꽃다발을 끌어 올리셔요."

사진사가 소리치고 문화부 기자가 시범을 보인다. 꽃이 자꾸 고개를 꺾는다.

"그냥 찍어유. 자꾸만 맘이 시린 게, 쌀 씻는 소리가 나서 그래유. 칠십 평생에 첨 들어보는 꽃다발인데, 이 정도 들면 잘 드는 거 아니래유?"

어머니 말씀을 받아 적으려고, 나는 귀 쫑긋 세운 토끼가 된다. 당연지사 눈알이 붉어진다.

〈의자〉란 시에는 어머니의 말투와 마음 씀씀이를 흉내 낸 나의 거짓부렁이 담겨 있다. 독자들은 어머니의 감동은 뽑아 읽고, 작가의 거짓은 짐짓 눈감아준다. 바닥과 가까운 어머니의 품과 안식을 독자가 먼저 안다.

몸의 강을 들여다보다

대학 병원 뇌신경 센터에서 일하는 육근상 시인한테 장문의 문자가 날아왔다. "정록아, 나는 정록이가 좋다. 방학하면 어머님 모시고 대전에 와라. 머릿속 좀 살펴보자. 중풍이 언제 오나? 한번 보자. 부담 갖지 말고 내 집 뒷간 들듯, 어머님 모시고 와라." 지난 광복절 날 찬물에 밥 말아 조개젓에 간 잡아 후루룩, 현관문을 나서면서 태극기 달아놓고 손바닥 짝짝짝! 그 무슨 큰 효도를 감행하듯 어깨를 으쓱거리며 차에 올랐다. 한 시간 반가량 국도를 달려 어머니가 계신 고향 집에 들렀다. 아무리 불러도 인기척이 없다. 마을 창고를 에돌아 밭에 가니 어머님이 고추를 따고 계신다. "병원 가야 한다니까요. 뭔 고추랴?" "한 두둑만 따면 되어. 탄저병에다 장마가 돌아서 따구 자시구 헐 것두 읎어. 올해엔 한국 사람 태반이 중국 고추 먹어야 헐 판이여. 어미 잘 둬서 국산 먹는 줄이나 알면 어여 거들기나 혀."

어머니가 샤워를 마치고 꽃무늬 팬티 한 장만 걸치고 나온다. "에구, 뭐라도 걸치고 나오시지. 그게 뭐랴." "워디 가릴 거나 있냐?" 어머니의 배꼽과 사타구니에 소용돌이치고 흐른 마른강이 희미하게 드러났다.

양수를 여섯 번이나 담았던
당신의 아랫배는
생명의 곳간, 옆으로 누우면
내가 제일 고생 많았다며
방바닥에 너부러진다
긴장을 놓아버린 아름다운 아랫배
누가 숨소리 싱싱한 저 방앗간을
똥배라 비웃을 수 있는가
허벅지와 아랫배의 터진 살은
마른 들녘을 적셔 나가는 은빛 강
깊고 아늑한 중심으로 도도히 흘러드는
눈부신 강줄기에 딸려들고파
나 문득 취수장의 물처럼 소용돌이친다
뒤룩뒤룩한 내 뱃살을
인품인 양 어루만지는 생명의 무진장이여

방바닥도 당신의 아랫배에 볼 비비며

쩔쩔 끓는다

-이정록, 〈강〉, 《제비꽃 여인숙》, 민음사

검사를 마친 육근상 시인이 나를 불렀다. "어머니는 깨끗하다. 치매도 중풍도 없겠다. 20년은 끄떡없겠다." "고마워요. 연세가 일흔둘이니까, 100세까지는 민화투 칠 만하겠네." "이제 너 좀 보자." "난 엉망일 거예요. 요새 가뭇가뭇해요. 더구나 지방간 운운한 지가 15년은 되었어요." "내일 뭐 하냐? 약속 다 미루고 다시 와서 머릿속 사진 좀 찍어야겠다. 이렇게 긁히는 소리가 나면 뇌혈관 동맥에 와류(渦流)가 있는 거야. 네 머릿속 강물이 막히면 실개천이 바닥을 드러내지. 풍이 오든지 쓰러져서 죽어. 운이 나쁘면 오늘 저녁 술 먹다가 일 치를 수도 있어. 겁주는 거 아냐." 돌아보니 어머니가 그렁그렁한 눈으로 진찰실 문 앞에 서 계시다. '어머니가 저리도 작으셨나?' 효도 좀 하려다가 외려 불효막심한 인간이 되었다. "네 몸 이상하니께 늙은 어미 앞장세워서 온 거 아녀. 나이 먹으면 병하고 함께 사는 거여. 네 사정에 그만허길 다행이다. 맴은 다 곯고 썩었을 텐디." 다음 날 나는 머릿속 검은 강줄기를 보았다. 좌우 실개천의 분포도가 확연히 달랐다. 저녁 늦게 육근상 시인한테서 전화가 왔다. "이제 너랑 술 못 마시겠다. 너한테 술 주지 말라고 어머니가 신신당부하시더라." "내 머릿속 보려고 어머니 모시고 오라고 했지?" "불행 중 다행으로 알아. 이제 나랑 너랑은 끊을 수 없는 인연의 강이 생겼어."

말이 씨[詩]가 되다

바람

　내 근무처는 바람골에 터를 잡고 있다. 도시계획의 맹점이다. 골짜기 몇 개를 돌며 제 몸을 꽈배기 틀어 억세어진 서해 바람이 아산 배방의 너른 들녘으로 질풍 질주하여 바람골에 당도한다. 이두박근과 삼두박근을 옹골지게 단련시킨 바람이 내 볼따구니와 바짓가랑이를 후려친다. 다행인 것은 건물 뒤에 산책하기 좋은 동산이 있다. 시에서 대규모로 개발해 휴양지를 만들려고 했는데, 땅을 파헤치자 옛 무덤과 자기 파편이 튀어나와 흙덮기를 하고 잔디를 심어놓았다. 그곳에 올라 거친 숨을 내려놓는 바람과 도란도란 노니는 맛이 삼삼하다. 눈을 감고 바람의 향을 맡고 있노라면 머리와 가슴에 고여 있던 엉킨 글감들이 실타래를 풀며 행간에 걸친다. 어떤 말은 불거져 나와 제목으로 앉고 어떤 문장은 반전의 자리를 꿰차고 들어와 자리다툼한다. 허름한 문장과 낡은 글귀들은 손아귀 힘이 약해서 바람에 날려간다. 놈들은 사람 세상을 두루 떠돌며 근력을 키워 다시 돌아오리라. 퇴고할 때 버린 문장과 낱말도 언젠가 반드시 돌아온다. 지금의 말씀이 언젠가 나에게 버림받은 언어였

듯이, 언어의 회오리도 나를 핵으로 숨 가쁘게 돌고 돈다. 오늘 바람에선 막 갈아엎은 봄 들녘의 생기가 느껴진다. 내가 막 걸음마를 배울 때 아장아장 걷다가 넘어져 울면서 들이마신 흙냄새, 그때 코를 박고 맡았던 텃밭의 기운이 느껴진다.

솔방울

숲을 거닌다. 바닥에 뒹구는 솔방울이 동그랗다. 그늘 깊은 습지라는 증거다. 솔방울은 물기를 머금으면 오그라든다. 조금 내려가면 옹달샘도 있겠구나. 운이 좋으면 산삼을 만날 수도 있겠구나. 산마루에 올라서니 솔방울이 꽃처럼 벌어져 있다. 솔방울 가시가 밖으로 날카롭다. 솔 씨는 벌써 다 빠져나갔다. 양달 솔방울이 먼저 새와 날다람쥐의 먹이가 된다. 가볍다. 이런 까닭으로 솔방울이 방 안 가습제로도 많이 쓰인다. 마른 솔방울을 물그릇에 한 시간 남짓 담가두면 동그랗게 오므라든다. 거실 귀퉁이나 텔레비전 위에 여남은 게 올려놓는다. 작은 바구니에 담으면 소품 장식으로도 손색이 없다. 습도 조절만이 아니라 향이 일품이다.

그 솔방울에 시의 큰 스승이 있다. 가슴속 물기를 놓치지 말아야한다. 시인은 응달이 제자리다. 씨앗을 오래 웅크리고 겨울을 나야한다. 겨울 끝자락에 눈 녹고 봄 햇살이 터질 때, 그 춘궁기에 솔향짙은 언어를 허기 속에 건네면 된다. 낙하의 기억을 차고 올라 훨훨 창공을 날며 구름의 문장도 만나리라. 가슴에 물기가 넉넉하지못하면 마른 솔방울처럼 가시가 돋는다. 상처를 헤집는 문장이 뛰쳐나온다. 젖은 몸으로 쓰는 글에선 솔향기가 난다.

엄니 아버지

아버지는 중졸이고 엄니는 무학소주(無學燒酒)급이다. 두 분 모두 농사꾼이시다. 아버지의 최고 요직은 마을 이장 6년에 면내 이장 대표 격인 상록회장을 몇 년 역임하신 거다. 나에게 한글을 가르쳐준 분이기에 문학 스승으로 모시는 게 아니다. 그건 두 분의숭엄한 말씀 때문이다. 말의 굴림 때문이다. 그 둥긂, 그 무한한 너

그리움과 배짱 때문이다. 저승사자가 와도 농을 치는 말의 유연
함 때문이다. 지금 당장의 말이 아니라, 먼 훗날에 대련(對聯)을 다
는 품새 때문이다. 어떤 말은 넉 달이나 지나서 깨우치고, 어떤 말
은 30년 지난 뒤에 무릎을 친다. 상대의 가슴에 상처를 처박는 말
이 아니다. 어깨를 툭 치고는 먼 깨달음의 언덕길, 그 길가의 찔레
나무 덤불 속에 꽃봉오리를 걸어놓는 넉넉한 말씀 때문이다.

"운동화나 물어뜯을 놈"
어릴 적에 들은 아버지의 욕
새벽에 깨어 애들 운동화 빨다가
아하, 욕실 바닥을 치며 웃는다

사내애들 키우다보면
막말하고 싶을 때 한두 번일까마는
아버지처럼, 문지방도 넘지 못할 낮은 목소리로
하지만, 삼십년은 너끈히 건너갈 매운 눈빛으로
'개자식'이라고 단도리칠 수 있을까

°

아이들도 훗날 마흔 넘어
조금은 쓸쓸하고 설운 화장실에 쪼그려 제 새끼들 신발이나
빨 때
그제야 눈물방울 내비칠 욕 한마디, 어디 없을까
"운동화나 물어뜯을 놈"에서 한 치도 벗어나지 못한 나는
"광천 쪽다리 밑에서 주워 온" 고아인 듯 서글퍼진다

"어른이라서 부지런한 게 아녀
노심초사한테 새벽잠을 다 빼앗긴 거여"
두 번이나 읽은 조간신문 밀쳐놓고 베란다 창문을 연다
술빵처럼 부푼 수국의 흰 머리칼과 운동화 끈을
비눗물방울이 잇대고 있다

-이정록, 〈아버지의 욕〉,《정말》, 창비

한번 스승은 영원한 스승, 나는 아직도 추억의 반죽 덩어리에서

수제비처럼 뭉텅뭉텅 시를 떼어낸다. 운동화나 씹어 먹을 놈에서는 한 치도 벗어나지 못했지만 무럭무럭 자라고 늙어서 노심초새가 노심초사(勞心焦思)라는 말임을 깨우치는 나이가 됐다. 언제 나는 2, 30년쯤 너끈히 견딜 만한 욕을 만들어 새끼들에게 날려보나? 씨익, 통렬하게!

〈어머니학교〉라는 제목의 연작시를 썼다. 아예 엄니 말씀을 통째로 받들어 모시면서 썼다.

기사 양반,
이걸 어쩐댜?
정거장에 짐 보따릴 놓고 탔네.

걱정 마유. 보기엔 노각 같아두
이 버스가 후진 전문이유.
담부턴 지발, 짐부터 실으셔유.

그러니께 나부터 타는 겨.

나만 한 짐짝이
어디 또 있간디?

그나저나,
의자를 몽땅
경로석으로 바꿔야겠슈.

영구차 끌듯이
고분고분하게 몰아.
한 사람 한 사람이
다 고분이니께.

-이정록, 〈짐-어머니학교 6〉, 《어머니학교》, 열림원

극장에 가다

1.

조선 시대의 신선들과 둔갑술에 관한 영화 〈전우치〉가 나왔다는 소식을 듣고 곧바로 고향엘 갔다. 시골에 계시는 어머니와 함께 영화도 보고 저녁도 먹어야겠다는 생각이었다. 시내 한복판에 있던 영화관은 사라지고, 변두리 언덕바지에 허름한 극장이 있었다. 관람객은 둘, 어머니와 나뿐이었다. 화장실에 들렀다가 객석에 앉았다. 그런데 어머니가 들어오시질 않았다. 상영 시간도 벌써 5분이나 지났건만 스크린은 여전히 깜깜했다. 더듬더듬 어둠을 헤치며 밖으로 나갔다. 어머니와 표 팔던 아저씨가 다정히 앉아 대화를 나누고 있었다.

"혼자 사세유?" "애들이 자주 와유." "어머니 모시고 영화관에 오는 걸 보면 효자네유." "첨이유. 다 늙어서 뭔 영화 보겄다구." "남은 생, 오순도순 얘기헐 사람이 있는 게 영화지유. 장날 나오시면 언제든지 들러유. 공짜로 넣어드릴게." "그러다가 아저씨 직장 잃으면 어쩔려구유." 진도가 너무 나가는 것 같아서, 콩콩 헛기침을 했다. "아저씨, 영화 안 틀어줘요?" "제시간에 틀었어도 지금까지 광

고 타임이여. 두 사람뿐인데, 전기세 아깝게 뭔 광고를 돌려. 적적
헌 어머니허고 뜨뜻헌 말씀 나누는디, 눈치 읎이 뭔 헛기침이랴?
효잔 줄 알았더니 아니구먼." 어머니의 눈빛이 갑자기 싸늘해진다.
"아저씨가 뭔디 남의 귀한 자슥을 헐뜯는다? 어여 영화나 틀어유."

어머니 손을 잡고 더듬더듬, 다시 어두운 극장 한가운데 앉는다.
10분도 안 돼서 코 고는 소리가 들린다. 어깨에 얹힌 어머니의 머
리칼에서 마른 표고버섯 냄새가 난다.

영화관에서 나오며, 어머니가 한마디 던지신다. "큰애 덕분에
50년 만에, 영화관에서 곤히 잤다." 천년 잠에서 깬 듯, 어머니의
머리칼이 눈부셨다.

억지로 잡아끌어서 들어갔다만
혼자 농사짓는 여편네가 벌건 대낮에
영화관이 뭐다냐? 젊어 아버지하고 한 번
가본 적 있는데 줄거리는 기억에 없어야.
그때만 해도 우리가 주인공이었으니께 말이여.
오늘도 하나 못 봤다. 눈치챘겠지만

내내 졸았으니 말이다. 어미 호강시키려고
어려운 짬 내서 식당까지 예약했는데 미안하다.
니 덕분에 반백 년 만에 영화관에서 곤히 잤다고 한 말,
섭섭해 말아라. 하품하다가 생각 없이 던진 것이니께.
젊은 놈하고 영화관에도 가고 갈비도 뜯었다고
동네방네 입방정 떨어놨으니, 안팎 홀아비들이
새아버지 얘기 꺼내면 당최 모르겠다고 해라.
푹 잤다고도 했다. 우습지? 칠순 지나니께
무술영화 주인공처럼 무서운 게 없어야.

–이정록, 〈허풍–어머니학교 54〉, 《어머니학교》, 열림원

2.

　홀로 영화관에 가는 취미를 접어야 할 것 같다. 이제 영화관에
가면 뒷방 늙은이처럼 구석에 앉는다. 으레 구석진 3인석 벽 쪽에

앉게 된다. 좋은 자리에는 인터넷에 익숙한 젊은이들이 쌍쌍이 앉아 있다. 여기서부터 감정이 꼬인다. 같은 돈을 주고 들어왔건만 영화가 시작되기도 전에 움츠러든다. 삐딱한 시선이 된다. 영화를 볼 때도, 관객석을 두리번거릴 때도 째려보게 된다.

오늘도 영화관은 젊은이들의 연애 터다. 영화는 뒷전이다. 언제부터 팝콘과 콜라가 영화 관람의 필수품이 되었나? 하기야 냄새 풀풀 풍기는 오징어보다는 나을 것도 같다. 눈은 스크린에, 한 손은 팝콘에, 또 한 손은 터치폰처럼 애인의 민감한 곳에 닿아 있다. 팝콘과 콜라를 먹고 싶은 것도 아닌데, 꼴깍 침이 넘어간다. 혀뿌리를 길게 내밀어 송곳니 사이에 끼워 넣고 잘근잘근 씹어본다. 영화는 저 혼자 잘도 흘러간다. 음료수 빨대 빠는 소리에 귀가 얼얼하다. 심장 아래쪽에 주춧돌로 박혀 있던 울컥거림이 모가 나서 불퉁거린다.

한 칸 앞 열에 앉은 소녀의 팝콘이 엎질러진다. 곁에 앉은 소년의 손놀림이 서툴렀을 것이다. 작품의 완성도나 예술성과는 상관없이 영화가 엉망진창으로 전개되리라. 이쯤에서 나가버릴까? 다시 화면에 집중하는데 백발의 노인과 눈이 마주친다. 그분과 나만이 나이 하나로 돌올하다. 혹 아는 사람인가? 엷은 웃음이 어둠 속에서 만난다. 칼국수에 막걸리 마시며 저분의 영화 같은 젊은 날이나 엿볼까? 순간 화면이 빠르게 바뀐다. 드디어 얼렁뚱땅 영화를 보던 젊은이들도 숨을 죽인다. 역시 영화는 만인의 오감을 집중시키는 마력이 있다. 이렇듯 엉성한 관객에게도, 콜라와 팝콘에 곁들여 감동과 재미를 보너스로 선사하는 것이다. 순간 다시 콜라 컵 얼음 조각 흔드는 소리! 그 얼음 조각이 매달고 있던 몇 방울의 콜라를 빨아들이는 비닐 송수관의 트림 소리가 실내에 울린다. 역시 콜라와 팝콘과 연애가 주(主)고, 영화는 곁다리 보너스다. 팝콘을 주워 먹던 소녀가 키들키들 웃는다.

곧 영화가 끝난다. 자막이 다 올라갈 때까지 자리에 앉아 배경음악도 듣고, NG 화면도 보고, 엑스트라 이름도 불러본다. 나만 남았다. 실내등은 벌써 훤하게 켜 있다. 쓰레기봉투와 빗자루를 든 아저씨가 팝콘과 콜라 컵을 수거하며 자꾸 나를 쳐다본다. 잠이 든 건 아닌가? 졸도한 건 아닌가? 어서 나갔으면 하는 노골적인 눈빛이다. 나는 무심하게 화면을 바라본다. 자막이 다 올라가고 하얀 스크린만 남을 때까지 온 정성을 쏟아부은 편집자의 고독과 감독의 손길을 바라본다. 영화가 끝나고 나서 가장 오래 앉아 있었을 때가 언제였더라? 아, 그건 〈타이타닉〉이었지. 바닷물에 둥둥 떠 있다가 고요히 죽어간 많은 엑스트라들의 이름을 숨죽이고 앉아 오래도록 바라본, 그날의 전율을 잊을 수가 없다. 영화는 언제나 내 안에서 꿈틀꿈틀 기어올라오는 야릇함을 경험케 한다. 아침잠이 많은 젊은이들을 피해 다음 주엔 조조할인을 볼까나? 아침부터 콜라에 팝콘을 말아 먹지는 않겠지?

3.

중학교 3학년 때다.

"아버지, 시내 사립고에서 저를 장학생으로 뽑아준대요."

"왜 공부도 시원찮은 너를 장학생으로 뽑는다냐?"

"미술대학 진학하는 조건이래요. 미술 장학생!"

아버지가 지붕 너머로 눈길을 돌리신다. 잠시 후 단호한 한마디!

"홍성 읍내 동보극장! 간판장이 아직 젊더라!"

그러니께 그게 말이여

"나는 그래서 막내딸이 싫어."

"왜, 그래요? 밉다밉다 하면서도 이사 갈 때는 쌈짓돈 털어서 잘도 보태주더만."

"걔는 아버지가 땅 한 뙈기 남기지 안 했지 않냐? 어미는 그게 맘에 걸렸는데, 다행히 니들 손 안 빌리고 내가 삼베 짜서 몇 푼 도운 겨."

"그런데 뭘 그렇게 밉다고 해요. 맘 시리고 짠해하는 것 다 보이고만. 난 질투 안 해요. 내가 뭐 투덜투덜 우리 집 개 주둥이라도 발길질할까 봐 그래요."

"개를 차든 개를 삶든 그거야 네 싸가지대로 하면 되는 거지."

"근데, 뭐 때문에 개가 뵈기 싫어 죽겠다는 거예요?"

"내가 언제 죽겠다고 했냐? 그냥 싫다고 했지. 딸년 보기 싫어서 죽었다고 하면 얼마나 꼴사납겠냐?"

"뭔 심사가 그리 뒤틀려서 말문에다 말뚝을 치고 그런대요? 그나저나 뭐가 싫다는 거냐고요?"

"여름 겨울, 방학만 되면 지 새끼들 데려다 맡기는 바람에 내가 징역살이를 한다. 사내애들 셋이 뛰어다니면 정신머리가 하나도 읊어야."

"또, 거기 들어간대?"

"그려, 저는 기도원에 들어가서 천국 예약에 혼신을 다하겠지만, 어미는 불볕더위에 밥해주랴, 옥수수 삶으랴, 설거지하랴, 싸움 뜯어말리랴, 목욕시키랴, 지옥살이여."

"엄니가 인복이 많아서 그래요. 시어머니도 한 분 더 모시고, 고아원에서 뛰쳐나온 애들도 다 우리 집 거쳐갔잖아요."

"그게 인복이면, 콩나물시루 같은 지하철 운전사가 그중 복이 터진 거지. 요셉, 다윗, 모세! 애들 이름이 또 그게 뭐여? 모세가 뭐여? 큼직하게 바위라고 하든지, 자갈이라고 하지. 당최 맘에 안 들어. 저만 천국이고 나는 지옥이여?"

"근데 막내아들도 딸 셋 데리고 피서 온다는데."

"피서를 왜 어미 집에서 하느냐고? 난 피가 서고만! 하나씩 심심할 때 맞춰 내려오지, 한꺼번에 뭐 먹을 것 있다고 쪼르르 내려와서는 유황불을 놓는다냐?"

"막내아들은 예쁘죠?"

"좀 낫지. 그놈이 거먹애 아니냐?"

"거먹애가 뭐예요?"

"공부도 높은 놈이 거먹애를 모르냐. 하늘 안 보고 낳은 애를 거먹애라고 그려. 안 보기야 했겠어. 농사일에 곯아떨어졌을 때 아버지가 내 허벅지에 흘렸겠지. 그게 뒤척이다가 샅에 묻었겠지."

"아버지가 뭘 흘려요?"

"니 불알 씨망태에 있는 싸가지 없는 버러지들 말이여."

"엉큼해라. 막내는 어려서부터 컴퓨터도 잘하고 중학교 때는 학생회장도 했잖아요."

"그랬지. 내 새끼들 중에 공부 못한 자식 있간? 그땐 그게 자랑이었는데, 사내자식 셋 중에 한 놈만이라도 못난 자식 있었으면 얼마나 좋았을 껴. 내가 들판에 서면 한숨부터 나와야. 남들은 한 놈씩 남아서 부모하고 오순도순 농사를 짓는데 우리 집은 병든 아버지하고 시어머니 둘 건사하며 농사일했으니께. 거의 나 혼자 왜가리처럼 호락질했지."

"그러고 보니 공부 잘한 게 죄네."

"큰 죄지. 들녘 허수아비도 짝으로 서 있는 판에 나만 혼자 일했으니. 그래도 내가 내웅이네보다는 낫다고 생각한다. 개는 서울대

나와서 며느리랑 미국 가서 살잖니. 내웅이 아버지가 맨날 그랬다. '우리 집 큰놈은 나 죽으면 무덤에 와서 눈물 뿌릴 놈이여. 그래도 이장님 댁 애들은 가까운 데 사니께 전화 한 번이면 오리 새끼들처럼 쪼르르 몰려오잖아요.' 맞는 얘기지. 그걸로 위안 삼았다."

"근데, 어쩌나? 막내가 요번에 미국 지사로 발령이 나서 애들 데리고 3년쯤 나갔다가 온대요."

"알고 있었다. 와야 오는 거지. 한번 큰 땅 밟은 사람은 작은 골짜기에 못 들어오는 거여."

"어머니가 어떻게 알아."

"오늘 애들 다 데리고 와서 며칠 머물려고 하는 것도 다 속뜻이 있는 거여. 혹시 그사이에 어미가 죽어봐라. 제 맘속에 어미를 품고 가려고 내려오는 겨. 새끼들한테도 할머니에 대한 추억을 심어주려고."

"안 오는 건 뭐고, 죽는 건 또 뭐여? 언제 죽기로 막내하고 약속이라도 했남?"

"먼젓번에 와서 읍내 사진관에 가자고 하더라. 미국 갈 때 가져가려고 한다고 말이여."

"근데?"

"벽에 걸린 저걸 보고도 모르냐? 띠만 두르면 영정 사진 아니냐. 저걸 지가 장만하고 싶었다고 하더라."

"그래서 막내딸이 애들 맡기는 게 싫었고만요."

"그려, 미국 넘어가면 언제 올지 모르니께. 무덤 잔디 싹에 눈물 뿌리기 전에 실컷 놀라고 그랬다. 막내딸이 와서 손자 세 놈까지 보태지면 여섯이 복작거릴 텐데, 그러면 욕밖에 더 나오겠냐? 애들이 미국 가서 뭐라고 하겠냐? 할머니는 욕쟁이라고 미워할 거 아녀."

"근데, 어떻게 이 시골에서 컴퓨터 가르칠 생각을 다 하셨대?"

"내 생각이 아니고, 돌아가신 아버지가 결정하신 거지. 아버지도 얼결이었어. 이씨 문중에 홍성 읍내에 컴퓨터 학원을 낸 분이 계셨는데, 학생이 없으니까 신신당부한 거지. 그 바람에 IMF 때인데도 회사에 척 붙고 미국까지 가는 것이니께, 갠 컴퓨터가 하느님이고 곳간이지."

"막내 중학교 때, 교장 선생님이 어머니 앞에서 쩔쩔맨 사건이 있었잖아."

"새꼼맞게 뭐 하러 그 얘기를. 그러니께 그게 말이여, 물 좀 한 잔 떠 와라."

"말문 안 닫을 테니까 천천히 말씀하세요."

막내 중학교 삼학년 때다.

초대 학생회장이 되었다고 축하도 많이 받았지.

비바람 치던 어스름에 부랴부랴 비닐하우스 내리고 들어왔는데

전화통이 불나게 울어대, 받아보니 교장 선생님인 겨.

애가 나쁜 짓을 했으니 학교 나와야 된다는 겨.

얼마나 큰 잘못이간 훈육 선생님 놔두고 교장까지 나서나? 가슴이 방망이질 치대.

걔는 코딱지도 어른한테 허락 맡고 파내는 앤데 말여.

질척대는 이십 리 밤길을 허우허우 달려가 보니께

삽날에 갇힌 두더지 꼴로 엄니들 셋이 앉아 있는 겨.

새 마누라 보려고 모개로 선보러 나온 것마냥

교감하고 서무과장하고 교장이 건너편에 앉아 있고 말여.

말씀인즉 애들이 빨갱이가 됐다는 겨.

사법적 결정에 따라 학교를 떠나는 전교조 교사들 배웅한다고

지들끼리 싸가지 없이 실외 조회도 열고

찬양인지 고무다란지 교실 뒤편에 금강산 백두산 사진도 잔뜩

붙여놨다는 겨.

옆에 있던 엄니들이 우리 애 살려달라고

어미 아비가 무식해서 잘못 가르쳤다고

소파에서 내려와 무릎 꿇고 조아리는 거여.

그래 일자무식한 어미가 한마디 날렸다야.

내가 학교 문턱이라곤 니들 운동회하고 졸업식 때 가본 게 다

지만

아버지한테 구박받으며 배포 하나는 두둑하게 키웠지 않냐.

큰놈부터 막내까지 삼남 이녀가 다 이 학교에 적을 뒀는데

그간은 빨갱이가 한 놈도 안 나왔다. 큰애는

사범대학 나와서 선생까지 하는데 유독 막내 놈만 빨갱이가 됐

냐?

학교 교육은 최종적으로 교장 선생님이 책임지는 거 아니냐?

잘못은 교장 선생님이 해놓고 왜 겁주고 윽박지르냐?

내가 교육청하고 신문사에다 죄 따져볼 거다. 쏴붙이고는

둘러보니께, 무릎 꿇고 있던 엄마들은 다시 소파에 앉고

그치들은 똥통에 빠진 생쥐마냥 날 빤히 건너다보는 겨.

결국 교문 밖까지 극진하게 배웅받았지.

너도 애들 잘 가르쳐라. 칠판이 뭐냐.

그게 숲이고 바다여. 까닥 잘못하면 생피범벅인 애들을

악어 떼에게 집어던질 수도 있고

식인상어와 맞겨루게 할 수도 있는 겨.

밤늦게 제 찢어진 속곳 꿰매달라고

당최 학부모한테 전화질하지 말고.

－이정록, 〈중3 빨갱이－어머니학교 33〉, 《어머니학교》, 열림원

"어머니가 최고여."

"야, 막내 오는가 보다. 너도 언제 볼지 모르니께 불뚝거리지 말고. 술은 광에다 잔뜩 쟁여놨다. 적당히 많이 먹어."

"엄니도 한잔하셔야지."

"노래 두어 곡 새 걸로 준비했다."

어머니가 버선발로 토방을 내려선다.

"어서 온. 어서 와. 아이쿠, 살짝살짝. 어미, 갈비뼈 부서지겠다. 거먹애는 힘이 쎄다니께. 안아보고 낳은 게 아니래서."

"그게 뭔 말이래요."

시댁에 오자마자 뜬금없는 인사를 들은 제수씨가 눈을 크게 뜬다.

"막내 며늘아가, 너 밤마다 숨이 칵칵 막히지? 애가 맺힌 게 있는 애다."

모색의 시절

돼지 저금통을 뒤집어 엄지손톱으로 후벼 팠다. 100원짜리 몇 개가 쏟아졌다. 돼지 저금통은 먹은 양만큼 싼다. 소화가 하나도 안 됐다. 월급날이 나흘이나 남았는데 지폐 한 장이 없군. 하숙집을 나와 면사무소 은행나무 아래에 섰다. 은행잎은 왜 갈라졌을까? 짐승이 뜯어 먹으려면 반만 찢어주겠단 건가? 비바람을 흘려보내려고 평형을 맞춰놓은 걸까? 아님, 사랑하는 사람에게 하트 대신 보내라는 걸까? 공중전화에 300원을 넣는다. 공중전화가 저금통 같다. 쌓여 있던 애인의 목소리가 짤랑짤랑 건너온다. 보고 싶단다. 오고 싶으면 오란다. 택시 타고 두 시간, 차비도 없는데. 밤 10시가 넘어가는데. 이곳은 시골이라서 택시도 없어서 학부형이 운행하는 자가용 택시를 타야 하는데. 머릿속이 짤랑거린다. 올 수 없음을 알고 사랑의 마음 샘에 은행잎 하트를 날린다. 알았어! 갈게. 내일 아침 일은 내일 오후에 걱정하자. 내일 밤에 걱정하자. 아예 걱정하지 말자. 마음 샘 밑바닥에 고여 있던 노란 은행잎이 떼로 솟구쳐 보름달에 집중적으로 뭉쳐 있다.

하숙집으로 돌아와서 돼지 저금통을 안고 우리 반 학생인 인수네로 간다. 인수 아버지가 일명 '나라시'라고 불리던 자가용 택시에 시동을 건다. 배가 왜 불룩해요? 아, 차비 하려고 돼지 저금통 갖고 나왔어요. 둘 다 웃는다. 월급날 아이 편에 보내세요. 이미 돼지 저금통이 찢어져 쏟아진다. 2만 원을 세어서 시트커버 뒷주머니에 넣는다. 돼지 저금통이 가을 논바닥을 구른다. 바람이 차다. 동전을 세느라 고갤 처박고 있었더니 저녁에 먹은 소주가 요동을 친다. 애인이 대문 앞에 없다.

애인의 방까지 가려면 담을 넘어야 한다. 예비 장인 장모님이 깨면 뭐라 말씀 올리나? 담을 넘는다. 담장 위에 솟아 있던 철근이 양복바지를 놓아주지 않는다. 북 하고 바지가 찢어진다. 팬티가 보인다. 순간 웃음이 새어 나온다. 글공부하는 놈이라고 옷도 'book' 하고 찢어지네. 애인이 놀란다. 애인이 바지를 꿰맨다. 이미 찢어진 거 이불 속에 들자고 눈짓을 보낸다. 바늘이 내 눈동자로 쳐들어온다.

밤새 신춘문예에 대해 말한다. 애인은 소설을 쓴다. 소설은 서른은 돼야 작가가 될 수 있다며 한가하다. 시는 열정이고 소설은 인생이란다. 바지가 찢어지듯 북 하고 코웃음을 친다. 애인이 제안을 한다. 다음 주말까지 시를 다섯 편 쓰겠단다. 자기도 시로 신춘문예에 도전하겠단다. 둘 중 하나, 상금을 받아서 결혼 자금에 보태

잔다. 고맙다. 서울에 있는 신문사에는 신작을 올리고 그간 떨어진 작품을 다듬어 〈대전일보〉에 응모하자 한다. 상금이 70만 원인 걸 벌써 알고 있다.

아, 다음 날 아침 미래의 처남 바지를 입고 지각 출근을 한다. 딱 달라붙는 면바지에 양복을 입고 청둥오리처럼 뒤뚱거린다. 하체가 부실하다. 며칠 뒤 애인이 시 다섯 편을 내민다. 시가 좋다. 난 떨어질 것 같다. 모던하다. 내가 멍석이면 애인은 모노륨 장판이다. 내 시가 도롱이라면 애인은 명동패션 우비다. 시 제목도 나는 〈겨울 들판에서〉인데 애인은 〈모색의 강가에서〉이다. 앗, 그런데 '모색'이란 단어의 한자가 틀렸다. 나는 명색이 한문 교사임에도 애인의 오자를 고쳐주지 않는다. 당신은 시서화에 능통한 신사임당이라고 추켜세운다. 바늘 끝 세우는 정절까지 닮았다고 콧소리 날린다.

그해 애인은 감감무소식, 나는 〈대전일보〉 신춘문예에 〈농부일기〉라는 제목으로 당선된다. 중앙에서 청탁이 안 온다. 읍내 작가가 되었다. 동네 작가는 속이 상한다. 하지만 3년째 이어오던 성대한 신춘문예 탈락 의식을 거르게 된다. 그해에도 중앙 일간지 세 곳에서 탈락했건만, 지방신문 신춘문예 당선은 아무나 하나? 어깨를 으스대며 시인의 칭호를 대견해한다. 신춘문예 탈락 의식은 간단하다. 일종의 위장 학대 의식이다. 소주 됫병에 작은 고추장 한 통과 마른 멸치를 산다. 사각 플라스틱 고추장 통에 멸치를 한 마리씩 원산폭격시킨다. 맥주 컵에 소주를 붓고 멸치 한 마리를 머리부터 씹는다. 일곱 잔쯤에서 화장실로 뛰어간다. 멸치 비린내가 진동한다. 양변기에 멸치 눈깔이 동동 떠 있다. 작년과 멘트가 같다. 멸치 눈처럼 또랑또랑하게 쓰잔 말이야. 탈락 첫해에는 마른 김으로 됫병을 마셨다. 토하면서 멘트를 날렸다. 대사가 멋져서 웃었다. 그래도 공부는 좀 했나 보네. 먹물을 토했네. 청탁이 없다. 반상회보와 군정 소식지에 시를 서너 편 실은 게 전부다. 그해 겨울에도 또 응모하고 다시 멸치 눈깔을 토한다. 한 잔 더 늘었다.

90년 봄 《태백산맥》이란 소설을 펴내던 한길사에서 《한길문학》을 창간한다는 신문 사고가 나왔다. 서둘러 시를 응모한다. 어느 날 퇴근하니 어떤 잡지에서 교육 운동을 열심히 하느냐고 전화가 왔었단다. 그래서 뭐라 답했느냐고 하니, 전교조 때문에 죽겠다고 했단다. 아내가 당선시켰군. 주간이었던 임헌영 선생님의 전화였음을 직감한다. 당선자들은 출판사의 부름을 받고 동학혁명 격전지를 따라 사상 단련의 길을 떠난다. 박상률, 김응교 시인이 등단 동기다. 이이화 선생님과 이철 전국회의원의 빛나는 특강을 들으면서 우금치까지 올라온다. '한길시선 16번'을 약속받는다. 청탁도 잘 온다. 곧 시집을 갖는 시인이 되리라. 읍내에 가서 1년 할부로 마라톤 전동 타자기를 들여놓는다. 백스페이스가 네 글자까지 지운다. 가히 천재 타자기와 천재 시인의 만남이다.

원고 뭉치를 올리고 시집 나오기만을 기다리다가, 신작 시 세 편을 첨부하려고 처음으로 출판사에 간다. 편집장이 네 시간 넘게 내 시집 원고를 찾지 못한다. 원고는 철제 서류함에서 바퉁처럼 둥글게 말려 대가들의 원고에 깔려 있다. 나 시집 안 냅니다. 원고를 빼앗아 나온다. 눈물이 흐른다. 엘리베이터를 탈 수가 없다. 엘리베이터 앞에 하이힐이 서 있다. 서울 아가씨들은 왜 이리도 늘씬하고 예쁜가. 철제 계단을 타고 내려온다. 서울 하늘에도 노을이 번진다. 다짐한다. 서울 것들은 이제 다 죽었어. 양 옆구리에 내 시집을 끼고 살도록 해줄게! 불철주야 시를 쓴다. 올해도 떨어지면 시를 접자. '이록'이란 이름으로 세 신문사에 응모한다. 전화기 위에 이록이란 이름을 매직으로 큼직하게 써놓는다. 사무실에 울리는 전화는 다 내 것 같다.

1992년 12월 22일 오후 3시, 눈이 많이 내렸다. 전화를 받으러 간다. 등골이 오싹하다. 운명은 등으로 온다. 아내다. 이록 선생이세요? 집에 오기 전에 '삽다리곱창'에 들른다. 자전거 바퀴가 눈에 파묻힌다. 곱창이 구워지기도 전에 소주를 두 병이나 들이켠다. 안주는 그대로 놓고 집에 닿는다. 대문 앞 어린 대추나무가 함박눈에 둥글게 휘어져 있다. 대추나무와 맞절을 한다. 등단하니까 너도 날 알아보는구나. 아내가 아무런 말도 없이 빨래를 한다. 방을 닦는다. 아기의 분유를 탄다. 거짓말이라고 할까 봐 묻지도 못한다. 두 시간의 침묵이 지난다. 침묵은 가장 서슬 푸른 감각이다. 너무 많이 마시지 마. 축하해. 나중에야 안다. 그날 그대로 나갔으면 필시 얼어 죽었을 거란 것을. 한 호흡 챙겨준 아내의 침묵을 시에 품어야겠다고 '모색'해본다. 세 번의 긴 등단 과정이 끝났군. 이틀 뒤 술에서 깨어난다. 혈거시대(穴居時代), 무명의 굴에서 뛰쳐나와 시의 굴에 갇힌다.

1

어쩌다 집이 허물어지면
눈이 부신 듯 벌레들은
꿈틀 돌아눕는다
똥오줌은 어디에다 버릴까
집 안 가득 꼴이 아닐 텐데
입구 쪽으로 꼭꼭 다져넣으며
알맞게 방을 넓혀간다
고추에는 고추벌레가
복숭아 여린 살 속에는 복숭아벌레가
처음부터 자기 집이었으므로
대물림의 필연을 증명이라도 하듯
잘 어울리는 옷으로 갈아입으며
집 한 채씩 갖고 산다
벌레들의 방은 참 아늑하다

2

PVC 파이프 대림점 옥상엔
수많은 관들이 층층을 이루고 있다.
아직은 자유로운 입으로 휘파람 불고
둥우리를 튼 새들 관악기를 분다
아귀에 걸린 지푸라기나 보온덮개 쪼가리가
빌딩 너머 먼 들녘을 향해 흔들린다
때론 도둑고양이가 올라와
피 묻은 깃털만 남기고 가는
문명과 원시의 옥상으로
통이 큰 주인아줌마가 사다리를 타고 오른다
또 몇 개의 관이 땅 속이나 콘크리트 사이에서
우리들의 쓰레기나 소음으로 배를 채울 것이다
그리하여 관을 타고 온 것에는
새끼 잃은 어미새 소리가 있고
회오리치는 바람 소리가 있고

도둑고양이 이빨 가는 소리가 뛰쳐나온다
피 묻은 둥우리, 숨통을 막는
보온덮개의 질긴 터럭이
우리들 가슴에 탯줄을 늘이고,
PVC 파이프 그 어두운 총신들이
퀭한 눈으로 꼬나보고 있다

3

우리들의 가슴속에도
제 집인 양 덩치를 키워온
수많은 벌레들 으쓱거린다
햇살 반대편으로 응큼 돌아눕는
그들과 우리는 낯설지 않다
코를 풀고 눈곱을 떼내며 아침마다
우리는 벌레의 집을 청소한다

그들의 방으로 채널을 돌리고 보약을 넣고

벌레들의 집은 참 아늑하다

-이정록, 〈穴居時代〉,《벌레의 집은 아늑하다》, 문학동네

젖은 신발

아이들 운동화는
대문 옆 담장 위에 말려야지.
우리 집에 막 발을 내딛는
첫 햇살로 말려야지.

어른들 신발은 지붕에 올려놔야지.
개가 물어가지만 않으면 되니까.
높고 험한 데로 밥벌이하러 나가야 하니까.

어릴 적에 할머니께서 가르쳐주셨지.
북망산천 가까운 사랑방 툇마루에
당신은, 당신 흰 고무신을 말리셨지.

노을빛에 말리셨지.
어둔 저승길, 미리 넘어져보는 거야.
달빛에 엎어놓으셨지.
저물어도 거둬들이지 않으셨지.

°

마지막은 다 밤길이야.

젖은 신발이 고꾸라져 있었지.

ㅡ이정록, 〈젖은 신발〉, 《눈에 넣어도 아프지 않은 것들의 목록》, 창비

시 속에 동그마니 앉아 계신 할머니를 이곳으로 모신다.

빨랫줄처럼 안마당을 가로질러

꽃밭 옆에서 세수를 합니다, 할머니는

먼저 마른 개밥 그릇에

물 한 모금 덜어주고

골진 얼굴 뽀득뽀득 닦습니다

수건 대신 치마 걷어올려

마지막으로 눈물 찍어냅니다

이름도 뻔한 꽃들

그 세숫물 먹고 이름을 색칠하고

자두나무는 떫은 맛을 채워갑니다

얼마나 맑게 살아야
내 땟국물로
하늘 가까이 푸른 열매를 매달고
땅 위, 꽃그늘을 적실 수 있을까요

-이정록, 〈세수〉, 《풋사과의 주름살》, 문학과지성사

우리 집 샘터에는 세숫대야가 두 개 있었다. 하나는 학 그림이
있는 스테인리스 세숫대야였고, 다른 하나는 갖가지 용도로 쓰이
는 찌그러지고 구멍 난 양은 세숫대야였다. 할머니는 꼭 볼품없는
양은 세숫대야로 세수를 했다. "늙은이는 늙은 거로 닦아야 해." 할
머니가 세숫물을 들고 가는 토방 끝자리까지, 물방울 목걸이 모양
으로 말줄임표가 그어졌다. 샘터와 개밥 그릇과 목마른 실뿌리가
잇대어졌다. 지상 최고로 맑은 생명수가 할머니의 주름진 손 우물
에서 찰람거렸다. 어미 개의 긴 혀가 연주하는 생명 교향곡에 맞춰

수선화와 개나리가 작은 나팔을 불었다. 마른 수건은 어린 식구들에게 양보하고 당신은 꾀죄죄한 치마에 눈물샘을 찍어내셨다. 지금도 할머니의 세수 터에 앉아보면 담장에서 해바라기를 하던 운동화가 자두나무 이파리 사이로 걸어 나온다.

허리를 펴면
덩달아 일어서는 앞산
지팡이 딛는 곳마다 콩을 심었으면
온통 콩밭이 되었을 마을
일하지 않으면 외려 병이 도진다는
그가 오늘은 두둑콩을 깐다
마루턱에 앉은 그의 알무릎이
햇살에 눈부시다
동부 같은 팔순의 속살
콩 한 소쿠리 토방에 널 때
멀고먼 저켠에서 내려온 햇살이
드디어 일거리를 만난다

빛나는 콩의 이마,

맨땅에 엎드러지는 햇살은 얼마나 민망한가

(…)

헐렁한 막버스가 지나가고

고추잠자리들 심심하게 놀다 잠든 마을

불빛을 흔들며 할머니가 콩을 깐다

늙을수록 그림자는 둥그러진다.

-이정록, 〈황새울〉 부분, 《벌레의 집은 아늑하다》, 문학동네

상처투성이로 세상을 헤쳐나가는 도심 속 우리가 가야 할 나라
는 할머니의 알무릎이다. 골고다 언덕이 거기에 있다. 민망함을 잃
지 말아야 한다. 쑥스러움까지 가야 한다. 부끄러움과 염치를 숭배
해야 한다. 알무릎 같은 감자, 알무릎 같은 양파, 알무릎 같은 무,
알무릎 같은 달을 경배하자. 알무릎 같은 얼굴로 서로를 사랑하자.

병이 깊으면

뒤뜰이 좋아지나보다

간경화로 고생 많은 아버지와

할머니가 두런두런 뒤뜰 풀을 뽑는다

항아리로 차오르는 아버지의 배

화롯불 놓을 장작더미도 어루만지고

해묵은 국화며 상사초를 옮겨심는다

(어머니, 울타리를 다시 허야것슈

뫼느리밑씻개만 무성헌 언덕빼기를 허물구

골담초두 윔겨심구 두룹남구두 심궈야것슈

새끼덜 낭중에 고향집이라고 찾으면

가시 돋친 두룹 순을 꺾으며 못난 애비 생각두 허것지유)

장날이면 호두나무며 대추나무 묘목을 사와

울 안 구석구석이며 두둑마다

쉬엄쉬엄 구덩이를 파는
아버지는 평생 열매 좋은 나무였을까

(가꾸지 안혀두 크는 나무라야 혀
니네덜 죄다 대처에 살더라두
스러지는 지붕 너머로 혼자서두 열릴 것잉께)

마음만 깊은 아버지의 나이테에
빙빙 황사바람이 인다 캄캄한
항아리 속 얼굴을 어루만지는 아버지,
병 깊고 나이 많아지면
기웃거리는 뒤뜰 잔바람이며
울타리 너머 차운 달도 다정한 벗이 되나보다
밥풀꽃 같은 할머니와 아버지가
어둠을 흔들며 모퉁이로 나온다

-이정록, 〈한식(寒食)〉, 《벌레의 집은 아늑하다》, 문학동네

아픈 아들의 유언을 듣는 할머니의 가슴은 얼마나 아렸을까. 나는 또 얼마나 마음이 먹먹했던가.

농약을 마신 막내삼촌이 막 숨 몰아쉬던 안마당
그때 그 자리에서 할머니가 마른 고추를 가른다
삼촌도 견뎠으면 맵고 붉게 익었을 것이다 고추 가위는
입만 벌리면 아직도 멀었다고 가위표를 내보이는데
조카들도 장성했으니 이만하면 됐다고, 삼십 년이면 충분하다고
숨 멈춘 뒤에도 솟구치던 게거품이 노란 씨앗으로 쏟아진다
붉고 매운 눈물의 나날이 배를 가르고 뛰쳐나오자
고추의 빈 뱃속으로 햇살 들이친다 삼십여 년이면 족하다고
재채기도 없이, 삼촌의 방에 불이 켜진다
고추를 가르던 손으로는 눈물을 훔칠 수 없다
눈길도 없이, 나와 할머니의 눈에 붉은 등이 켜진다

-이정록, 〈고추의 방〉, 《버드나무 껍질에 세들고 싶다》, 문학동네

무슨 말인가를 덧대려니 다시 눈이 매워진다. 밤하늘의 별들이 고추씨처럼 맵다.

　할아버지는 내가 태어나기 전에 돌아가셨다. 아버지는 쉰여섯에 떠나셨다. 할머니는 할아버지에 아버지에 돌아가신 삼촌들 셋까지, 독수공방 다섯 채를 가슴우리에 품고 사셨다. 그 무서운 방에 장작을 지피고, 꽃무늬 벽지를 바르고, 아랫목에 옹기종기 밥그릇을 묻고, 콩나물시루처럼 눈물을 다스리며 손주들을 키우셨다. 손길 하나하나가 봄 햇살 같았다. 내 소원 하나는 할머니처럼 나이를 많이 먹는 거다. 아버지가 못 해본, 나이 많은 할아버지가 되는 거다. 그리하여 세상에 주름 경전을 건네는 거다.

　"곱게 늙어야 하는데." 할머니의 말씀대로 살고 싶다. 첫 시집을 낼 즈음에 이미 봐버린 서녘 하늘을 잊지 않으며.

　내 棺으로 쓰일 나무 한 그루
　어딘가에서 하늘을 보고 있다

　　-이정록, 〈나무 한 그루〉 부분, 《벌레의 집은 아늑하다》, 문학동네

해 지는 쪽으로

햇살동냥 하지 말라고
밭둑을 따라 한줄만 심었지.
그런데도 해 지는 쪽으로
고갤 수그리는 해바라기가 있다네.

나는 꼭,
그 녀석을 종자로 삼는다네.

벗 그림자로
마음의 골짜기를 문지르는 까만 눈동자,
속눈썹이 젖어 있네.

머리통 여물 때면 어김없이
또다시 고개 돌려 발끝 내려다보는 놈이 생겨나지.
그늘 막대가 가리키는 쪽을
나도 매일 바라본다네.

해마다 나는
석양으로 눈길 다진 그 녀석을
종자로 삼는다네.

돌아보는 놈이 되자고.
굽어보는 종자가 되자고.

-이정록, 〈해 지는 쪽으로〉, 《눈에 넣어도 아프지 않은 것들의 목록》, 창비

김광석과 나는 동갑이다. 김광석이 이승의 공기를 내뱉지 못한 그즈음께, 나는 문단의 말석에 끼어 앉아 웃음을 섞기 시작했다. 목젖 근방에서 노닐던 수줍음은 술기운을 뒤집어쓰고는 금방 호기롭게 좌충우돌했다. 그때 하루가 멀다 하고 만나던 유용주 시인과 한창훈 소설가는 김광석의 골수팬이었다. 개인이든 역사든 만약이라는 가정은 우리를 쓸쓸하고 슬프게 만들지만, 나는 김광석의 노래를 들을 때마다 생각한다. '친구군! 이 친구랑 놀아야 하는데.' 김광석이 살아 있다면 그와 나는 분명 벗이 되었을 것이다. 내가 친

구 먹자고 시도 때도 없이 간청했을 것이다. 그의 주소로 시집을 보내고, 그의 콘서트를 찾아가서 애걸복걸했을 것이다. 입장권에 쓰여 있는 좌석을 비우고 무대 앞에 쪼그리고 앉아 그의 숨결과 땀과 하모니카 목걸이를 바라보리라.

　내 나이 서른 이전까지 우리 집은 땔나무를 해서 구들장을 데웠다. 겨울 산에서 삭정이나 마른 솔잎을 지고 오다 보면 꼭 한자리에만 지게를 받치게 된다. 겨울바람이 부드러운 곳, 햇살이 좋은 곳, 풍경이 예쁘게 펼쳐진 곳, 다시 지게 멜빵을 걸치고 오른쪽 무릎을 펼 때 무거운 지게가 스스로 제 무게를 구름 쪽으로 끌어 올리는 곳, 그런 곳에는 넉넉한 그늘을 드리우는 나무 한 그루가 있었다. 형님 같은 나무. 아저씨 같고, 아버지 같고, 할아버지 같은 나무. 누구의 기도도 받아줄 것 같은 나무. 나 대신 끙끙 앓아줄 것 같은 나무가 서 있었다. 김광석의 노래를 듣다 보면 그 나무가 떠오른다. 노래가 내 귀와 가슴으로 오는 게 아니라, 내 가슴속 목소리가 김광석의 노래로 들어가는 것 같다. 그걸 교감이라고 하나? 공감이라고 하나? 김광석은 듣는 이의 가슴으로 들어가서 듣는 이의 노래를 불러준다. 김광석은 한 명인데, 듣는 이만큼 확장되고 탄생한다. 천만의 김광석이 천만의 심장을 노래한다. 어루만진다. 저가 더 땀 흘리고 눈물 쏟는다. 한 몸이 되어 쓰다듬는다. 나만의 친구가 아니라 모두의 벗이 된다. 그러니까 그는 갔어도 그와 나는 친구가 된 거다. '친구야. 술자리에선 내가 노래 부를게. 넌 쉬어. 빙그레 웃기만 해. 푼수처럼.'

2013년 10월, 김동명 문학관에서 나오다가 이 시에 나오는 해바라기를 만났다. 순간 "아, 김광석!" 하고 짧게 탄식했다. 실제로 친구가 된 적 없지만, 살아 있다면 분명 그에게 주고 싶은 시였다. 해바라기를 심은 농부를 화자로 세웠지만, 이 화자는 노래꾼이다. 그래, 우리는 이렇게 삶을 지켜야 한다는 각오가 있다. 돈과 명예와 권력과 허명만을 좇는 해바라기로 살지 말자. 햇살을 구걸하지 말자. 곁불을 곁눈질하지 말자. 남의 모닥불을 훔치지 말자. '햇살 동냥하지 말라고 밭둑을 따라 한 줄만 심었지. 그런데도 해 지는 쪽으로 고갤 수그리는 해바라기가 있다네.' 왜 해 지는 쪽으로 고갤 수그리고 제 발등을 눈 도끼로 찍을까? 왜 심약하고 씨알 잘은 녀석으로 종자를 삼을까? '벗 그림자로 마음의 골짜기를 문지르는' 눈물 젖은 눈동자를 사랑하는 것이다. 이쯤이면 해바라기는 함께 가는 어깨걸이고 먼 길 가는 동지이다. 사람이 살 만한 세상을 돌아보는 부끄러운 김광석이다. '친구여. 술잔을 들고 노래 부르세. 친구여. 돌아보는 놈이 되자! 굽어보는 종자가 되자!' 나는 기쁘게 답가를 부른다.

검은 밤의 가운데 서 있어. 한 치 앞도 보이질 않아. 어디로 가야 하나? 어디에 있을까? 둘러봐도 소용없겠지. 인생이란 강물 위를 뜻 없이 부초처럼 떠다니다가 어느 고요한 호숫가에 닿으면 물과 함께 썩어가겠지. 일어나. 일어나. 다시 한 번 해보는 거야. 일어나. 일어나. 봄의 새싹들처럼.

-김광석, 〈일어나〉

'친구여, 일어나자고. 2차는 내가 쏠게. 자네 얘기로 원고료 좀 챙겼어. 참치 몇 점 먹으러 가자고.'

은하 철도 표를 끊어라

졸린 눈 깜박이며 열차 예매를 한다. 연속해서 비밀번호가 틀리더니, 5회를 초과해버렸다. 신분증을 갖고 가까운 은행을 방문하란다. 비밀번호 때문에 또 애를 먹게 생겼다. 내가 나를 잠가놓고 번번이 나에게 버림을 받는다. 잠이 달아났다. 내일은 먼 곳으로 강연을 떠나야 하니까, 빨리 자자. 그런데 이제야 비번이 떠오른다. 멍청이! 세 번쯤 가슴을 치자 달랑달랑 붙어 있던 졸음이 싹 달아난다. 도망가는 잠을 당겨 토닥토닥 달래야 했건만, 잠에는 책이 최고! 아끼며 미뤄뒀던 책을 펼친다. 그만 읽고 자야지. 눈을 감으면 다음 문장이 떠오르고, 곧 펼쳐질 사건과 대화가 귓속뼈를 흔든다. 남은 페이지를 작가 대신 쓰는 꼴이다. 격정적인 장면에서는 멀뚱멀뚱 눈이 커지고 심장에서 누 떼가 달린다. 내가 머릿속으로 쓴 것과 지은이의 마음이 같을까, 확인하는 일만 남았다. 다시 책을 펼친다. 상상했던 것과 빗나가는 곳이 많다. 잠이란 놈은 아예 책 속 주인공처럼 알래스카로 떠나버렸다.

역에 일찍 나왔다. 입석뿐이다. 주말 연휴에 좌석표가 있을 리 없다. 열차에는 경로석이나 노약자석도 없다. 나는 경로 우대증도 산모 수첩도 없다. 척추 스물여섯 마디와 두 다리로 버텨야 한다.

그나마 남들보다 머리통이 작은 걸 감사하게 생각한다. 그런데 빈 자리 하나가 나를 뚫어져라 바라본다. 손나발을 하고 나를 까부른다. 가까이 다가간다. 털썩 앉으려다가 팔걸이에 엉덩이만 걸친다. 뒤통수가 꺼림칙하다. 창가 좌석에서 주전부리하던 아가씨가 눈초리를 세운다. 빈자리 앞에는 무슨 상자가 있고 여행 가방이 있다. 차창에 비친 모습만 보려고 했는데, 그만 여인과 눈이 마주치고 말았다. 벌레 씹은 표정은 아니지만, 왜 남의 자리에 얼씬거리느냐, 하는 불쾌한 표정이다. 이 나이면 눈치 하나는 빠르다. 얼른 엉덩이를 당겨 돌아선다.

입석을 끊었다면 아예 서서 가는 게 편하다. 빈자리를 찾아 눈치를 보는 순간부터 마음이 불편해진다. 링에 오른 적도 없이 패배자가 된다. 예약할 줄도 모르는 시대의 낙오자가 된다. 닥치는 대로 사는 핫바지가 된다. 두어 걸음 옮겨 반대편 창을 바라본다. 다시 여인이 비친다. 좌석 아래에 있던 상자를 빈 좌석에 올려놓는다. 순간, 깨갱! 상자 안에서 개 짖는 소리가 들려온다. 아, 강아지 자리였구나. 애완견을 위해 표를 끊었구나. 그럼 나는 뭔가? 개가 부러워진다. 지금까지 살면서 개만도 못하다고 느낄 때가 한두 번이었던가! 나도 개를 키워봐서 안다. 개가 사람보다 낫다고 느낄 때 많다. 자신은 서서 갈지라도, 개에게 누울 자리를 내줄 수 있을 때 애완견을 키울 자격이 된다.

'개를 모시듯 시를 모시자!'

강연 주제를 바꾼다. 운명이다.

그릇 기(器)라는 한자를 들여다보면

개고기 삶아 그릇에 담아놓고

한껏 뜯어 먹는 행복한 식구(食口)들이 있다

작은 입이 둘이고 크게 벌린 입이 둘이다

그중 큰 입 둘 사라지자 울 곡(哭)이다

식은 개고기만 엉겨붙어 있다

개처럼 엎드려 땅을 치는 통곡이 있다

아니다, 다시 한참을 들여다보면,

기(器)란 글자엔 개 한 마리 가운데 두고

방싯방싯 웃는 행복한 가족이 있다
옹기종기 그릇이 늘어나는 경사가 있다
곡(哭)이란 글자엔, 일터에 나간 어른 대신
남은 아이들 지키느라 컹컹 짖는 개가 있다
집은 제가 지킬게요 저도 밥그릇 받는 식구잖아요
밤하늘 별자리까지 흔들어대는 목청이 있다

-이정록, 〈식구〉, 《정말》, 창비

눈물 루(淚)라는 한자에도 개가 한 마리 들어 있다. 어그러질 려
(戾)라는 한자가 붙은 걸 보면 무언가 어긋남을 깨닫고 참회와 반
성의 눈물을 흘리는 것 같다. 그럼 외짝 문이나 구멍이나 지게를
뜻하는 호(戶)와 개를 본떠 만든 견(犬)이 만나서, 어떻게 '어그러지
다, 되돌리다'라는 뜻의 려(戾)가 되었을까? 먹이에 눈이 멀어 구멍
에 머리가 박힌 개가 낑낑거리며 뒷걸음질하는 모습이 떠오른다.
　시(詩)라는 검은 구덩이에 목을 걸고 맘껏 울어보자. 시라는 놈
이 꼬리를 치며 내 영혼을 핥을 때까지. 시집을 은하 철도 좌석에

앓히고 당신 가슴에 안길 때까지.

조짐을 안다는 말

-덥석덥석 어미 좀 껴안지 마.

-어디 잔칫집이라도 다녀왔어요?
 어쩨 이리 배가 불룩하데?

-먹긴 뭘 먹어.
 너 기다리느라고
 신작로 끝자락
 눈요기한 것밖에 없는데.

-아버지도 안 계신데
 상상임신이라도 했나?

-미끈하니 보기 좋지?
 젖이 이사 와서 그려.
 떡하니 젖퉁이가 받쳐주니까
 고무줄 바지도 내려가질 안 해.

。

-땅속에서

　누가 잡아당기나?

-어미 젖은 이제 하체여.

　어미도 롱-다리라니까.

-이정록, 〈만찬〉, 《대산문화》(2018년 여름호)

　자정이 넘어도 아버지가 오시질 않는다. 어머니가 반짇고리를
밀쳐놓고 눈을 비빈다.

　"정록아, 아버지 언제 오시겠냐?"

　"어디 가셨는디유?"

　"서천말 술집에 계시겠지?"

　나는 기다렸다는 듯이 얼른 말대꾸를 던진다.

　"백 걸음쯤 남었슈."

　"그걸 네가 어찌 알어?"

"아까 등잔불 심지가 깜박허구 숨을 다시 잡었잖어유."

"등잔불허구 아버지허구 무슨 상관인디?"

"아버지는 등불이라구 했잖어유."

"그러니께 등불이 숨을 쉰 거허구 아버지허구 뭔 상관이냐구?"

"아버지가 술집 문을 확 열어젖히시니께, 불꽃 심지가 절을 한 거잖유."

"근디, 백 걸음은?"

"조금 전에 산소 말랭이 부엉이가 울음을 멈췄잖어유. 봐유, 아버지 들어오시잖유."

그날 밤 꿈결에 아버지 엄니의 칭찬 소리를 들었던가.

"그놈 나중에 이름 쫌 날리겠어. 신통방통허니 조짐을 안단 말이여."

"신통이 뭐래유?"

"어린 속에 성황당 불빛이 들락거린단 말이여."

도저한 모어(母語)의 회오리

2010년 11월 9일 새벽, 어머니와 한 몸이 되어 잠에서 깨었다.

몸이 이상했다. 침대와 천장 사이를 날고 있었다. 내가 분명했으나, 분명 내가 아니었다. 채 어머니로 변하지 않은 오른손이 쏟아지는 어머니의 말씀을 받아 적기 시작했다. 어머니로 부화하려던 어리둥절한 내 눈망울이 허둥지둥 읽어보고는 눈물을 흘렸다.

잠자리 애벌레인 학배기가 물속에서 열 차례쯤 탈피를 할 때, 그 작은 설렘과 놀라움은 익히 습관이 되어 금세 물결 속으로 묻히리라. 배고픔만이 엄습하리라. 하지만 햇살 좋은 늦여름 아침에 학배기로서의 마지막 껍질을 벗고 날개를 펼칠 때는 어떨까. 머리를 갸우뚱갸우뚱! 아무리 자신을 훑어보아도 학배기는 없고, 물속으로 다시 들어가려고 해도 날개 때문에 물 거죽만 몇 번 집었다 놓았다 할 잠자리. 지난 물속 삶은 기억 저편으로 지워지고 하늘로 솟구치고픈 마음만이 콩콩거리리라. 그런 아침이 덜컥 찾아왔다. 2010년 11월 9일 새벽의 어리둥절함과 허둥지둥, 따로 놀던 몸과 맘을 어떻게 설명할 수 있을까. 학배기가 잠자리로 탈바꿈할 때의 느낌이 딱 그러할 것이다. 알밤을 쏟아낸 밤송이에 눈보라 들이칠 때, 그

차가운 떨림이 그러할까. 몸이 날아오를까 봐 걱정이 되어 베개를 껴안고는 엎드려 눈을 감았다. 내 등짝 무게로 날개를 구겨서 침대에 눕혔다. 옛 몸으로 돌아가려고 어둡고 무거운 생각을 불러냈다. 잠시 후 나는 다시 물속 학배기처럼 눅눅해졌다. 순간, 어머니의 육성이 쏟아지기 시작했다. 뒤척일 때마다 한 편씩, 늙은 배우의 대사처럼 군더더기 없이 가슴에 박혀왔다. 허공을 지나는 낡은 전화선이 뚝 끊어져서 귀에 처박힌 것 같았다. 글의 제목을 〈효도폰〉이라 올리고 번호를 달아 다섯 편을 썼다. 눈물이 나왔다. 손을 어루만져보고 얼굴을 쓰다듬었다. 내가 어머니를 만지고 어머니가 나를 어르는, 내가 어머니이고 어머니가 나인, 이상한 몸뚱이가 아침을 먹고 출근을 했다. 운전면허도 없는 어머니가 나를 태우고 출근을 시켜주었다. 나 대신 회의를 하고 수업도 했다. 나 대신 3차까지 통음을 하고 노래방에서 고래고래 노래를 불렀다. 칠순의 나이에 담배를 배우고 은행나무 밑에 쭈그려 앉아 토하기도 했다. 해장술과 새벽 담배가 궁합을 맞췄다. 칠순 노모 속에 웅크린 마흔 후반의 아들이 포대기에 시를 받았다. 허름한 고쟁이 속 전대에 말씀이 그득했다.

시의 품새와는 사뭇 다르니 시마(詩魔)도 아니고,

어머니께서 돌아가시지 않았으니 빙의(憑依)도 아니었다.

서른 편쯤 쓰고 나서야 깨달았다. 나를 낳으신 어머니가 수천수 만임을.

아주 옛날에도 나를 낳으셨고 지금도 출산 중임을.

앞으로도 나는 계속 태어날 것을.

스물일곱 편을 쓰고 나서 소설가 전성태와 시인 권덕하·육근상 형, 그리고 연극배우 전장곤을 집 앞 참치집으로 소집했다. 물론 며칠 전에 원고를 보낸 뒤였다. 얘기를 마치고 나서 술을 마시자고 했다. 이구동성 계속 쓰라고 했다. 전성태는 〈어머니학교〉란 희곡을 말했고, 전장곤은 아버지 역을 맡겠다고 했다. '야, 흰소리 그만하고 빨리 참치 먹자'라는 뜻이었겠지만, 나는 그만 팔십여 편의 독백체 시를 쓰겠다고 약속했다. 그날, 건배사는 '꽃은 까지려고 핀다'였다. 잘 까지자! 꽃봉오리가 까져서 열매와 씨앗을 낳듯. 새벽까지 술이 달았다.

' '〈작은따옴표〉는 6과 9란 숫자가 원을 그리고 있다.

" "〈큰따옴표〉는 66과 99란 숫자가 강강술래를 하는 것 같다.
6세에서 9세까지의 동그란 언어로
66세에서 99세까지의 우주의 말씀을 따오고 싶었다.

－이정록, '시인의 말에서', 《어머니학교》, 열림원

일흔다섯 편을 쓰고 나자, 시의 샘이 막혀버렸다. 아버지의 상처와 치부를 까발리는 대목에서 어머니의 말문이 닫혀버린 탓이었다. 2012년 5월 5일, 아버지 묘를 이장했다. 칠성판에 아버질 뉘고 무릎 꿇고 조아렸다. "〈어머니학교〉를 마무리해야겠는데, 아버지 얘기 좀 해도 되죠?" 삼세번 여쭈었지만 아무런 말씀이 없으셨다. 침묵은 가장 큰 긍정이라고, 내 좋을 바대로 해석했다. 곧바로 시는 마무리되었다. 팔십여 편 중에 두 편은 한 편으로 퇴고하고, 몇 편은 버렸다. 일흔두 편, 어머니 연세와 맞먹는 수다. 추석을 맞아 그간 친구 임병조가 찍은 사진과 내가 그린 캐리커처를 노트북에 담아갔다. 어머니께서 삐치셨다. 내가 그린 캐리커처가 맘에 안 든다 했다. 이왕 그리는 거 인심 써서 곱게 그려드리지 너무 추레하게 그렸다고 누님이 웃으셨다. 곁에 있던 미대 입시 준비생 막내 아들이 거들었다. "그림은 첫 번째가 최고예요. 다시 그리면 영혼이 사라져요." 역시 내 아들이다. 다시 그릴까 망설이는데, 어머니가 싱크대 쪽으로 몸을 돌리며 한 방 날리셨다. "어미를 무덤에다 처박았다가 꺼내서 그렸구나." 순간 방 안에 침묵이 돌았다. 이 순간에도 시로 말하는 어머니! 서둘러 출판사에 전화했다. 컴퓨터 성형을 해야겠다고.

시집이 나와서 어머니께 올렸다. 집에 몇 부 놓고 간다고 했더니, 그냥 가져가란다. 그림을 바꿨다고 해도 막무가내다. 며칠 뒤, 다시 출판사에 전화를 했다. 시집을 더 찍을 기회가 생긴다면 아버지와 함께 찍은 결혼 기념사진을 넣자고 했다. 어머니는 소녀다. 아무리 나이를 드셔도 꽃무늬 팬티다. 경(經)을 받아 적고도 몰랐다. 나는 《어머니학교》의 학생 중에 가장 공부가 모자란 꼴등 학생이다. 졸업반인 줄 알았는데, 다시 입학식이다. 우리는 모두 어머니학교의 동창생이다. 언제나 졸업식 노래를 불러보려나?

"어미를 무덤에다 처박았다가 다시 꺼내서 그렸구나. 한밤중에 부랴부랴 떡칠을 했구나." 비유와 상징이 아니라면 침묵이 낫다고

여기시는 시작법의 결정판! 저 도저한 말씀의 회오리를 언제쯤에
나 다 받아 모실 것인가.

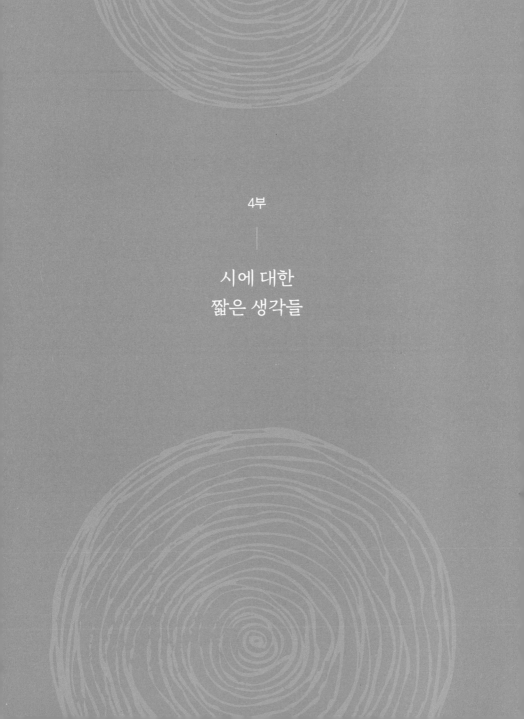

4부

시에 대한
짧은 생각들

1.

여기 네모난 성냥갑이 있어요. 머리통 붉은 성냥개비 사이사이
에 불꽃을 피워 올렸던 까만 성냥개비가 박혀 있네요. 여인의 눈
썹도 그릴 수 있죠. 흰 종이에 하트도 그릴 수 있죠. 우리 가슴에
도 까맣게 그을린 키 작은 상처들이 있죠. 그 녀석들이 시를 피워
올리죠. 성냥갑에 왜 그을린 성냥개비를 끼워놓을까요. 다른 성
냥개비들이 지저분해지는데 말이죠. 작은 쓰레기도 버리지 않는
도덕심 때문에 그럴까요. 꽁초는 휙 버렸는데 말이죠. 맞아요. 그
을린 성냥개비를 끼워놓으면 화력이 더 좋아져요.

'우리도 저 녀석처럼 머리통이 날아갈 거야.'

남은 성냥개비들이 가슴을 졸이겠죠. 입이 바싹바싹 마르겠죠.
그러니까 불이 더 잘 댕기죠. 그런데 진짜 이유는 따로 있죠. 그을
린 작은 숯이 물기를 빨아들이기 때문이죠. 작은 공간이 생겨서
조금 더 건조해지기 때문이죠.

물기가 쫙 빠진 강골의 언어가 읽는 이의 가슴에 불을 옮기죠.

2.

좋은 시는, 호박꽃처럼 넓고 깊은 상상력과 호박꽃에 기어든 개미처럼 작디작은 사실이 공존하죠. 더구나 배고픈 개미의 현실을 묵과해서는 안 되죠.

어둠 속 호박꽃처럼 밝은 불빛을 피우면 되죠. 두 손을 둥그렇게 모아 불을 받들면 되죠. 담뱃불도 붙이고, 촛불이며 모닥불도 피워야지요. 불길이 커지면 부끄러운 얼굴이 다 드러나겠지요.

불을 끌 땐 한숨도 묻어 나오겠지요. 매워서 눈물도 나겠지요. 하지만, 침을 뱉거나 오줌을 내질러서 불을 끄지는 말아요.

자, 들여다보아요.

시 속에, 까만 성냥개비의 외마디가 있는지?

한숨 소리가 있는지?

불빛의 일렁임이 있는지?

함께 얼굴 맞대고 불길을 빨아들이는 벗들, 그 입술이 봉오리처럼 피어나는지?

밤을 지새운 불혀처럼 잦아들고 있는지?

3.

여기 강이 있어요. 다리 대신 징검돌이 놓여 있군요. 똑같은 보폭으로 편히 걸어갈 수 있어요. 강의 너비가 족히 50미터는 되겠군요. 징검돌이 몇 개인지 손꼽지는 않을래요. 10여 미터를 가니 심심하군요. 두서너 개는 건너뛰고 싶군요. 물살이 센 곳에 물레방아도 만들고 싶군요. 강심에 다다르니 목이 타네요. 이쯤에서 막걸리나 냉커피를 마시면 얼마나 좋을까요. 뚝섬이 있으면 좋겠어요. 이제 물소리를 끄고 고전음악을 듣고 싶군요. 징검돌 몇 개는 빼버리고 싶어요. 징검돌의 간격도 자유로웠으면 좋겠어요. 왜 모두 다 한곳으로만 걸을까요. 건너가는 사람들이, 건너오는 사람이 되고 싶어 고개를 두리번거리는군요. 징검돌이 젖니처럼 몇 개 빠지니, 나비걸음의 펄렁임이 리드미컬하군요.

내가 놓은 이야기와 시어들이 강과 징검돌이라면, 독자는 어떤 박자와 속도로 건널까요? 어디쯤에서 신을 벗고 물장구를 칠까요? 다음에 다시 징검돌 위에 발을 올려놓을까요? 흙탕물에 오래도록 감춰져 있던 돌이었음을 알까요? 돌 하나하나가 죽음기임을 알아차렸을까요?

생각해요. 나는 징검돌을 외롭게 하는 사람이 아닐까 하고요?

산문과 산문시에 대하여.

행과 연에 대하여.

강물이 닿는 곳과 징검돌을 밟고 건너가는 사람의 집에 대하여.

비가 오면, 사람의 발길을 그리워할 강물 속 징검돌의 푸른 이끼에 대하여.

4.

안개 속에 사슴이 있어요. 멧돼지라도 괜찮아요. 사슴이 젖은 눈을 반짝이고 있어요. 첫 연의 행간을 거닐다가 끝 연으로 건너뛰기도 하네요. 마지막 연에서는 '시가 왜 이리 싱거워?' 하며 아쉬운지 발굽으로 마침표를 차버리네요. 주둥이를 세우고 땅을 파헤치며 첫 연 쪽으로 두두두 올라가네요.

행간에서 거친 숨소리가 들리는 시!

사슴 입에는 난초 잎이 다물려 있군요. 멧돼지 귓바퀴에는 칡꽃 향이 묻어 있고요. 사슴 주둥이와 멧돼지 뒷덜미 곁에 나비가 날고 있군요.

솔솔 향기가 피어나는 시!

그런데 이를 어째요? 사슴이 다리를 저네요. 멧돼지 뒷다리에는 덫이 껴 있군요. 제 상처를 핥으며 오솔길을 넘네요. 나비 더듬이에 피가 묻어 있어요.

상처에서 잉크를 뽑아 쓴 시!

사슴 가족과 멧돼지의 이웃들이 상처를 핥아주네요. 덫을 물어 뜯네요. 가족과 이웃의 눈망울에 붉은 노을이 퍼지네요.
　연대의 시, 어깨걸이의 시!

　생각해보니, 길이 난 곳에 덫과 구덩이가 있군요.
　난초꽃과 칡꽃 향에 길들여진 길이군요.
　길은 다 길들여진 것이군요.
　익숙한 길은 의심해봐야겠어요.
　상처 난 다리를 끌고 산을 넘었더니, 발톱이 펜촉처럼 닳았어요.

5.

폐가 마루를 뜯어내 조각칼로 선을 뜨고 유화물감으로 붓질하는 화가를 알아요. 그의 이름은 장경희예요. 그의 그림의 힘은 못이 빠져나간 자리, 혹은 옹이가 빠진 자리에서 강렬하게 소용돌이치죠. 때론 농부의 따스한 눈동자 한가운데를, 때로는 할머니의 젖꼭지나 금니에 허방을 놓죠. 박장대소하는 노인의 손등에 검은 구멍이 뚫려 있죠.

폐가의 식구들은 저 마루를 얼마나 오래 닦았을까요? 저 마루는 얼마나 많은 밥상과 목침과 재떨이를 떠받들고 있었을까요? 얼마나 많이 파리채를 맞았을까요? 얼마나 오래도록 젖은 걸레의 가려움을 견뎠을까요? 얼마나 오래 발가락과 뒤꿈치의 무게를 받아 모셨을까요? 얼마나 많은 한뎃잠을 잤을까요? 얼마나 두껍게 억장들이 스며 있을까요? 닭 모가지처럼 긴 한숨과 병아리 눈물처럼 쉬 말라버린 행복들.

충남 서산에서 열린 그의 전시회에 가서, 나는 울었던가요? 나는 내 시에게 약속했지요. 사람의 발소리가 들리는 시를 쓰겠노라고. 마룻장의 울음소리를 잊지 않겠다고. 옹이를 감싸는 나뭇결의 아름다움과 못 뺀 자리처럼 아물지 않는 상처를 시안(詩眼)으로 삼겠다고.

　하지만 약속으로만 닿을 수 있는가요? 오래도록 진창에 빠져 헤맬 때, 조각가 전항섭의 집에 간 적이 있어요. 그가 천상배필로 받들어 모시는 김명리 시인과의 인연 덕이었죠. 그가 조각하는 나무는 대부분 대들보였어요. 천장 속 몇 뼘 허공에서 백 살은 더 보태신 대들보. 지붕에 닿는 소나기의 맨발과 따뜻한 햇살을 오래 상상한 몽상가. 방에서 들려오는 가족들의 희로애락과 폐가로 살아온 몇십 년의 침묵을 결가부좌한 수행자. 아, 공중부양 중인 대들보의 깨끗한 자존! 근데 주춧돌도, 기둥도 없이 어떻게 상량식을 하고 서까래를 놓는단 말인가요?

　그래, 이것만은 기억하자고 마음 다잡았죠. 내 시의 마룻장과 대들보!

6.

세상에나!

세상에 지치고

세상이 나를 골목으로만 몰아세울 때,

그 세상을 둘둘 보쌈해서 먼 길 떠날 때,

세상에나! 달은 거기 둥그렇게 떠 있죠.

사람들은 말하지요.

지금 한가하게 달이나 쳐다볼 때냐고.

늘 어딘가로 도망이나 친다고.

또 보따리 싼 거냐고.

로맨티시스트는 늘 야반도주한다고.

뭐 할 말 있냐고.

세상에나!

로맨티시스트와 리얼리스트가 한 몸일 때

진정한 시인이라고, 말하려다가

그 삿대질도 보쌈을 해서, 아— 술이 익는 밤!

7.

운문이든지, 산문이든지 먼저 몸을 만들어야 하죠.

시를 받아안을 수 있는 몸을 준비하고 있어야 합니다. 강을 보십시오. 깊은 품으로 물을 기다립니다. 맑고 작은 강줄기가 폭군처럼 치달려 올 흙탕물을 기다립니다. 흥건함을 추억하는 마름, 건기를 그리워하는 우기처럼 극단에서 극단을 그리워합니다. 실마리 같은 몸이어야 합니다.

모든 비유와 상징은 유기적 관계에서 탄생하지요. 날개가 활개를 기억하듯, 낙석이 추락을 기억하듯, 언제나 활성을 회복할 고요의 몸이 필요합니다. 여린 나뭇가지가 새의 발가락을 기다리듯, 안족(雁足)이 받들고 있는 현(絃)이 연주자의 손가락을 기다리듯, 현침(絃枕) 너머에서 돌괘처럼 시가 기다립니다. 사람들이 연주자의 손가락과 농현(弄絃)만을 볼 때, 시인은 안족과 돌괘를 봅니다. 거문고 뒤판의 상공, 중공, 하공의 울음을 보죠.

새의 발가락이 나뭇가지의 흔들림을 움켜잡듯, 목마른 강이 흙탕물을 마시듯, 다른 몸이 됩니다.

시가 오기 전에 먼저 몸을 만들어야 하죠.

8.

농작물은 주인의 발소리를 듣고 큰다고 합니다. 시는 시인의 한숨 소리와 연필 깎는 소리를 듣고 여물겠지요. 원고지 구겨지는 소리에 우주의 주름 골이 깊어가죠. 필경(筆耕)이란 우주의 속 주름에 펜의 보습을 들이미는 일이지요. 꽃잎 으깨어 붉은 잉크를 만들어요. 꽃잎 지는 소리에 우주가 여물지요. 그 꽃잎 잉크로 문장의 곁가지를 쳐요. 눈에 밟힐 때까지, 사각사각 시를 깎아요.

아, 어쩌지요? 밭둑으로 낯선 사람이 지나가는군요. 조장(助長)하지 않은 건 다행이네요. 밭에서는 철석같이 주인을 믿는 문장 덩굴과 오이꽃을 닮은 시어들이 발소리를 기다리고 있네요. 에구 무서워! 시앗(씨앗)이 서둘러 여무네요. 밭 주인의 바짓가랑이가 바람을 흔드네요. 리듬이 파장을 만들지요.

9.

　시인은 오령(五齡) 누에와 닮았죠. 깊은 잠에서 몇 번이나 깨어나야만 하죠. 잠식(蠶食)이 평생 일과죠. 책을 갉아먹고, 가계(家系)를 갉아먹고, 자신마저 갉아먹죠. 시간과 공간과 우주의 별자리까지 갉아먹죠. 종교와 체제와 고담준론(高談峻論)과 철책(鐵栅)을 갉아먹죠. 먹고 자는 일과가 대도(大道)죠. 어느 순간, 입을 열면 인연(因緣)이 풀려나오죠. 이제는 종이를 짜죠. 그 백지를 고치(稿稚)라 하죠. 높되 여린 것이 되어야만 하죠. 잠실(蠶室)의 섶에다 짤까요? 산뽕나무 가지에 짤까요? 고치 안에는 주름만 모은 번데기가 있죠. 그 깊은 주름으로 허공에다 밑줄을 긋고, 희고 둥근 벽에 시를 쓰죠. 고치를 흔들어보세요. 마침표 하나가 달랑거리죠? 시인은 언제까지나 마침표를 찍지 못하죠. 그 마침표는 우주 밖 먼 미래의 별이니까요. 오늘도 나는 산뽕나무 가지에 앉아 초여름 푸른 세상을 잠식하고 있죠. 뽕잎 먹는 소리, 들리시죠? 세상에서 가장 아름다운, 연필 깎는 소리가.

10.

어디까지 보여줄까? 시를 쓰다 보면, 화자 우월주의에 대한 고민을 많이 하게 될 겁니다. 언어(기표)로 표현되는 것만 말씀드리죠. 기의는 작가의 사고와 인식의 총량이기에 다 다르겠죠. 주사위를 생각해보시지요. 육면 중에 최대 삼면만 볼 수가 있죠. 그래도 우리는 보이지 않는 삼면의 숫자를 알 수 있죠. 보여주는 건, 보여주지 않은 배면과 이면을 말하기 위한 겁니다.

함축에 대해서도 짧은 생각 한 톨을 건넵니다. 함축이란 게, 선물 보따리지요. 독자는 선물 보따리만 봐도 설레지요. 함축적인 시어를 잘 들여다보세요. 선물을 묶었던 보자기 끈처럼 주름이 잡혀 있죠. 막 봉오리를 터트린 꽃잎처럼 말이에요. 함축적인 시어는 꽃봉오리의 비밀을 살포시 그러안고 있어요. 독자의 눈동자에 꽃가루가 어른거리고 가슴과 손끝에 꿀이 묻어나겠죠. 어떤 시어는 씨앗으로 가고 싶어 땅바닥을 더듬고, 어떤 시어는 처음부터 드라이플라워를 꿈꾼 듯 벽에 거꾸로 매달리고 싶어 하겠죠. 시어를 잘 들여다보세요. 뿌리를 내뻗는 시어인가? 물구나무서서 깃털을 다듬는 시어인가? 함축은 땅과 하늘을 꽃봉오리 안에 감싸 안고 있죠.

11.

　우리가 언어를 끝까지 밀어붙이라 함은 사유의 꼭짓점에 맺히는 이슬 한 방울로 먹물을 삼으란 이야기입니다. 먹을 직각으로 세워 천천히 갈아야겠지요. 세상의 뿌리들은 소실점을 향해 부름켜를 디밀지요. 거기에도 한 방울 갈망이 있겠지요. 우듬지 새순도 구름 너머에 소실점을 두고 전망을 펼치겠지요. 꽃봉오리 속 향기도, 사랑에 빠진 새 울음소리도 소실점을 향해 퍼지겠지요. 나무 밑동에 박힌 옹이도 나뭇결을 넓히며 아름다워지겠지요. 30년 전에 박힌 부러진 낫날도 녹물을 꼭 움켜쥔 채 침묵과 기도 사이에서 언어를 품고 있겠지요. 거기 어디쯤에서, 시인의 언어와 사유도 원고지 빈칸에서 소실점을 찍겠지요. 소실점은 가장 멀고, 가장 깊은 향기 한 방울이죠. 가장 멀리 내젓는 춤사위지요.

12.

사라지는 건 없습니다. 내 가슴을 치고 간 건 끝내 살아남아 작품 속에서 재건축되죠. 거꾸로 세운 컵에 한가득 물을 담을 줄 알아야 합니다. 수조에 컵을 거꾸로 넣으면 되죠. 수조는 일상으로 넘실거립니다. 일상에서 글을 퍼 올릴 때는 컵을 뒤집어야 하죠. 전복적 사고는 외려 단순하죠. 뒤집어보기의 일상화! 그것이 놀라운 언어와 낯선 시선을 낳죠. 독자들에게 버림받는 언어의 공통점은 글맛이 없다는 거죠. 독자가 외려 작가를 위로하는 사태를 낳죠. 작가는 세상을 쓰다듬는 사람이죠. 위로받는 작가가 될까요? 위로하는 작가가 될까요?

13.

초등학교 운동장에 철봉이 있습니다.

높이에 따라 네 단계로 설치되어 있군요.

병설 유치원생과 1학년, 2학년과 3학년, 4학년과 5학년, 6학년과 선생님용으로 계단을 이루었네요.

푸른 하늘로 층계를 만들었군요.

"얘들아, 높이 더 높이 가자꾸나." 훈화하기 싫은 교장 선생님께서 당신의 가르침을 상징물로 제작해놓은 것 같네요.

오늘은, 저 철봉이 설치된 학교 이름을 '시인 학교'라고 생각해봅니다.

시 쓰기는 철봉과 닮아 있죠.

땅에서 두어 뼘 솟구쳐서 철봉을 잡죠.

무릎이 땅에 닿으면 안 되죠.

무릎 꿇는 일은 목숨을 던지는 일이죠.

시인은 자존이란 말과 동의어니까요.

현실과 꿈이 턱걸이를 하죠.

시는, 저 철봉과 많이 닮아 있죠.

시간과 노력에 비해 서서히 좋아지는 게 아니죠.

철봉처럼 어느 순간, 수직 상승하죠.

그러고는 몇 년, 지루하게 제자리걸음하죠.

이제 더 올라갈 수 없는 6학년 높이에서 평행봉 쪽으로 수평 이
동을 하죠.

이제 현란한 기술의 시대가 온 거죠.

그다음은 어딜까요.

맞아요. 운동장 트랙을 따라 심심하게 걷죠.

이제 시 같은 건 없어도 좋다고 가장 낮은 철봉을 쓰다듬죠.

손에 녹물이 흥건하죠.

철봉 옆 민들레꽃을 보죠.

철봉 밑 작은 웅덩이도 보이죠.

이제 다시 시가 오겠는걸, 플라타너스 마른 이파리처럼 주먹을
쥐어보죠.

14.

'뭐' 눈엔 '뭐'만 보인다가 있죠.

지금 '뭐'가 보입니까?

그래서 궁극적으로 '뭐'가 되실 겁니까?

'뭐'만 보는 '뭐'로서, 기꺼이 불구의 삶을 받아들이시겠습니

까?

'뭐'는 찾으셨습니까?

나에게 묻습니다.

'뭐'를 멀리하니 무엇도 아니지?

쓸쓸히, 막 봉오리 펼치는 벚나무를 우러릅니다.

저 꽃봉오리,

허공 가득 흩뿌려놓았으나

'뭐'가 아닌 꽃은 하나도 없군요.

곧 지극정성으로 벌들이 날아들겠죠.

15.

　주전자가 들끓는지 알아보려면 가장 쉬운 방법을 택하라. 발등에 쏟아라. 중력이 사라지고 발바닥이 지구를 차버릴 것이다. 발등 찍고 싶은 이야기, 그걸 한번 써보자. 발등을 원고지 삼아라. 이불 뒤집어쓰고 발길질하는 부끄러운 이야기를, 발길질을 펜으로 삼아라. 이불 킥! 발등 킥!

16.

　누구나 '저 섬'이 있다. 누구나 '저 섬'에 가고 싶다. 턱을 들어 올려 섬을 응시한다. 뱃머리를 섬에 맞춘다. 이상하다. 섬이 더 멀리 달아난다. 그럴 땐 섬을 보지 말고 방향타를 맞춰라. 바닷속 스크루의 들끓음을 심장에 모셔라. 배 위에서 관망하는 나는 섬에 가지 못한다. 그렇게 막상 '저 섬'에 가면, 내가 떠나온 곳에 다시 '저 섬'이 있다. 섬과 갈매기와 노을과 백사장은 독자의 것이다. 파란만장과 해무와 표류와 주황색 부표가 작가의 몫이다. 턱을 당겨서 갑판 아래를 보라. 잉크빛 심해의 서늘함을 만나라.

17.

슬럼프에 빠졌을 때, 그 구덩이에서 어떻게 기어 나오느냐고요? 시인의 슬럼프는 질투심에서 오죠. 좋은 시를 보는 눈은 떴는데, 좋은 시를 쓰는 자신의 창작 능력은 벼랑에 매달려 버둥거리는 것 같죠. 절망이죠. 바로 그때, 더 좋은 시를 찾아서 읽는 거예요. 몸에서 등나무 넝쿨이 번져 오를 때까지.

절망에 빠졌을 때, 희망을 자극하는 겁니다. 양동이 두 개에 물을 반쯤 담고 쥐를 한 마리씩 가두는 겁니다. 한쪽은 뚜껑을 닫아 칠흑을 만들어주고, 한쪽은 푸른 하늘이 보이는 곳에 놔두는 거죠. 어둠 속의 쥐는 금세 익사합니다만 하늘을 보며 헤엄치는 쥐는 오래도록 생존합니다. 먹이만 주면 명대로 살지요. 나중에는 하늘을 보면서 수영을 즐기죠. 아예 수영 선수로 살아가는 것이죠. 슬럼프에 빠진 시인에게 다른 시인의 좋은 시는 하늘과 같지요. 희망이죠. 식욕은 자꾸 떨어질 테니 먹이는 물에 둥둥 뜨겠지요. 그 썩어가는 먹이를 밟고 양동이 밖으로 뛰쳐나오는 겁니다. 슬럼프는 분명 식욕을 떨어뜨립니다. 하지만 정신의 허기를 무엇으로 채울 것인가가 중요합니다. 때로 작가는 스스로 뚜껑을 덮고 어둠 속으로 침잠합니다. 그건 새로운 하늘을 발견하기 위한 것이지요.

5부

—

글짓기 대표 선수

제주에 간다

한라산 까마귀

　전근 가자마자 시집이 나왔다. 신문에 서평이 몇 개 실리자, 동료 직원들이 덕담을 건네왔다. 부담스러웠다. 대놓고 책 한 권 달라고 하는 사람도 있었다. 호박전처럼 작은 미소만 건넸다. 책은 여럿이 읽어줘야 본분을 다하는 거라고 훈수까지 두는 이도 있었다. 작가의 본분을 지킬 수 있도록 도와주겠다고 어깨동무를 하는 이도 있었다. 내 핏줄이 호박 넝쿨처럼 불뚝거렸다. 내 얼굴이 늙은 호박이 된 것 같았다. 책을 공짜로 받는 걸 당연하게 생각하는 분들의 책꽂이를 둘러보았다. '시집이 한 권이라도 꽂혀 있으면 얼른 드려야지.' 그렇게 맘먹으니 얼굴에 호박꽃이 피는 것 같았다. '시인이 세 집 걸러 한 명씩이라는데, 시인을 한 번도 못 만나봤나?' 책꽂이엔 먹고사는 일에 대한 책들만 꽂혀 있었다. 하지만 아기 낳고 떡 돌리는 심정으로 일일이 사인을 해서 건네주었다. 애호박에 말뚝을 박기 전에 호박꽃이 방긋방긋 웃었다. 오! 다음 해 새봄, 여남은 분이 내 애호박을 폐휴지 창고에 고이 모셔놓고 전근을 가셨다. 사인한 부분을 칼로 자르며 가슴 쪽 살점도 도려냈다.

2015년 2월에 여남은 명이 제주도로 직원 여행을 갔다. 취향에 따라 하루는 자유 여행으로 일정을 짰다. 한 분은 재래시장으로 갔고, 셋은 한라산으로 향했고, 나머지는 중문 골프 단지로 향했다. 나는 골프장 가는 분에게 등산화와 아이젠과 스틱을 빌렸다. 제주 작가들과 어울리려던 일정이 어긋났기 때문이었다. 한라산으로 마음을 굳히자, 까마귀 몇 마리가 내 머릿속 호박밭에서 푸드덕 날아올랐다.

　　"내가 오늘 정말 기이하게 우는 까마귀를 보여줄게."

　　생물 선생과 국어 선생과 한문을 가르치는 내가 한라산 어리목 화장실 앞 솔비나무 위를 바라보았다.

　　"왜 까마귀가 안 오지? 여기 앉아서 특이하게 우는 까마귀가 있는데……."

　　까마귀 떼가 저 멀리 주차장에서만 고개를 주억거리고 있었다.

　　"까마귀는 누굴 놀라게 하는 게 취미래요."

　　국어 선생이 내 민망한 얼굴을 풀어보겠단 생각으로 어설픈 농담을 던졌다.

　　"그게 무슨 소리?"

생물 선생이 맞장구를 쳤다. 나는 살금살금 그들의 등 뒤로 갔다.

"까악!"

거대한 까마귀 떼가 푸드덕 날아올랐다.

"올라가자고."

눈밭의 신비한 절경을 여섯 시간이나 감상한 뒤, 다시 그 자리에 섰다.

"다시 가보자고. 분명 까마귀들이 이상하게 운다니까."

여자 화장실 옆에서 서성거리는 꼴이 서로 얼쭘해서 솔비나무며 곰솔 둥치를 껴안아도 보고 사진도 찍는 척했다. 때마침 한 무리의 여성 등산객들이 화장실 쪽으로 다가오자 까마귀 두 마리가 솔비나무 우듬지로 날아왔다. 우리는 까마귀를 무슨 신앙처럼 우러렀다. 까마귀들이 고개 숙여 갸우뚱갸우뚱 여자 화장실 창문을 들여다보았다. 그러더니 서로 이상한 소리로 목청을 내질렀다.

"아고! 아고! 아고!"

"아파! 아파! 아파!"

이때다 싶어서 나는 그간 나름 연구한 바를 풀어놓았다.

"사람 목소리를 흉내 내는 새가 뭐가 있지?"

"구관조, 앵무새……."

"하나 더, 까마귀가 있지. 스무 가지도 더 흉내 낸다고."

"그런데 왜 여자 화장실 위에서 운대?"

"그야 용변 보는 자세 때문이지. 종일 등반하다가 쪼그려 앉으면 무슨 소리가 터져 나오겠어? 그걸 흉내 낸 거지."

"아하!"

그곳에 오래 머물 순 없어서 아픈 다리를 끌고 하산했다.

"근데 저 까마귀가 관절 우두둑거리는 통증만 흉내 낸 거겠어?"

"그럼 무슨 다른 뜻이라도?"

"한때 제주도가 거대한 상가(喪家)였잖아. 저 한라산이 어찌 보면 거대한 봉분이 아닌가. 까마귀들이 우리 대신 곡비(哭婢)가 되어 제를 올리는 거지."

"하여튼 시인이여."

사진작가 강정효, 할로영산 브룹웃도를 품다

　다음 날 나는 제주에서 열리는 한 시인의 출판기념회에 갔다. 어른들끼리의 여행은 이게 좋다. 일정에 관대하다. 뒤풀이 자리에 사진집이 하나 뒹굴고 있다. 사인한 잉크가 채 마르지도 않았는데 누군가 술만 데리고 귀가한 거다. 시집 출판기념회에 사진집이라! 나는《바람이 쌓은 제주 돌담》이라는 사진집을 몇 장 넘기다가 깜짝 놀랐다. 한 번도 만난 적 없는 사진작가가 오래전에 만난 듯 가까이 다가와 술을 권했다. 누가 먼저 죽든 서로의 부음에 '아고, 아파!' 하고 통절할 것 같은 느낌이 몰려왔다. 다음 날 우리는 간절하게 처음으로 만났다.

　어딘가에 있을 누군가가 분리수거장 같은 데에서 우연히 내 시집을 주워 들고, "아고, 아파!" 호박 등처럼 붉은 얼굴로 달려온다면, 나는 그를 평생 솔비나무처럼 우러르리라. 아, 내가 그의 곡비가 되리라.

　강정효는 사진작가다. 당연한 말이다. 농부를 농부라 부르고, 목사를 목사라 부르고, 교사를 교사라고 부를 때, 그건 '답다'라는 말이다. 마음과 몸이 오롯하게 쏠려 있다는 말이다. 냇물이 바다로 쏠리듯이, 민들레 씨앗이 바람에 쏠리듯이, 홍학이 지구 반대편 우기에 쏠리듯이, 누 떼가 천 리 먼 길 풀 냄새에 쏠리듯이. 그의 삶은 사진에 쏠려 있다. 손과 발이 잘 익은 열매 같다는 말이다. 강정효의 사진을 '발로 찍은 기록'이라고 말한다. 발바닥 인화지에 육체와 정신과 시대와 영겁의 그늘을 겹겹이 눌러 앉힌 것이다. 땅속 도토리가 껍질을 찢고 나오는 자신의 싹눈으로 우주를 담듯, 그의 싹눈엔 제주가 담긴다. 그는 제주 사진작가다. 그는 갈수록 제주답다.

이번 전시회 전에, 《대지예술 제주》라는 사진집을 만났다. 착륙하기 전에 제주도를 내려다보면 너무 아름다워서 눈물이 난다고 했더니, 그가 선뜻 보내온 사진집이다. 항공사진은 높이가 근경이 된다. 지상에서 볼 때와 반대다. 깊은 것을 멀게 한다. 나무는 초록 마침표가 되고 아스팔트는 겨울 나뭇가지가 된다. 돌담은 나무껍질이 된다. 올레길은 대지의 실핏줄이 된다. 들녘은 시루떡이 되고 지붕은 호박떡에 박힌 호박고지가 된다. 모든 공간을 나눔의 떡판으로 바꾼다. 바다는 청옥빛 보자기가 된다. 해안선 파도는 가마솥 순두부 같다. 침이 고이고 눈물이 난다. 《대지예술 제주》는 그 어떤 시집보다도 아름답다. 입체를 무화(無化)시킨 평등이 오로지 조화와 상생으로 합창을 한다. 둥근 것만이 신의 뜻이다. 동그라미(Don crony: 오, 나의 친구)만이 옳다.

　이번 전시는 신과의 놀이다. 제주도에는 1만 8000의 신이 있다고 한다. 할로영산은 무속에서 한라산을 신성시해 부르는 이름이고, '브름웃도(바람웃도)'는 바람 위 청정한 곳에 좌정한 한라산 신을 이르는 말이다. 강정효는 작가 노트에서 "20여 년 한라산을 담당하는 기자 생활과 더불어 산악 활동, 각종 학술 조사를 위해 백록담과 수많은 계곡, 오름, 해안선 등 제주의 곳곳을 돌아다녔어요. 그곳에서 다양한 모습의 형상석과 신의 얼굴을 만나볼 수 있었습니다. 제가 1만 8000의 신들을 모두 찾는 그날까지 이 작업을 계속해야만 하는 이유이기도 하지요"라고 말한다. 그는 갯깍, 중문천, 수월봉, 무수천, 백록담 등 제주 곳곳에서 '신의 표정'과 마주한다. 각자의 돌에서 신의 얼굴을 마중한다. 신은 어디에서 왔나? 수천수만 년 동안 지질 변화로 형성된 바위이니, 그 얼굴은 신의 작업이다.

　사람을 닮지 않은 돌이 어디 있으랴. 뒤통수든, 열아홉 번째 척추든, 복숭아뼈든, 복장뼈든, 두개골이든 돌은 사람의 뼈를 닮았다.

하지만 사람의 얼굴을 닮은 돌은 흔치 않다. 사람들이 깎거나 빚는 신의 형상은, 처음엔 신이 아니라 제품이거나 허상일 뿐이다. 신은 나이를 먹을수록 사람의 얼굴을 닮아간다. 불돌의 뜨거움을 식히고, 때로는 우르르 쾅쾅 금을 내고, 살과 뼈를 자연의 시간과 공간에 조금씩 떼어 바치며 장삼(長衫)처럼 검은 구름옷을 걸쳐 입은 다음에라야 신의 얼굴을 갖게 된다. 신이 달과 별에게 자신을 맡긴 것이다. 햇살이 정을 세우고 바람이 팔과 어깨를 휘두른 것이다. 바위 얼굴도 나이를 먹는다. 만년에 한 살을 더 먹거나, 때론 천년에 한 살씩 까먹는다. 그러니까 어떤 신은 하르방이 되고 어떤 신은 물애기(갓난아기)로 돌아간다. 어머니의 배 속, 고사리손과 붕어눈으로 뒤돌아가서 안개 가득한 날이면 양수 속에서 헤엄을 친다. 강정효의 신은 천진하거나 섬찟하다. 가닿아야 할 곳과 가지 말아야 할 지옥을 다 보여준다. 마구잡이로 파헤치는 모든 도깨비에게 강정효의 신이 인상을 찌푸린다.

제주에는 구멍이 많다. 신의 숨구멍이다. 구멍을 보러 제주에 간다. 구멍을 느끼려고 제주에 간다. 제주도의 돌에서는 숨비소리가 울려 퍼진다. 강정효의 사진에서는 해녀들의 숨비소리가 길게 들린다. 구멍마다 고삐의 흔적이 있다. 거친 숨을 내쉰 저항자와 고삐를 끌고 가는 수탈자의 식식거림이 구멍에 오롯하다. 거욱대 팽나무에 고삐를 묶고 당당하게 버티는 흑우의 검붉은 눈이 있다. 슬프고도 강인하다.

세월과 기원의 간절함을 켜켜이 끌어안아야 한다. 한숨과 비통함을 발끝까지 들이마셔야 한다. 그리하여 스스로 한숨을 내쉬고 기도하는 돌이 되어야 한다. 아직 일어나지 않은 제주의 신들이 얼마나 많겠는가만, 감자밭에서 흙 이불을 덮고 주무시는 분들과 바닷물 속 고래와 노니는 물애기들은 끝까지 데려오지 말자. 세상에 벌써 나와서 우리와 함께 사는 숨은 신들의 얼굴만 모셔오자. '잘할게요.' 무릎 꿇고 모셔오자. 지금 여기에 모인 강정효의 브룸웃도(한라산또)는 사람 대신 눈물을 흘리고 굿을 하는 주체적인 신이다. 비록 사진이지만 '한라산또답다'. 강정효가 찾는 새로운 제주의 신들은 사랑뿐인 돌이 되어야 한다. 1만 8000의 신을 다 찾는 날, 자신이 곧 신의 형상이 될 것이다. 제주의 숨구멍이 될 것이다.

동시로 살기

《대단한 단추들》이라는 동화를 썼다. 단추의 사랑과 외로움, 그리고 우쭐거림과 칭얼거림에 대한 우화이다. 어느 날 와이셔츠 단추를 채우면서 궁금증이 일었다. 왜 단추는 위치에 따라 고유한 이름이 없을까? 조선 시대 호박단추부터 시작해서 갑오개혁 즈음에 두루 사용하게 된 역사만 보더라도 이미 낱낱이 이름을 얻었을 텐데 말이다. 복식 연구하는 분께 물어도 뾰족한 답이 없었다. 첫째 단추, 둘째 단추, 셋째 단추…… 아니면 목단추, 손목단추, 바지단추가 전부였다. 나는 그 궁금증을 동화로 쓰기 시작했다.

단추에 이름을 붙여주니 단추들이 사랑과 우정을 나누고 미움과 배신으로 벽을 쌓기도 했다. 복식사며 옛 벽화 속 의상들의 매무새도 공부했다. 그 단추 가운데 갈비뼈 위에 놓인 두 번째 단추와 젖꼭지 위에 달린 단추가 작가 지망생이었다. 두 번째 단추의 이름은 가을비단추이고, 왼 가슴의 호주머니 위에 터를 잡고 있는 단추 이름은 꼭지단추였다. 가을비와 꼭지는 심장 위에 살기에 사람의 마음을 잘 엿들을 수가 있었다. 동화 속에서 그들은 동시를 썼다. 숙제가 아닐 수 없었다. 그나마 다행인 것은 동화 속 주인공의 나이가 5학년이어서 그 나이에 맞는 동시를 쓰면 되는 것이었다. 초등학교 이후 처음 써보는 동시였다. 시보다 어려웠다. 어색하고 쑥스러웠다. 쉽게 쓰는 게 더 어려운 건 이미 알고 있었지만 말이다.

출간이 어려웠다. 원고의 수준이 가장 큰 문제였겠지만, 그게 단추의 운명이었다. 정호승 시인이 책임을 맡고 있던 '현대문학북스'에서 편집을 마칠 즈음에 아뿔싸, 출판사가 문을 닫았다. 그 바람에 《대단한 단추들》은 우리 집 서랍 속 단추 통에 다시 처박히게 되었다. 그 뒤에도 여러 출판사에 투고되었다가 우수한 지퍼에 밀려났다. 원고의 질에만 문제가 있던 게 아니었다. 와이셔츠 옆구리에 붙어 있는 예비 보조 단추인 꾸리단추가 문제였다. 다른 단추가 떨어져나가야만 단추 구실을 할 수 있기에 꾸리단추는 서서히 못된 성품으로 변해갔다. 그러다가 세탁기 통에서 아버지의 청바지 지퍼에 목을 걸고 자살을 시도한다. 동화에서는 그 대목이 절정이다. 그게 문제였다. 출판사의 고민이 그 세탁기 통에서 조금도 밖으로 나오질 않았다. 그렇게 단추 이야기는 잊혔다.

2006년 겨울, 모 출판사에서 한 통의 전화가 왔다. 당신 시에는 개구쟁이 한 명이 눈을 반짝이고 있는데, 이참에 그 아이에게 동시를 쓰게 하자는 거였다. 읽는 대상은 유치원생에서 초등 1, 2학년을 타깃으로 삼자고 했다. 작품에 타깃이라는 무서운 말이 붙을 수 있다는 걸 알았다. 계약서에 가제목이 붙어 있었다. '엄마 아빠, 왜 이래?' 출판사에서 내려오는 야간열차 안에서 네 편의 동시를 끼적였다. 다음 날 계약금도 입금되었다. 출판사에서 먼저 책을 내자는 말을 얼마 만에 들어보나? 하지만 몇 차례나 편집부의 주문에 따라 써 올렸지만 여기서도 출간이 무산되었다. 불뚝거리며 동시 창작의 학습 기간을 보낸 격이니, 이제 생각해보면 운명이지 싶다. 하지만 약이 올랐다. 안학수, 유미희 동시인에게 이백여 편을 보여주며 두어 번 무릎공부를 했다. 밥 한 끼니에 자신의 전부를 내준 두 분이 고맙다. 역시 나는 투고 인생! 아르코에 투고하고, 다시 백삼십여 편을 창비 출판사에 투고해서 첫 동시집을 안게 되었다.

그리고 《대단한 단추들》도 세상으로 나오게 되었다. 동시를 쓰면서 눈을 뜬 거다. 허점투성이의 원고가 조금이나마 옷섶을 여미고 단추를 채우게 된 거다.

동시는 나에게 축복이다. 시와 산문으로 찌들어버린 영혼을 산삼, 녹용으로 위무해준다. 어린이 문학과 성인 문학을 함께한 뒤로 건강도 좋아졌다. 나는 시로 죽었다가 동시로 살아날 것이다. 그리하여 내 문학은 죽기 살기가 반복될 것이다. 이제 '시냐 동시냐', '시냐 소설이냐' 하는 장르 우위론이 없어졌다. 좋은 문학만이 있을 뿐이다. 죽기 살기만 있다.

'동심언어'와 놀자

언제 처음으로 동시를 지었나? 분명 초등학교 다닐 때 방학 숙제나 국어 시간에 동시를 썼을 것이다. 얼마나 멋지고 예쁘게 쓰려고 머리를 굴렸을까? 그런데 왜 아무런 기억이 나지 않을까? 그건 가슴과 눈에서 꺼낸 까만 씨앗이 아니라, 흉내 내기나 뽐내기의 꽃잎 같은 글짓기였기 때문일 거다.

첫 글에 대한 기억을 더듬어보니 중학교 1학년 스승의 날이 떠오른다. 감사할 일이 떠오르지 않아서 그간 선생님께 받은 상처를 썼다. 분노와 비난의 글쓰기는 속도가 빠르고 집중이 잘됐다. 반벙어리 며느리도 시어머니 욕은 밤새 한다는 말이 있다. 아이들이 원고지를 주며 계속 쓰라고 했다. "선생님, 오신다!" 반장이 양치기처럼 소리쳤지만, 아이들은 서로 읽겠다고 아우성쳤다. "정록이 글 쓰잖아. 조용히 해!" 주먹 센 껑다리가 도떼기시장 같은 교실을 도서관처럼 조용하게 잠재웠다. 불안했다. 최소 정학까지 각오했다.

그런데 상을 탔다. 내 상처를 읽은 젊은 여선생님이 억지로 입선이라는 상을 만들어주었다. 며칠 뒤 복도에서 만난 선생님은 내 어깨에 손을 얹었다. '같은 동료 교사로서 대신 사과할게.' 눈빛이 말을 건네는 듯했다. 그 뒤로 난 국어 시간만 기다렸다. 칭찬은 고래도 춤추게 한다고 한다. 맞다. 그해 가을, 나는 학교 대표로 읍내 글짓기 대회에 나갔다. 하지만 원고를 내지 못했다. 두어 줄밖에 쓰지 못한 거다. '코스모스'란 글제에는 '피지 않은 코스모스 꽃봉오리를 친구의 눈에 대고 터뜨리면 친구가 우는 것 같다. 친구의 눈에서 향기가 난다'에서 더 이상 펜이 움직이질 않았다. 그래서 '들국화'란 글제로 다시 글을 쓰기 시작했는데, 입에서 단내가 났다. '소에게 풀을 뜯기러 가면 소가 먹지 않는 풀이 있다. 소도 뜯어먹지 않는 독한 꽃, 들국화!' 거기까지 나간 뒤 펜은 또다시 그 작은 보습을 딱 멈추었다. 생각해보면 그게 내가 쓴 첫 동시였던 것 같다.

　2016년 1월이었다. 만해문예학교 첫 시간에 연세 지긋하신 분이 손을 번쩍 들었다. "이 나이에 어찌 동시를 써요?" 나는 칠판 앞으로 다가가서 '콧방귀'와 '황소걸음'이라고 썼다. 우연히 떠오른 낱말이었다. 순간 낱말과 낱말이 만날 때, 동심에서 출발한다는 사실을 깨달았다. 외마디부터 시작된 언어가 다양한 정보를 품으며 합성어로 가지를 벌어나갈 때, 언어학자들이 말하는 유비와 상징을 넘어서 동심이 끼어들어서 노닌다는 것을 알았다. 장난기와 재미와 공감이 없으면 언어는 스스로 숨을 놓는다. 낱말과 낱말은 어린아이처럼 껴안는다. 나는 이것을 '동심언어'라고 이름 붙였다. 순간 큰 그림이 그려졌다. 《동심언어사전》은 그렇게 세상에 나왔다.

태초에 동심이 있었다. 언어는 동심의 놀이터다. 아이가 문구멍으로 세상을 내다본다. 동심에는 침이 묻은 손가락이 있다. 키가 자라는 문구멍이 있다. 반짝이는 작은 눈동자와 빛나는 너른 세상이 있다.

머리해주세요

내가 태어난 동네에는 '영등모캥이'라는 곳이 있다. '모캥이'는 '모퉁이'의 사투리다. 버스도, 트럭도, 술 취한 아버지도, 건들거리는 예비군도 영등모캥이에 나타나고 그곳에서 떠난다. 인민군이 우리 송아지를 끌고 가버렸을 때, 그 송아지가 다시 고갤 내민 곳도 영등모캥이였다. "인민을 위한다면서 왜 남의 집 송아지는 끌고 간대요? 송아지가 아직 어리니까, 제가 잘 키워놓을게요. 이걸 끌고 다니면서 어떻게 인민 해방을 시킬 수 있겠어요?" 송아지를 빼앗아 끌고 온 열세 살 아버지는 영등모캥이의 전설이 되었다.

또 한 명의 전설이 있었는데, 그는 상이용사 노씨 아저씨였다. 영등모캥이에서 인민군의 총알을 맞았다며, 옆구리를 짚고 다녔다. 자신이 조금만 더 빨랐으면 총을 안 맞았을 거라며 동네 꼬마들에게 달리기 시합을 시키곤 했다. 아저씨는 머리 깎는 기계와 동그란 나무 의자를 갖고 이사 온 타성바지였다. 바리캉이라 불리는 이발 기계에선 석유 냄새가 났다. "움직이지 마라잉. 네가 자꾸 머리를 비틀면, 내 옆구리에 박힌 총알이 꼼지락거려서 머리칼이 다 뽑힌다잉." 아저씨는 머리에 꿀밤을 주면서, 따발총 소리를 내기도 했다.

50여 년 전 일인데도 미용실 의자에 앉아 눈을 감으면 영등모캥이가 떠오르고, 노씨 아저씨의 목발이 떠오르고, 송아지를 끌고 오는 아버지가 떠오른다. 지금 내가 다니는 미용실은 개업한 지 30년 된 집이다. 처음 개업할 때부터 이용비를 올리지 않아서, 다른 미용실의 투서에 협회 감사까지 받은 집이다. '다음에 올려야지' 하다가 여태 처음 가격이란다. 손님들이 손주들이 보던 동화책도 가져오시고, 화분도 사다 주시고, 맛난 음식도 갖다주시는데 어찌 돈을 더 받을 수 있겠느냐고 한다. 단골들이 거의 할머님들인데, 어찌 그분들의 주머니를 털겠느냐고 한다. 앞으로도 파마 2만 원, 컷 5000원이란다. 어떤 염색 약품을 가져와도 공임만 받는단다. 그러니까 요금표도 없다.

　미용실은 흡사 식물원 같다. 사시던 분들이 좋은 아파트로 이사갈 때 주고 간 화분들이 가득하다. 또한 미용실은 한약방 같다. 오래된 술병이 즐비하다. 주변 분들이 주고 간 거다. 산삼주, 더덕주, 하수오주의 나이가 신체검사를 받을 만큼 오래 묵은 것들이다. 입대하는 신병은 공짜로 깎아준다. 미용실 아주머니는 애국자다. 또한 미용실은 독서실 같다. 《토지》, 《혼불》, 《삼국지》 등 대하소설에 그림책까지 벽면을 꽉 채우고 있다. 단골 중에는 교수님도 있고 만화방 주인도 있어서 몽땅 선물 받은 거란다. 또한 미용실은 온돌식 방을 갖춘 음악다방 같다.

내 아들도 거기서 머리 깎고 입대했다. 미안하고 고마워서 《어머니학교》를 선물했더니, 갈 때마다 다른 책에 서명을 부탁한다. 그러니 내가 어찌 이 글을 쓰지 않을 수 있으랴. 오늘도 미용실 의자에 앉아 영등모캥이를 돌아 나오는 아버지를 만난다. 노씨 아저씨의 총알도 떠올린다. '네가 흔들리면 누군가의 옆구리에서는 총알이 살아 움직인단다.' 충남 천안시 백석동, 백석 시인 말고도 이사를 하지 못하는 이유가 또 하나 단단하게 뿌리를 내렸다. 머리는 깎고 볶고 염색하는 게 아니다. 머리는 하는 거다. 그는 이미 어떻게 머리하는지 알고 있다. 머릿속 골까지 안다. 단골이니까. 머리하는 건 골표('생김새'의 북한어)를 빛나게 하는 거니까.

잉어 시인

갓난아기는 앞뒤가 없다. 앞태며 뒤태란 말이 없다. 발가락 틈
때꼽재기도 예쁘다. 함함하다. 새근새근 잠자는 아기의 콧구멍을
들여다본다. 천사 콧구멍에도 아기처럼 솜털이 나 있을 거다. 이
세상이 먼지투성이인 걸 어찌 알았을까? 콧구멍에 솜털을 한 올
한 올 심어준 이는 누굴까? 아기 발가락이며 이마에 뽀뽀하고 정
수리 숨골에 살포시 입술을 댄다. 아, 이 하늘 냄새.

새 동시집이 나왔다. 앞태, 뒤태 모두 예쁘다. 아, 이 책 냄새, 이
설렘의 숨결. 초판 가운데 너는 어떻게 내 품으로 왔니? 머리맡에
놓고 아침저녁으로 한 번씩 읽는다. 책의 콧구멍은 어디 있나? 배
꼽은 어디에 숨어 있나? 지은이가 사랑을 주지 않으면 세상에 나
간 시집들이 고아가 될 것 같다. 찌개 뚝배기 밑받침으로 둥근 화
인이 찍힐 것만 같다. 책이 나오면 한 달쯤 안아준다. 재채기와 옹
알이를 시작하고 세상 속으로 걸음마를 시작할 때까지.

오늘은 동시집을 배낭에 넣고 캔 맥주도 서너 개 챙긴다. 현충사
로 가을 나들이다. 현충사 뜰에는 내가 좋아하는 화살나무가 있다.
봄, 여름, 가을, 겨울 언제나 예쁘다. 앞태며 뒤태란 말이 없다. 온
몸이 화살이지만 어디로 날아가서 피를 찍은 적 없다. 비명 소리를

좋아하지도 않는다. 내 가슴속 화살을 건네주고 온다.

정문을 지나 10여 분 걸었는데 아차, 이제야 생각난다. 안주를 챙기지 못한 거다. 맥주 한 캔쯤이야 안주 없이도 좋은데, 두세 캔을 마시다 보면 속이 불편하다. 매점까지 다녀오기엔 멀다. 근데 천사가 나타났다. 네댓 살 소녀가 과자를 한 봉지 들고 화장실 앞에 서 있다. 나는 소녀 앞에 무릎 꿇고 재롱을 떤다. 갖은 동물 소리에 원숭이 춤을 춘다. "원숭이가 과자 먹고 싶대." 천사가 과자 봉지를 연다. 한 주먹 냉큼 챙긴 원숭이가 성큼성큼 걷는다. 원숭이 시인의 뒤통수에 아이 엄마의 꾸중이 달라붙는다.

"화장실 문 앞에서 기다리라고 했잖아."

나는 과자를 빼앗길까 봐서 '걸음아, 나 살려라!' 하고 달음질친다.

"절대 먹지 말랬잖아. 네가 먹은 거야? 책은 어디서 났니?"

"저 아저씨가 주고 갔어. 배고픈가 봐! 물고기 밥 가져갔어."

"잘했어. 잉어보다는 사람이 중요하지. 우리 딸 천사네."

맥주 한 모금에 잉어 밥 한 개. 내 눈망울이 잉어 눈처럼 단풍 든다. 동시집을 세 번이나 읽는다. 맥주 세 캔을 다 마신다. 잉어 밥을 천천히 먹는다. 과자도 앞태며 뒤태가 없다. 이 과자는 천사인지, 머리카락도 있다. 천사가 강아지를 키우는지, 개 사료도 있다. 남은 과자를 잉어에게 건네고 천천히 걷는다. 내가 쓰는 모든 글이 한마디 말씀으로 서녘 하늘에 걸친다.

"잘했어. 잉어보다는 사람이 중요하지."

나는 고쳐 읽는다.

"잘했어. 잉어와 사람에게 뭔 앞뒤가 있겠어."

결성향교에 들다

1987년 12월 24일, 제대를 했다. 1988년 3월 1일 결성고등학교로 발령이 났다. 입대 전 홍성군 광천중학교에 첫 발령을 받았으니 두 번째 학교였다. 매형은 발령 축하 자리에서 한 가지만 조심하라고 했다.

"방귀 크게 끼지 마."

"무슨 말씀이래요?"

"거기서 방귀를 뀌면 퇴근하기 전에 그 방귀 소리와 냄새가 여기 홍성 읍내까지 소문이 나지. 전날 먹은 음식의 종류와 소화 능력까지."

"그렇게 말이 많은 동네래요?"

"그렇기도 하고. 또 밀썰물이 없이 고여 있는 동네고. 그러니까 외지 사람들의 일거수일투족에 관심이 많지. 더군다나 똑똑한 동네잖아. 향교 있고, 형방 있고."

"아, 그렇겠네요. 만해 한용운의 생가 터도 있고, 근방에 남당 한원진이며 백야 김좌진도 있고."

"하여튼 책잡힐 일 하지 말고 애들이나 참하게 가르치다가 읍내로 나와."

결성면사무소 앞 최씨네 2층에 하숙방을 잡았다. 5년 반의 자취 생활을 벗어난 싱그러운 나날들. 매일 아침 형방 옆길을 거쳐 결성 초등학교 교문을 지나 석당산에 올랐다. 멀리 안면도까지 안개가 자욱한 날에는 구름 속에서 익숙한 사투리가 솟구쳐 올랐다.

"학교 안 가는 날이여?"

"아뉴. 학교에 똥까지 챙겨 갈 건 읎잖유."

석당산에서 내려와서는 꼭 결성초등학교 운동장에 있는 할아버지 은행나무에게 빌었다.

"어서 빨리 등단시켜주세요. 올해엔 신춘문예에 꼭 당선되게 해주세요."

결성초등학교 운동장에 우람하게 서 있는 은행나무의 은행알이 유독 구린내를 풍기는 이유는, 내가 이똥 냄새 풍기면서 가당찮은 기도를 해댔기 때문이다. 아침을 먹으려고 하숙집에 다다르면, 까치집 얹은 머리칼에 잠옷 바람으로 앉아 신문을 들추던 교감 선생님이 매일 똑같은 말을 건넸다.

"죽으면 올라갈 산을 뭣 하러 매일 올라간대?"

은행나무의 신통력일까? 그해 겨울, 나는 신춘문예 당선 통보를 받았다.

　청룡산 고산사로, 만해 생가로, 남당리 바닷가로 줄기차게 쏘다니면서도 유독 가지 않는 곳이 있었다. 그곳은 걸어서 10여 분이면 닿을 만한 곳에 있던 결성향교였다. 더구나 나는 대학에서 한문교육을 전공하고, 국어와 한문을 가르치는 교사였다. 이마받이에 향교가 있었지만 넌지시 바라만 볼 뿐이었다. 3년을 근무하는 동안 단 한 번도 발길을 주지 않았다. 가까이 갔다가 소나무만 바라보고 돌아섰다. 두렵고 부끄럽고 불편했다. 향교가 나를 받아주지 않았다. 공부는 팽개치고 시나 끼적거리면서 허명에 사로잡힌 얼치기를 품어주지 않았다.

　그로부터 25년이 지나서야 향교는 내게 명륜당 마루의 나뭇결과 팽나무와 느티나무의 서늘함을 건네주었다. 풍경에도 살과 뼈가 있고 심장과 체온이 있다. 향교는 나에게 무엇을 건네주려고 꽁꽁 여몄던 늑골 빗장을 열어젖혔을까? 그간 그곳에서 강의도 하고, 출판기념회도 열고, 노래도 부르고, 술도 마셨다. 새로운 발상에 전율하며 두꺼운 사전을 집필하기도 했다. 만해 생가에서 〈만해 아리랑〉(작곡: 백창우, 노래: 박애리) 발표회도 하고, '홍주와 노닐다'라는 이름 아래 십여 차례 인문학 강연과 '쉼, 그리고 삶'이라는 장애인 복지관 벗들과 공동체 프로그램도 꾸렸다. 전국으로 미술관을 찾아가는 '인문학을 찾아서'를 펼쳤다. 그리고 '길 위의 음악 여행'으로 매달 '우리의 소리를 찾아서' 떠났다. 다달이 두 차례씩 펼쳐지는 만해 생가에서의 만해문예학교를 마친 뒤에는 명륜당에서 밤새워 이야기를 이어갔다. 또한 많은 사람들과 향교 스테이를 통해 마음을 닦았다.

향교가 다시 숨을 쉰다.

결성향교는 방문객으로서의 나를 원한 게 아니었다. 향교는 이정록이라는 학동을 바란 거였다. 스스로 개구쟁이 노래꾼이 되고 싶었던 것이고, 나와 함께 숨통을 헐떡이며 운동장을 달리고 싶었던 것이다. 향교 주춧돌에 바퀴를 달고 이 땅의 산야와 길을 달리고 싶었던 것이다.

지금 결성향교에서는 이현조와 김현자 부부가 이인삼각으로 마당을 쓸고 있다. 김정숙 평론가의 인문학 강의와 임병조 지리학 박사의 동국여지승람이 펼쳐진다. 전만성 화가와 지역 유림들도 얼을 다지고 있다. 또한 결성면과 홍성군과 도청과 행정안전부에서 내건 만국기가 600년 묵은 느티나무와 팽나무에서 팔랑팔랑 고전을 낭독하고 있다.

결성향교에 오면 600년 전 어느 선비의 왼손과 천년 뒤에 태어날 어린아이의 오른손이 짝을 맞추는 박수 소리를 들을 수 있다. 아이가 가뿐하게 어른을 업고 있다. 결성향교는 지금 오래된 미래를 펼치고 있다. 나는 지금 만해 생가를 찾는 어린이들이 읽고 삽화를 그릴《만해 동시 그림책》과《만해 동화 그림책》을 탈고했다.

내가 다시 숨을 쉰다.

개그쟁이

깊은 밤에 전화벨이 울리면, 가슴속에서 덜컥 수화기 놓치는 소리가 들려온다. 아버지의 임종을 지키지 못한 뒤 더 심해졌다.

엊저녁 음주 가무 때문에 머릿속이 술거품 꺼진 막걸리잔 같다. 가슴은 황소에게 밟힌 늙은호박처럼 움푹 파인 듯하다. 이런 날에는 대중탕에 가서 불룩한 술배와 누런 눈빛을 맘껏 힐난하고 돌아와서 주검처럼 이불을 덮고 잠이나 잤으면 싶다. 내 주검에 문상하며 짧은 탄식으로 자작 조시나 읊조리다가 스러지면 때론 부활이란 것도 하게 된다.

"드드드드. 드드드드." 핸드폰이 진동한다. 늦은 시간에 강진이인다. 삭정이 고깔불처럼 가슴이 무너진다. 고향 안방에 반듯하게누워 계신 엄니가 떠오른다. 아프신가? 엄니 본 지 얼마나 됐지?성급하게 뚜껑을 열어젖힌 막걸리병 거품처럼 걱정이 솟구쳐 오른다. 병원 회복실 앞에서 브라운관에 비친 가족의 이름을 우러르듯액정 화면에 뜬 사람의 이름을 오래도록 들여다본다. 받을까 말까망설인다. 또 당할 것 같다. 병이 다시 도지셨나? 지진과 달리 진동음의 여진은 갈수록 커진다.

"여보세요?"

"나 전유성이에요."

"안녕하세요? 별일 없지요?"

"별일 있으니까 전화했지요."

"몸이 편찮으신가요?"

"아파야 살아 있는 몸이죠. 늘 건강하면 저주지요. 그것보다 큰 걱정이 생겼어요."

"무슨 일인데요?

"'사도' 말이에요."

순간 머리가 복잡해진다.

강제성은 없지만 〈사도헌장〉이란 게 있다.

"오늘의 교육은 개인의 성장과 사회의 발전과 내일의 국운을 좌우한다. 우리는 국민교육의 수임자로서 존경받는 스승이요, 신뢰 받는 선도자임을 자각한다. 이에 긍지와 사명을 새로이 명심하고 스승의 길을 밝힌다. 우리는 제자를 사랑하고 개성을 존중하며 한 마음 한뜻으로 명랑한 학풍을 조성한다. 우리는 폭넓은 교양과

부단한 연찬으로 교직의 전문성을 높여 국민의 사표가 된다. 우리
는 원대하고 치밀한 교육계획의 수립과 성실한 실천으로 맡은 바
책임을 완수한다. 우리는 서로 협동하여 교육의 자주혁신과 교육
자의 지위향상에 적극 노력한다. 우리는 가정교육·사회교육과의
유대를 강화하여 복지국가 건설에 공헌한다."

보수 교육 단체가 발표한 것이라, 괜히 '저나 잘하셔!' 빈정거리
게 되지만, 구구절절 옳고 옳아서 중압감의 바윗덩어리가 늑골을
짓누른다. 더구나 어젯밤 술자리에서 목소리를 키우고 삿대질도
했던 터라서, 순간 자세를 가다듬었다.

"거 있잖아요. '사도' 말이에요."
"'사도'라니요? 교사의 길?"
"그게 아니라, 영화 〈사도〉 말이에요. 〈사도〉에 심각한 역사적 오
류가 있어요. 제가 그걸 알아보려고 비싼 《조선왕조실록》 전질을
사서 며칠째 보고 있어요."
"그렇게 심각해요?"

"제가 잠을 못 자요. 이게 어른들만 보는 게 아니란 말이죠. 자라는 학생들도 본단 말이죠. 걱정이 이만저만이 아니에요."

　"건강도 안 좋으신데, 어쩌죠?"

　"아는 분 중에 역사학자나 국사 전공하는 교수님 계시죠?"

　"네. 국립중앙박물관에 아는 사람이 있어요."

　"잘됐네요. 근데 며칠 잠을 설쳤더니, 너무 졸리고 기력이 달려요. 내일 더 말씀드리죠."

　"제가 걱정할 테니, 주무세요. 그럼 내일 다시 통화해요."

　전화를 끊고 〈사도〉라는 영화를 떠올린다. 송강호의 무시무시한 눈초리가 잠을 앗아간다. 사도세자의 절규가 머릿속 막걸리 거품을 헤집는다. 잠이 사방팔방으로 달아난다. 머릿속에 대형 스크린이 펼쳐진다. 곁자리에서 팝콘을 와작와작 씹는 젊은 여인을 째려본다. 얼음 조각을 흔들며 콜라를 쩝쩝 빨아들이는 여고생에게 헛기침을 한다.

　밤새 노루잠에 뒤척이다가 부스스 깬다. 알람은 참 신통하다. 알람은 제대로 한번 울어보려고 밤을 새워 기다린다. 알람에서 해방되는 일은 최대한 빨리 그의 부름에 손기척을 보이는 일뿐이다. 서

둘러 씻고 밥을 먹는다. 입이 깔끄럽다. 밥에 찬물을 붓는다. "업무
와 수업만 없으면 선생질을 할 만한데." 누가 들을까 봐 무서워서,
혼잣말이 눈치껏 꼬리를 접는다. 언제 엿들었나?

"남편과 자식만 없으면 결혼 생활도 할 만한데."

"시는?"

"아, 시가와 시인만 없으면 금상첨환데."

시댁이라고 부르더니, 언젠가부터 시가라고 부른다. 한 바닥 낮
춘 거다.

"왜 시댁이라고 부르더니 시가야?"

"담배도 포함해서."

먹는 둥 마는 둥, 씻는 둥 마는 둥 하고 서둘러 출근한다. 한뎃바
람을 쐬니 살 것 같다. 다시 전화기가 운다.

"드드드드. 드드드드."

"누구지? 어떤 놈이 아침 일찍 결석한다고 전화를 하나?"

액정을 들여다보니, 전유성 샘이다.

"너무 걱정이 돼서 한숨도 못 잤어요. 너무 이른 시간이죠?"

"괜찮습니다. 어떤 부분인가요?"

"운전 중이잖아요? 조금 있다가 출근하면 다시 전화를 넣을게요."

"조금만 기다리셔요. 갓길에 차를 세울게요."

"비상 깜빡이 꼭 켜요."

"네. 말씀하세요."

"적어야 하는데……."

"잠깐만요. 말씀하세요. 쓸 준비 됐어요."

"천천히 말할게요. 받아 적으세요. 에……. 〈사도〉는 두 자인데, 왜 '사도세자'라고 해요. 이거 심각한 오류입니다. 《조선왕조실록》을 다 뒤져봐도 사도세자라고 나와요. 둘 다 바꿔야 해요. 〈사도〉가 두 자인 줄은 유치원 애들도 알죠."

"……."

"저는 알 만한 역사학자도 없고, 이준익 감독과 친하지도 않고. 하여튼 잘 부탁드려요."

"……."

"뚜우우우."

한동안 갓길에서 벗어날 수가 없다. 또 당한 거다. 일전에 당한 것까지 합하면 세 번째다. 단 한 사람을 웃기려고 이렇듯 치밀하게 조이다니……. 나는 순간 '시인의 길'을 떠올리다가 머리를 흔든다.

　아, 프로의 아름다움이여. 진정한 개그란 상대방의 헛심을 쪽 빼는 일인가? 종일 수업이 엉망이다. 잠을 설친 데다 정신까지 다친 거다. 수업 도중에 창밖을 자꾸 내다본다. 사도세자라! '스승의 길'에 꼭 필요한 세 글자라? 인(忍), 인(忍), 인(忍).

　"전유성 샘, 잘 듣고 맞춰보세요. 프라이팬의 전생이 뭔 줄 아세요?"

　나는 대답을 기다리지 못하고, 손에 쥐고 있던 펜을 멀리 날린다.

　"……."

　전유성 샘이 씩 웃는다.

　"제 펜들은 다 유성 펜이죠."

엄지장갑

너도나도 양반이라며 팔자걸음을 걷던 시절, 관혼상제도 모르면 양반이 아니라 염소반이라며 증조부께선 제사상 장사를 시작하셨다고 한다. 제사상을 하나 사서 해체한 뒤 그 조각을 여러 벌 깎아서 조립하는 식으로. 물론 막 양반이 된 당신이 직접 만든 건 아니고 목수를 사서 부렸다고 한다. "제사상만 가마니때기 위에 놓고 지낼 거여? 병풍하고 돗자리도 있어야지." 그렇게 '원 플러스 원'으로 돈을 모은 뒤에 벼슬도 사셨다니, 우리 집안도 잠시나마 족보의 골격을 갖춘 시절이었다. 하지만 일제강점기와 전쟁과 조국 근대화를 거쳐오는 사이, 그 감찰대부 부군께서 장만하신 재산은 장마철 상추 잎처럼 녹아버렸다.

아버지는 내가 무얼 만드는 걸 좋아하셨다. 손재주를 익혀서 제사상과 병풍을 제작하기를 바라신 것은 아니었겠지만, 경운기를 고치고 텔레비전을 수리하는 기술자가 되려면 연장을 잘 다루는 건 필수라고 생각하신 거였다. 나는 외발 스케이트며 새덫이며 방패연이며 세발자전거를 만들었다.

하루는 연살을 깎다가 왼손 검지를 다쳤다. 순간 뼈가 보이고 피가 솟구쳤다. 뼈는 공동묘지에서 보았던 백골이 아니었다. 청자처럼 푸르스름했다. 아버지가 천천히 다가와서 너덜거리는 살점을 덮고 광목천을 찢어서 묶어주셨다. 나는 울먹이면서 아버지를 올려다봤다. 병원에 가서 꿰매야 할 상황이었지만, 아버지는 내 어깨를 한번 툭 치고는 자리를 뜨셨다. "정록아, 왜 손가락이 열 개겠어?" 나는 아버지의 웃음을 이해할 수가 없었다. 하지만 그 말을 들으니 은근히 안심이 되었다. 군에서 창자를 1미터나 끊어낸 분이 아니시던가. 중학교 때 평행봉에서 떨어져서 허리가 뒤로 접힌 적도 있던 분 아니시던가. 다음 날 나는 나머지 아홉 손가락을 재게 움직여서 팽이를 깎고 썰매 꼬챙이를 만들었다.

재주 많은 손가락이 게으름에 빠질 때마다, 나는 주문을 건다. "정록아 왜 손가락이 열 개겠어?" 글을 쓸 때도, 그 옛날 열 손가락이 더듬은 날카로움과 우둘투둘함과 냄새와 끈적거림을 정확히 그려내려고 애쓴다.

요즘 아이들의 손이 엄지장갑을 닮아간다. 연필을 깎지 못하는 애들이 많다. 어른들은 아이들이 사과를 깎지도, 라면을 끓이지도 못하게 한다. "그러다 다치면 어쩌려고 그래?" 누가 아이들의 손가락을 붕대로 친친 감아버렸나?

그녀는 예뻤다

"인세 많이 받죠?"

"책 한 권 팔리면 얼마가 떨어져요?"

국어 선생님이 나를 과대 포장한 게 분명하다. 학생들은 내가 어떤 시를 쓰는지, 무슨 책을 출간했는지, 어떤 원고를 구상 중인지는 관심 밖이다.

"제가 선생님 산문집을 사려는데요. 얼마예요?"

녀석이 금세 인세 계산을 해내고는 매점에서 만나잔다. 책은 분명코 사인을 받을 테니, 인세 10퍼센트로 아이스크림을 사달란다.

"인세는 1200원이고 아이스크림은 1000원이에요. 200원은 불우 이웃 돕기 성금이에요. 작가는 피를 짜서 잉크 삼는다면서요."

아이들이 난리다. 단체로 구입할 테니, 학급 회식을 하잔다.

"난 제자를 독자라고 생각 안 해. 미지의 독자를 사랑하지. 그들은 인세를 깎거나 조롱하지 않지. 특히 쓴 것과 단 것을 직거래하지 않아."

"쓴 거와 단 거라니요?"

"글은 손으로 쓴 거라서 맛이 쓰고, 아이스크림은 봉지마다 무게가 정확하니까 단 거지."

"선생님은 부자지요?"

"응, 근데 주머니에 돈은 많지 않아."

"그 많은 인세를 다 쓰나요."

아마도 옆 반 국어 선생님이 나를 베스트셀러 작가라고 소개했나 보다.

"난, 돈을 받으면 스위스 은행에 저금해. 근데 비밀번호를 까먹어서 찾을 수 없어. 남은 돈은 금으로 바꿔서 달 뒤편에 던져놓지. 달이 기울 때마다 다 쏟아져서 지금 얼마 남았는지 모르겠다."

"쳇!"

"그리고 땅에다가도 투자했지. 서해안 시대라고 떠들어대서 바닷가 개펄을 샀더니 물이 들이차서 팔지도 못하고 말뚝만 박아놓았단다. 태안에서 목포까지 개펄에 박힌 나무를 보면 선생님 땅이려니 생각하고, 거기 노을과 파도 소리는 공짜로 즐기길."

내 뻥이 재미가 없는지, 이곳저곳에서 진도 나가자고 한다. 수업 욕구를 강하게 하는 방법 중 하나가 자화자찬이다. 그래, 나도 돈을 많이 벌고 싶다. 그런데 아직, 인세로 먹는 술이 가장 달다.

대학교 4학년 때다. 버스 맨 뒷좌석에 앉았다. 군인 한 명이 먼저 앉아 있었다. 언제나 군인 옆자리는 공석인 경우가 많다. 그때만 해도 방위병이라는 단기 사병은 군기가 빠져서, 좌석 꿰차고 앉아서 다닐 때였다. 그는 면사무소 앞에서 내렸다. 그가 내린 자리에서 두툼한 가죽 지갑 하나가 반들반들 나를 올려다보고 있었다. 가슴이 쿵쾅거렸다. 짝사랑하는 여자가 전속력으로 뛰어와서 가슴에 둥우리를 튼 것 같았다. 룸미러 속에 운전기사의 눈이 휘둥그레 박혀 있었다. 창문을 열고 방위병을 부를까? 버스 창문이 열리지 않았다. 큰 소리로 외치려는데 두툼한 지갑의 부피가 목소리를 끌어 내렸다. 부랴부랴 다음 정거장에서 내렸다. 따가운 여름 햇살이 가슴에 불길을 피워 올렸다. 화장실에 가서 지갑을 펼쳐보았다. 1000원짜리 한 장이 전부였다. 술집 명함만 한가득이었다. 호객 명함에서 아름답고 섹시한 여인들이 갖은 포즈로 날 비웃고 있었다. 다음 버스까지 한 시간 반을 기다렸다. 교생실습을 마친 예비 교사의 꼴이 초라하기 이를 데 없었다.

10여 년 전 대전 유성에선 이런 일도 있었다. 한창훈 소설가와 시 쓰는 유용주 형과 밤새 술을 푸고 난 아침이었다. 구두 높이만큼 눈이 쌓여 있었다. 복어 해장국에 소주를 곁들일 생각에 한창훈 소설가가 긴 머리를 쓸어 올리면서 가장 앞서 걷고 있었다. 또 술이냐고 투덜거렸지만 유용주 형과 내 입꼬리도 등나무 새순처럼 싱싱하게 솟아오르고 있었다. 이때 뒤에 오던 유용주 시인이 갑자기 저녁까지 종일 술을 사겠다고 호언했다. 그의 손에 10만 원짜리 수표가 눈부시게 피어 있었다. "아, 인세 받았군요. 어제 양주 먹을 걸."

복어 해장국에 소주를 두어 병씩 마셨다. 아침 술은 달다. 겨울잠을 박차고 나온 불곰 같은 유용주 시인이 계산대로 갔다. 그런데 그가 꺼내놓은 건 야간 업소 홍보용 전단이었다. 반라의 여인이 풀 서비스를 외치며 입술을 내밀고 있었다.

"어디 갔지? 내 10만 원?"

그때 카운터 아가씨가 전단을 뒤집었다. 그곳에 10만 원짜리 수표가 있었다. 한쪽은 수표를, 다른 한쪽은 여인의 사진을 인쇄한 광고지를 주운 거였다. 내 지갑에서 재빠르게 뛰쳐나온 카드가 비명 소리를 내며 찌지직거렸다. 서둘러 나왔다. 겨울 햇살이 눈부셨다. 녹은 눈 사이에 10만 원짜리 수표가 울긋불긋 지천으로 깔려 있었다.

  "니에미, 내가 평생 술 살게." 한창훈이 담배 연기를 길게 내뿜었
다.

  추억을 접고, 교과서를 펼친다.
  아이들이 버들피리 불 듯 긴 한숨을 내뿜는다.

반장이니까

　우리 학급 반장 녀석의 별명은 '반장이니까'다. 그 녀석의 청소 구역은 교실이고 업무는 실내 청소 총괄이다. 그런데 청소 당번이 아닌 녀석들과 농구나 족구를 하기 일쑤다. 호통을 치면 대뜸 말한다.

　"반장이니까 선생님이 이해해줘요. 모양 안 나게 애들 앞에서 혼내지 좀 말고요." 사실 반장이 먼저 대꾸나 변명을 하는 일도 드물다. 옆 친구들이 먼저 설레발이다. "반장이니까 당연히 자유를 줘야죠. 다른 궂은일 많이 하잖아요." 궂은일을 도맡는다고? 제발 일이나 치지 않으면 다행이지. 돈복 없는 놈은 학생 복도 없다더니, 올해 반장은 최악이다. 담임인 내가 반장이 저지르는 자디잔 폭력과 절도와 불화를 조정하고 수습하는 뒷수발에 바쁘다.

　출근 버스에서 내려 교문 쪽으로 올라가는데, 반장 녀석이 '돼지코'란 녀석의 귀를 잡고 내려오고 있다. 귀를 감싼 휴지에 빨갛게 핏물이 배어 있다.

　"얼마나 다친 거야?"

　"귀가 좀 찢어졌어요……."

　"어쩌다?"

"어제 돼지코가 선생님한테 대들었잖아요. 그래서 제가 한 번 걸어찼는데……."

"왜 내가 혼낼 걸 네가 혼내? 네가 뭔데?"

"당연히 제가 나서야죠. 반장이니까!"

"근데 발로 걷어찼는데 왜 귀에서 피가 나?"

"얘가 마침 창턱에 기대서 있었거든요. 그래서 다리를 툭 찼는데 몸이 붕 뜨더니 창턱 난간 화강암 모서리에 귀를 부딪쳤어요."

"그래, 얼마나 다쳤는데?"

이제야 싱긋대며 돼지코가 말을 받는다.

"귀가 세 개가 됐어요. 귓구멍에서부터 귓바퀴까지 칼로 자른 것처럼 절단 났어요."

"반장, 넌 교실로 가서 애들 챙기고 교무부장님께 병원에 갔다고 말씀드려라."

아이와 함께 택시를 타고 인근 병원으로 향했다. 마취도 없이 몇 십 바늘을 꿰매는 동안에도 코를 벌름거리며 웃기만 한다. 머리를 다치지 않은 게 불행 중 다행이다. 그런데 의사의 손이 너무 떨린다. 연세가 너무 많아 보인다. 아, 급한 나머지 손님이 거의 없는 K의원에 온 거다. "의사니까 믿어요. 귀는 마취 안 해도 돼요. 그리고 잘 붙어요. 좀 어긋나서 붙으면 머리카락으로 덮고 다니면 돼요. 여자도 아닌데 뭐." '의사니까'란 말을 들으니, 또 걱정된다.

뒤늦게 학교에 와서 교무실에 갔더니, 반장 녀석이 교무부장 책상에 주먹을 낀 채 고갤 숙이고 있다.

"하, 이놈이 아침 일 때문에 약간 꾸중을 했더니만, 자기 분을 못 이기고 내 책상을 탕 친 거야. 합판이 뭔 힘이 있겠어. 주먹이 뚫고 들어간 거지. 피는 많이 안 났어. 근데 뺄 수가 없지. 원숭이 주먹처럼 저리 끼고 벌 받는 중이야. 이따 청소 시간에 톱질해서 꺼내주기로 교장 선생님과 상의했어."

반장이 고갤 처박고 나와 눈을 마주치려 하지 않는다.

"왜 그랬어?"

"반장이니까……."

참 오래된 일이다. 돼지코의 귀는 계단식 논처럼 층이 지게 아물었다. 미안한 일이다. 세월은 흘러 뽕나무밭도 지나고 푸른 바다도 건넜다. 작년 추석이다. 고향에 가는 길에 주유소에 들렀다가 반가운 얼굴을 만났다. 돼지코다. 귀가 어떠냐고 묻지는 않았다. 결혼은

했는지, 애들은 잘 크는지, 아내도 맞벌이인지, 아버님과 어머님 건
강은 어떠신지, 누나는 대학 졸업하고 뭐 하는지, 서로 예사 인사
만 나눴다. 그의 헤어스타일이 언밸런스였기 때문이다. 그 머리카
락 속에 숨어 있는 아픈 추억을 들추고 싶지 않았다. 근데 나도 모
르게 궁금증이 터지고 말았다.

"야, 근데 반장이니까는 뭐 하냐?"

"우리 동네 이장이에요. 지금도 '이장이니까' 하면서 맨날 마을
분란만 일으키지요. 그래도 아무도 안 미워해요. 군청이든지 의회
든지 여의도든지, '이장이니까' 하면서 머리띠 묶고 싸움하러 잘
뛰어다니니까요."

"그려, 다행이다. 나도 개가 큰 인물 될 줄 알았다. 또 보자."

"오늘 기름은 지가 선물로 드릴게요."

"그려, 너도 이거 받아라. 모자다. 엊그제 테니스 대회에서 우승
상품으로 탄 거여. 그때 좋은 병원 못 데리고 가서 미안하다. 담임
이니까 겁먹어서 그랬지 뭐."

하늘이 파랗다. 2층에서 아기를 안은 낯익은 얼굴이 손을 흔든
다. 아, 그때 몰래몰래 만나던 지 누나 친구구나. 녀석, 콧구멍 큰

놈은 너스레가 좋다더니. 연상 여자랑 잘 사는군. 활짝 웃으며 나도 손을 흔든다. 추억의 보따리가 커다랗게 가슴에 안긴다.

취미는 효도, 특기는 불효

'장오토'라는 녀석이 담임인 나를 부른다. 소리쳐 부른 건 아니다. 조회 시간에도 엎드려 자는 녀석이 눈을 동그랗게 뜨고 날 바라본다. 무슨 사건을 쳤든지, 뭔가를 자랑하고 싶은 거다. 공부는 뒷전이고 사건 사고를 앞전에 놓고 사는 골칫덩어리가 담임 눈을 뚫어져라 쳐다보는 건 죽을죄를 지었을 때다. 다른 선생님께 불려갈 일이 있거나, 곧 학생 생활지도 주임이나 인근 경찰서 청소년 담당 형사가 들이닥칠 것이니 각오하라는 예비 신호다. 신호등처럼 눈을 깜작인다. 따로 만났으면 좋겠다는 눈짓이다. 오토란 별명은 오토바이에 대한 지나친 집착 때문에 생긴 별명이다. 나는 애써 눈을 피한다.

이번엔 '김쓰레기'가 눈짓을 한다. 장오토 쪽으로 턱짓을 날린다. 김쓰레기는 늘 쓰레기통 옆에 앉기 때문에 붙여진 별명이다. 스스로도 쓰레기라는 별명을 즐긴다. 자기 쓰레기통은 돈다발을 한가득 담은 저금통으로 재탄생할 것이라고 떠벌린다. 모두가 쓰레기라고 여기는 것들이 자원이고 돈이 된다는 것을 익히 아는 녀석이다. 아버님이 고물상을 운영하시기 때문에 몸으로 터득한 거다. 고물상 울타리 안에서는 무면허로 트럭도 몰고 지게차도 끄는 상일꾼이다. 가업을 이어받으려면 쓰레기통 냄새를 향내로 받아들일 수 있어야 한다고 코끝을 찡긋거린다. 지독한 놈! 비싼 알루미늄 캔을 잘 압축해서 책가방에 담아 간다. 올 때는 빈 가방인데 갈 때는 불룩하다. 학교에 오면 일당이 최소한 2000원은 된다고 으스댄다. 한 달에 4만 원, 1년에 40만 원 버니까 수업료는 지 손으로 번다고 쓰레기 재활용의 미덕을 외치는 놈이다. 고갤 돌려 장오토를 본다. 오토는 여전히 싱긋거리면서 나를 바라본다.

"장오토! 점심 먹고 등나무 벤치로 나와라. 빈손으로 오지 말고, 할 얘기 있으면 음료수 한 캔 들고 와라."

다행히 오전에 생활 주임한테도, 파출소 형사한테도 아무런 연락이 없다. 교무실 밖 등나무 벤치에 벌써 오토와 쓰레기가 나와 있다. 서로 키들거리며 웃는 걸 보니, 걸쭉한 무용담을 꿰차고 나온 듯하다.

"선생님! 학기 초에 '나의 소개서'에 써낸 취미를 바꿔주세요."

"취미가 '사행성 게임'이 뭐냐? '컴퓨터 다루기'라고 바꿔서 생활기록부에 올렸다. 그 얘기 하려고 바쁜 일급 정교사를 불렀냐?"

"그게 아니고요, 하여튼 컴퓨터 말고요, '효도'라고 적어주세요."

"10년 전 초등학교 때나 '부모님 심부름하기' 같은 취미가 있었지, 이젠 그런 취미 다 사라졌어. '선량 시민 골 때리기'라면 몰라도."

곁에서 키득거리던 김쓰레기가 장오토를 거들면서 장광설을 늘어놓는다.

"얘네 아빠가 경찰이잖아요. 근데 요번에 표창장 받았어요. 그 표창장 오토가 만들어준 거예요."

"새끼, 니들 또 오토바이 훔쳤지?"

"어찌 알았어요. 돌려줬어요, 하루 만에."

"어떻게? 훔친 자리에 다시 끌어다가 놨냐? 그러다 정말 은팔찌 쌍으로 찬다."

"요번엔 시장님 아들 걸 훔쳤어요. 비싼 거예요. 승용차 한 대 값도 더 되는 걸 지게차에 실어다가 감춰놨어요."

"니들 공범이구나. 신 형사한테 전화해야겠다, 새끼들! 이제 담임까지 공범 장물아비로 만들려고 작정을 했구나. 일급 정교사 되려고 여름내 땀띠에 파우더 바르며 수도 생활 했는데, 꼴통들 만나서 사제동행으로 수갑 차게 생겼네."

장오토가 난감한 표정을 짓다가 덧니를 드러내며 웃는다.

"선생님, 요번에 진급 못 하면 아버지는 옷 벗어야 한대요. 그러면서 은근히 나를 바라봐요. 내가 아는 동네 똘마니들 가동하라는 거죠. 그래서 청소년들한테 담배 파는 슈퍼도 알려주고, 날라리들이 들락거리는 모텔도 알려줘서 대충 넘어갔는데, 요번엔 좀 센 걸 요구하는 눈치더라고요."

"그래서 시장 아드님 오토바이를 훔치고 숨겨놓은 델 아버지에게 알려줬냐?"

"네, 아버지가 용돈으로 10만 원 주셔서 어제 쓰레기랑 한잔 빨았죠. 쌤도 부를걸."

김쓰레기가 배를 살살 문지른다. 이건 학생이 아니고 원수다. 무조건 퇴학감이다. 그런데 그게 안 된다. 담임을 맡으면 우리 반 아이들은 다 용서가 된다. 삼류 교사가 된다. 이 지독한 편파 판정! 편애가 진정한 사랑이라고 혀를 차며 교무실로 간다. 근데 왜 이리 행복하지? 자꾸 웃음이 삐져나온다.

"선생님, 그러니까 취미를 꼭 효도로 바꿔주세요."

"알았다. 취미는 효도, 특기는 불효라고 당장 바꿔주마. 그리고

대학 갈 때, 선·효행 특별전형 추천서도 써주마. 근데 이제 그만해
라. 아버지한테 술맛 떨어지니 제발 정복 좀 벗고 나오시라고 전해
라. 이 오토레기들아, 이제부터 주례 볼 때까지 일절 상담은 없다.
알겠냐?"

글짓기 대표 선수

노란 깃대를 꽁무니에 매단 삼천리 자전거가 바깥마당에 받쳐 있다. 면사무소 최 서기 아저씨가 온 게 분명하다. 빨간 글씨로 "병충해방제"라고 쓰인 깃발이 도열병 맞은 벼처럼 무더위에 푹 처져 있다. 마을 이장인 우리 아버지가 극진히 대접하는 최 서기 아저씨가 술기운 거나하게 웃는다. 아버지의 얼굴도 감나무 그늘, 홍시에 얻어맞은 삼베 밥보자기처럼 불콰하다.

"인사드려라. 너도 이젠 꿈을 크게 가져라. 아버지 봐라, 몇 년이나 마을 반장에 이장을 해도 절대 면사무소 공무원은 못 된다. 그게 왜냐? 난 선출직이고, 이분은 시험을 통과한 수재라 그런 거다. 너도 공부를 열심히 해서 이분이 면장님 할 때, 이분 밑에서 국가에 봉사할 맘을 굳혀라. 화가나 만화가나 다 굶어 죽기 십상이다. 구름 위에서 헛꿈 꾸는 놈은 해 뜨고 구름 개면 날바닥에 고꾸라져 이마빡이 수박처럼 박살 나는 거다. 아비 봐라. 의사가 꿈이었는데, 농사를 지으니께 평생 헛농사만 짓잖냐. 넌 농사꾼을 지도하는 농촌 지도소나 면사무소 공무원이 안성맞춤이다."

아버지의 장광설이 귀에 닿기도 전에, 돌확에 부딪힌 유리구슬처럼 외양간 옆 쥐구멍으로 튕겨 들어간다. 엊그제 아버지에게 박힌 가슴속 쇠 말뚝이 아프다.

"미술 선생님께서 미술대 진학반에 들어간다면 고등학교 3년 장학생으로 추천해주신대요." 아버지는 어느 학교냐고 묻지도 안 하셨다. 학교는 공립고와 신흥 사립고 둘뿐이었다. 아버지가 딱 한마디 하셨다. "읍내 동보극장 간판장이 젊더라." 화가는 밥 굶기 십상이니 때려치우라고 고함이라도 치셨으면 말뚝까지는 박히지 않았으리라.

아버지의 바람대로 공립고에 진학했다. 2학년으로 진급하면서부터는 문과, 이과, 상과로 나누어졌다. 나는 직업반이라 불리는 상과를 선택했다. 아버지에겐 읍내 제일은행에 취직하는 게 꿈이라고 설득했다. '병충해방제'보다는 '알뜰 적금'이 낫다고 판단하셨는지 고갤 끄덕이셨다. 상과에서의 며칠, '빵빵'이란 별명을 갖고 있던 김영영이가 찾아왔다. "넌, 공무원 시험 본다니까, 문과인 나랑 바꾸자. 일대일로 바꾸는 것만 허락해준대." 문과에서의 며칠, 이번엔 시력이 형편없는 박희선이란 벗이 찾아왔다. "야, 공무원 시험 보는 데는 문과, 이과 상관없어. 이과에서도 공무원 시험 필수과목은 다 배워. 난 눈이 안 좋아서 공대에 원서도 못 낸대" 하고는 학교 앞 '복성슈퍼'로 데려갔다. 아, 그 감칠맛 나는 쥐포! 쥐포 세 장 때문에 나는 이과로 바뀌었다. 3월 중순도 안 됐는데, 벌써 세 분의 담임 선생님을 만난다. 책도 세 번째 바꾼다. 주산부기에서 고전문학으로, 세계지리에서 물리화학으로.

조회 시간이었다. 화학 담당인 담임선생님이 지시 전달 끝에 반에서 글쓰기 선수를 한 명 뽑아야 한다고 했다. "대학 진학에 매진하는 너희들 모두 매달 한두 번씩 글짓기에 다 참석할 필요가 있겠나. 반 대표 한 명이 1년 봉사하기로 하자. 누가 글 잘 짓지?" 침묵이 흘렀다. 한참 뒤 분위기가 이상해서 고개를 들었다. 아이들이 나만 보고 있었다. 순간 반장 놈이 일어나서 한마디 쐐기를 박았다. "선생님, 정록이는 문과에서 왔습니다." 아이들이 안도의 숨을 내쉬며 환호성을 질렀다. "그렇지. 정록이가 우리 반 글짓기 대표 선수다!" 그 뒤로 나는 글짓기 공문에 따라 주제만 엇비슷하게 각종 글을 베껴 냈다.《교련》책의 끝 단원, '국난 극복의 길'! 이장 아버지 덕분에 공짜로 배달되던 〈농민신문〉의 사설과 〈새농민〉의 수많은 체험 수기! 물론 상을 탄 적은 한 번도 없다.

대학에서도 글짓기로 상을 탄 적이 한 번도 없다. 하지만, 그때

터득한 게 있다. 억지로 쓴 글에는 누구의 눈길도 머물지 않는다는 걸. 어찌어찌 등단을 하고 대학원을 다닐 때 문예창작과에서 시 창작을 강의한 적이 있다. 평가를 겸한 숙제 가운데에 자신이 좋아하는 시를 오십 편 이상 필사해서 내는 과제를 주었다. 물론 한 시인의 작품은 세 편 이하라는 단서 조항을 두었다. 되도록 사서 읽을 것도 권했다. 학생 수대로 멋진 선집이 완성되었다. 학생들에게 돌려주지 않았다. 머리맡에 두고 자주 읽었다. '왜 이럴까? 자신이 좋아하는 시와 자신이 쓰는 시가 같은 성향, 같은 수준이면 좋을 텐데.' 그 '거리 좁히기'가 곧 시인이 되는 지름길이라고 목청을 높였다. 학생들은 고개를 끄덕이지 않았다. 그 '거리 넓히기'가 '상상력'이며 '낯설게 하기'라고 생각하는 듯했다.

나는 타의에 의해 선수가 되었다가 서서히 체험으로 깨달은 것이고, 그들은 자발적인 선수가 되어 심사자의 눈에 띄는 그럴싸한 글을 지은 결과로 명문 K대학과 D대학의 문창과에 입학했기 때문이었다.

아, 내가 좋은 글은 남도 좋아한다. 남도 좋아하는 예쁜 여자를 따라다니다가, 어떻게든 그를 감동시키려고 시를 쓰기 시작한 나는 뼛속 깊이 그걸 안다. 다만 사랑하는 그 여자가 이해하는 언어, 진심이 담긴 영혼의 말을 참신하게 담아내야 한다. 세상 모든 독자는 가장 예쁘고 가장 아름다운 연인이기 때문이다.

나는 출발부터 '글짓기 대표 선수'였다.

선생님 고맙습니다

　나는 우리 반에서 가장 작다. 나이도 가장 어리다. 3학년이 되어 모두 10대의 문턱에 들어섰건만, 나는 아직도 여덟 살이다. 뭐 하려고 학교에 빨리 들어와서 구박과 설움으로 하루하루를 견디고 있단 말인가? 오늘도 혼자 청소한다. 요번 주 청소 담당 구역은 둘레 청소다. 추녀 밑에 깔아놓은 잔돌 사이에 분필과 껌 종이와 담배꽁초가 껴 있다. 함께 청소해야 하는 다섯 명은 벌써 달아나고 없다. 저번 주 쓰레기장 청소도 일주일 내내 혼자 했다. 뒷간 청소도 나 혼자 했다. 선행상은 내가 받아야 옳다. 6학년까지 이런 생활이 계속되리라. 그럼 선행상과 모범상만으로 방을 도배하고도 남으리라. 하지만 여태껏 한 번도 상을 받은 적이 없다. 개근상도, 학업 우수상도, 미술 실기 대회 장려상도 없다. 선행상도, 모범상도 청소도 안 하고 떠들기만 하는 반장과 부반장이 받는다. 의용소방대장 아들이 탄다. 아버지 따라 불구경 다닌 게 뭐 선행이라고 상을 준단 말인가? 불 한 번에 상 한 번이라니, 상 복이 터져서 곧 상복을 입으리라.
　오늘은 나도 도망칠까? 멀리 먹구름이 밀려온다. 바람이 심하다. 쓰레기장에서 휴지가 뭉텅이로 날아온다. 나도 모르겠다! 서둘러 집으로 뛴다. 먹구름이 더욱 낮게 몰려온다. 내 신발 속에서도 개구리들이 꽉꽉 울어댄다. 다음 날, 담임 선생님께서 추녀 밑 잔돌 위에 둘레 청소 당번을 무릎 꿇린다. 돌멩이 하나씩 물고 손을 든다. 둘레 청소를 하지 않아서 교장 선생님께 얼마나 혼이 났는지 일장 연설을 늘어놓는다. 너희들은 돼지 새끼라고 핏대를 세운다. 꼼짝 말고 벌 똑바로 받으라고 삿대질을 하더니 숙직실로 들어간다. 아이들이 기다렸다는 듯 툭툭 털고 일어나 집으로 간다. 내 뒤통수를 한 대씩 때리고 간다. 나도 도망칠까? 망설이다가 다시 돌멩이를 입에 문다. 이가 시리다. 꼬질꼬질한 런닝구 속으로 침이 질질 흐른다. 때가 부는지 가렵다. 몸이 배배 꼬일 때마다 무릎 아래 잔돌이 새로이 자리를 잡는다. 무릎뼈에서 멧돼지 덧니가 솟아오르는 듯하다. 이제 턱은 아무런 감각이 없다. 그만 도망갈까? 그간의 시간이 너무 아깝다. 곧 선생님이 나오시면서, '역시 너는 모범상감이야' 하며 내 머리를 쓰다듬으실 것만 같다. 날이 어둑해지면서 새들이 기왓장 속으로 파고든다. 토요일 오후라서 이제 아이들도 없다. 벌써 세 시간은 흐른 것 같다. 사실 손은 여러 번 내렸다가 올렸다. 무릎도 스무 번은 폈다가 다시 오므렸다. 그런데 돌멩이는 그대로 물고 있었다. 턱을 움직일 수가 없어서 뺄 수도 없었다.

하품을 내뿜으며 드디어 담임 선생님이 나오신다. 안경을 고쳐 쓰면서 나에게 다가온다. 어둠 속에서 하느님이 걸어오시는 것 같다. 신이 오실 때에는 분명 우리 담임 선생님처럼 슬리퍼를 신고 어스름에 오시리라. 선생님이 나를 한참 바라본다. 나도 한참을 올려다본다. 눈물범벅인 나와 마른침이 덕지덕지한 담임 선생님이 오래전에 헤어진 혈육을 만난 듯 서로 멍하니 바라본다. 드디어 신께서 한 말씀 날리신다. "병신! 아직도 이러고 있냐? 어서 집에 가! 어르신들 걱정하실 테니까, 놀다가 늦었다고 잘 빌고!"

난 울지 않는다. 발이 잘 펴지질 않는다. 침을 삼킬 수가 없다. 내리 사흘을 곯는다. 이가 아파서 그렇다고 거짓말한다. 다음 날, 선생님이 내 눈치를 본다. 나는 일주일간 청소 당번에서 면제된다. 투쟁한 바도 없이 딱 한 명, 담임만이 내 서열 아래가 된다. 간혹 사탕도 주고 건빵도 준다. 지나가다가 툭, 내 어깨를 친다.

그럭저럭 어슷비슷한 왕따의 역사를 6학년까지 걷는다.

중학교에 입학한다. 5월 15일, 스승에 대한 감사의 글짓기를 한다. 학교 전체 학생이 참가한다. 스승에 대한 감사의 일화가 없어서 미움과 증오의 글짓기를 한다. 내 생애 처음으로 입선이란 어마어마한 상을 받는다. 아마도 심사하신 국어 선생님이 상장 한 장으로 대신 사과한 거리라. 훌륭한 동료애다.

왕따의 설움과 혼자 놀기의 달인인 나는 스물둘에 선생이 되고, 스물여섯에 시인이 된다. 동시를 쓰고 동화를 쓴다. 그 옛날의 모든 그늘을 문학적 수련기라고 생각한다. 인간에 대한 사색기라고 마음먹는다. 나는 오늘도 아이들에게 청소를 시킨다. 그러고는 말한다. 청소 다 하면 알아서 돌아가도록. 청소는 양심을 닦는 거야! 나의 건망증이 치매로 달려가고 있음을 알기 때문이다.

저녁의 길이

새벽 첫차를 타고 출근하는 변 부장은 '저녁이 있는 삶'보다는 '아침이 있는 삶'을 살면 좋겠단다. 첫차를 타지 않아도 충분히 출근 시간을 맞출 수 있건만, 그는 늘 새벽 열차를 탄다. 그렇다고 매번 남들보다 먼저 출근하는 건 아니다. 불면증 때문이다. 밤새워 뒤척이다 새벽에 잠깐 눈을 붙이다 출근하니 열차 안에서 졸다가 하차 역을 자주 놓친다. 다시 올라오는 열차에서 졸다가 오르락내리락! 한번은 오후 2시에 출근한 적도 있다. "하차하기 3분 전이 가장 고역이야. 그때 잠이 들거든. 미리 서 있어도 허사야. 서서 잠들거든. 열차하고 마누라는 똑같아. 마지막 3분이 어려워." 듣고 있던 동료 직원들이 빙긋이 웃으며 어깨를 감싸준다. "힘내셔." 그의 남동생이 조직폭력배 중간 보스쯤이란 걸 다 안다. 맏형으로서 그 골칫덩어리를 치다꺼리하다가 사모님도, 변 부장도 불면증에 대인기피증이 걸린 것까지. 하여튼 그의 불행과는 달리 별명은 참 세련되다. 대학 전공에 맞춰 그의 별호는 '프랑스 지퍼'이다. 열차 타고 지퍼처럼 오르락내리락한다고 해서 붙여진 별명이다.

나도 1년 가까이 열차 통근을 한 적이 있다.

"와! 보리다."

깜짝 놀라서 잠에서 깼다. 하루 세 시간은 기차 안에서 보내게 된 것이다. 소지품이 많아졌다. 시집과 신문을 챙겼다. 안 가지고 다니던 손수건이며 휴지도 챙겼다. 얇은 잡지 한 권과 시작 노트도 가방에 디밀었다. 여행 다니듯 출퇴근하자고 내 마음의 걱정을 토닥여주었다. 동화 읽는 여행, 생각하는 여행, 시 쓰는 여행, 차창으로 펼쳐지는 대형 그림을 감상하는 여행, 매일 매 순간 색다른 그림을 전시하는 갤러리 여행!

기차는 6시 30분에 정확히 내 발등 앞에서 뽁, 문을 열어주었다. '이제부터 매일 열차 여행을 하는 거야.' 어깨를 으쓱 추켜올렸다. 아침 해가 정차 중인 화물열차의 짐칸 위로 솟아오르고 있었다. 그러나 객실에 들어온 나는 놀라지 않을 수 없었다. 승객들이 모두 잠에 빠져 있었던 것이다. 실신한 것처럼 늘어져 있는 사람들. 조금 전 함께 기차에 오른 사람들도 저마다 자리를 찾아가서 스르르 눈을 감았다. 겨울잠에 든 짐승처럼 몸을 작게 웅크리고 있었다. 멀리서 신문 뒤척이는 소리가 들려왔지만 신문도 곧 제 물결 소리를 접고 잠잠해졌다. 잠을 자는 게 아니라, 잠을 모시는 의식을 거행하는 것 같았다.

누에를 키우는 잠실에 들어가면 잠에 빠진 누에 사이에 잠 못 드는 누에들이 있다. 내 꼴이 그 누에를 닮은 것 같았다. 뽕잎은 벌써 앙상한 줄기를 드러냈는데 홀로 먹을 것을 향해 모가지를 흔들어대는 누에, 고치에 들기를 거부하는 비쩍 마른 누에, 번데기가 되는 것을 거부하는 누에. 나는 그 누에를 '철학하는 누에'라고 생각했다. 잠실에는 "사는 게 괴로운가?" 묻지도 않았는데 고개를 절레절레 흔드는 누에들이 있었다. 열차 칸 이쪽저쪽을 훑어보며 고개를 둘레둘레 흔들어보았다. '그래 나는 잠을 거부하는 누에가 되자.'

어느덧 통근을 시작한 지 스무날째가 되었다. 그간 시집 한 권과 동화책 반 권을 읽었다. 내내 잤기 때문이다. 잠을 거부하자던 누에는 참으로 쉽게 적응했다. '출퇴근하는 사람에게 가장 좋은 양식은 역시 잠이야.'

"와! 보리다."

나는 잠에서 깨어났다. 뒷자리 아주머니가 호들갑스럽게 차창 밖 보리밭의 황금 이삭 물결을 가리켰다. 아줌마의 옆자리에 앉아 있던 아저씨가 마른 입술을 열어 말을 이으셨다.

"보리는 뿌려만 놓으면 잘 자라는디, 농약을 치나? 제초제를 뿌리나? 계약재배라 정부가 싹 거둬가니께 값도 괜찮고. 겨울 논에다 심는 논보리도 있응께 말이여."

사투리가 섞여 있는 걸 보니 장항까지 가는 분인 듯싶었다.

내가 열차 통근을 하며 바랐던 것은 저런 것이었다. 놀라는 것과 엿듣는 것! 읽는 것과 엿보는 것! 그러나 잠과 피곤이 많은 것을 앗아갔다. 마음에 차곡차곡 쌓일 양식의 자리에 잠이 눌러앉았다. 아득한 잠결 속으로 기적 소리만 무채를 썰듯 지나갔다. 마음의 밥그릇에 들어오려던 아침 안개며 맑은 시 읽기도 아득하게 사라져갔다.

마음의 밥! 왜 모르겠는가? 마음은 사랑을 양식으로 삼고, 사랑은 설렘을 양식으로 삼고, 설렘은 눈길을 양식으로 삼고, 눈길은 손길을 양식으로 삼고, 손길은 발길을 양식으로 삼는다는 것을. 발길은 관심을 양식으로 삼고, 관심은 쏠림을 양식으로 삼고, 쏠림은 균형을 양식으로 삼고, 균형은 불안을 양식으로 삼는다는 것을. 그리하여 다시 마음은 불안을 양식으로 삼고, 그 불안은 잠을 양식으로 삼는다는 것을 말이다.

폐가에 남겨진 돌절구처럼 혼자서라도 오래갈 것 같은 마음아, 긴장하지 말자. 저 꽃들이 스르르 꽃잎을 놓듯, 상사초 이파리가 제 이파리를 장마에 내맡기듯, 그리하여 썩어 문드러진 자리에 상사화 꽃대를 뽑아 올리듯. 마음아, 꾸벅꾸벅 졸아라. 이제 한두 정거장 스쳐 지나가기도 하여라. 그리하여 종착역에 내려 허름한 여인숙에 들기도 하여라. 거기 낡은 쪽방에서 메고만 다니던 시집을 처음으로 펼쳐본들 어떠한가. 터벅터벅 첫차를 타고 오르다가, 아침마다 내가 서 있던 역의 빈자리를 물끄러미 바라보는 일도 좋지 않겠는가.

마음아! 저 햇살과 저 흐릿한 안개를 해장국처럼 들이켜라. 마음의 밥그릇아. 건널목 종소리처럼, 땡땡땡! 땡땡이도 치거라. 돌절구처럼 저 혼자 빗물 받아서 하늘을 떠먹는 마음아, 노른자 달덩이도, 흰자위 구름도 후룩후룩 잘 먹고 잘 살아라. 빈둥빈둥, 꾸벅꾸벅!

그래, 저녁이 있는 삶이다. 내가 잠자리에 들어야 별이 뜬다. 가난을 모시는 삶이다. 평화를 베개 삼는 삶이다. 아등바등을 푹 삶아 국수로 끓여 먹는 저녁이다. 아귀다툼을 들기름에 튀겨 막걸리를 모시는 저녁이다. 불안에 된장을 찍고 얼렁뚱땅에 새우젓을 발라 소주와 곁들이는 저녁이다. 삼인행(三人行)이면 필유아사(必有餓死)라. 세 사람이 가려면 반드시 굶어 죽는 놈이 있다. 그러므로 도토리묵 한 사발에 스무 사람이 모여서 모닥불을 지피는 저녁이다. "뭐니 뭐니 해도 혁명이 최고여. 혁명이란 게, 이름 바꾸는 거 아녀?" 서로 별명을 크게 불러주는 저녁이다. 잃어버린 건지, 빼앗긴 건지, 천천히 걸어보는 저녁이다.

저녁의 길이는 얼마나 긴가? 호주의 참사람 부족처럼 100절이나 되는 노래를 스무 명이 한 번씩 다 불러야만, 저녁은 밤이 되리라. 저녁을 다시 찾을 수만 있다면, 이제는 돌아와 밥상머리에 앉아 생선 가시를 바르는 아버지여. 냉장고나 세탁기 밑에 납작 끼어 있던 어머니여. 이제는 웃으며 윷가락을 던지고 소설을 읽는 어머니, 아버지여. 학원 가방 지퍼에 끼어 있는 우리 아들딸들, 그 '아메리카 지퍼'들에게 단추를 채워주는 저녁이다. 빈 지갑에서 없는 지폐를 세던 손이 주머니마다 그득한 웃음 보따리를 꺼내 젖을 물리는 저녁이다.

어디로 갔나? 어느 곳으로 떠나셨나? 두런두런 웅숭깊었던 할

아버지, 할머니의 말씀은. 사람의 얼굴에서 피던 꽃송이는. 집집이 그득했던 복(福) 자가 쓰인 숟가락은. 얕은 구름에 이부자리를 펼치고 밀짚 방석 위 두레 밥상을 굽어보던 배고픈 하느님은 어디로 가셨나? 매운 모깃불에 눈물 찔끔거리던 그 많던 별똥별 하느님은 어디로 떠나셨나?

　아! 수직의 욕망을 수평으로 뉘는 저녁이다. 저녁이 곧 하느님이다.

용욱이

"아들아, 동화 한 편 썼는데 읽어볼래?" 사흘이 지났는데도 감감 무소식이다. "동화 다 읽었냐?" "그거 책으로 내려고? 아빠는 그냥 시나 써." "왜? 만 원 줄게, 얘기해줘." "돈 때문에 말하는 거 아냐." "어서 말해. 받아 적을게." "아빠 동화에는 세 가지가 없어. 근데, 새로 나온 레고 사줄 거야?" "알았어. 인마!" "욕하지 마. 그럼 다시는 안 읽어줄 거야. 아빠 동화에는 악당, 모험, 용기가 없어! 그러니까 꽝이야."

말을 듣는 순간, 용욱이가 떠올랐다. 죽마고우인 용욱이는 악동 중의 악동이었다. 모질게 대하는 동네 형이나 어른치고 당하지 않은 사람이 없었다. 마당가 플라타너스가 지붕을 덮자, 용욱이 아버지가 중토막을 냈다. 톱질을 당하자 무섭게 잔가지가 돋아 거대한 초록 부채 모양이 되었다. 그 그늘에 평상이 놓였다. 낮에는 어른들이 앉아 계시고 밤에는 동네 처녀 총각이 모여들었다. 용욱이가 그냥 지나칠 리 없었다. 마디를 뚫은 대나무 대롱을 차고 초록 부채 속에 꼭꼭 숨어 있다가, 그 대나무 관에 조금씩 오줌을 눈 것이다. 농구공 하나로 아이들의 노동력을 착취하던 아저씨의 흰머리 위에 오줌 두 방울! 세 명의 총각과 연애하던 나팔바지 누나의 머리 위로 오줌 세 방울! 중학교 입학 기념이라며 수정 담배를 가르쳐준 뒤, 맨날 담배를 갈취하던 실크 와이셔츠 형에게 오줌 네 방울!

기와집 아저씨가 감나무 밑동에 탱자나무 가시를 둘러치자, 사다리를 타고 올라가 감나무에 똥 덩이를 발라놓았다. 똥 묻은 홍시가 검붉게 변했다. "감을 따야겠는걸." 탱자 울타리를 치우고 가지를 꺾자 철벅철벅 똥 덩어리가 떨어졌다. "이게 뭐여. 뭔 짐승이 감나무에 뒷간을 차렸댜?" 아저씨의 대머리에 똥 덩이가 덮쳤다.

우상의 비밀은 발설되지 않는다. 그는 언제나 정의로운 악당이고 모험가였다. 잘나가던 용욱이의 신발 가게도 IMF를 피해갈 수 없었다. 형도 백여 마리의 젖소와 농사채를 은행에 다 넘겨야 했다. 그때부터 그의 촉촉한 눈길이, 자신이 팔던 신발을 따라 낮고 좁은 골목길을 향하기 시작했다. 그는 지금 대전에서 도시락 가게를 운영한다. 무의탁 노인이나 형편이 어려운 아이들에게 도시락을 나눠준다. '제살미(제대로 살아가는 아름다운 사람들)'라는 연극 패를 만들어 악당 캐릭터를 열연한다. 간혹 텔레비전에도 출연한다.

다음 동화에는 악당과 모험과 용기가 득시글한 '용욱이'를 써야겠다.

노심초새

새총이 미끈하게 잘 만들어졌다. 소나무로 만든 새총은 모양새도 일품이지만 새총을 고눌 때마다 불에 달군 솔향기가 물씬 풍겨 좋았다. 솔새도 잡아봤고 까치도 구워 먹어봤다. 꿩은 몸통을 맞고도 그대로 날아가버렸다. 얼마나 기술을 더 갈고 닦아야 밤톨만 한 꿩의 머리통을 적중시킬 수 있을까? 하지만, 내가 정말 잡고 싶은 새는 노심초새이다. 이 노심초새와 한 번이라도 눈을 맞닥뜨리면 잠이 안 오고 가슴이 뛰고 혀끝이 마른다고 한다. 내 눈에는 왜, 그 새가 안 보일까? 할머니도 보고 어머니도 봤다는데, 얼마나 휘황찬란하면 모든 사람을 홀린단 말인가? 할머니마저도 홀린 것을 보면 사랑에 빠져야 볼 수 있다는 소쩍새도 아니고 원앙도 아니런만, 얼마나 수려한 외모로 울어대기에 어른들의 새벽잠을 앗아간단 말인가? 한번은 나도 그 새를 만날 양으로 잠 못 이루고 헛기침을 해대는 아버지처럼 이불 속에서 새벽을 기다린 적이 있었다. 그러나 헛일이었다. 오줌을 누려고 일어났을 때는 벌써 쇠죽가마가 끓는 아침이었다. 학교 갈 채비 안 하고 뭐 하냐고 엄니가 큰소리로 이불 속 어린 것들을 깨우고 있었다. 왜 우리는 밤 11시를 넘기지 못할까? 왜 노심초새는 꼭 새벽 두어 시가 지나야 꺼이꺼이 울며 사람

의 집으로 내려오는가? 노심초새는 낮에 어디에서 잠을 자나? 동
굴일까? 초롱산 꼭대기일까? 일본 놈들이 파놓은 금광 터널일까?
아침을 먹는 동안에도 궁금증이 머리에 그득하다. 아버지와 엄니
가 아침을 먹는 내내 한숨을 푹푹 쉬며 아무 말도 안 하는 걸 보면,
밤사이에 또 그놈의 노심초새가 다녀간 게 분명하다. 건넌방에서
주무시는 할머니가 아침을 안 먹겠다며 끙끙 앓아누우신 걸 보면
이놈의 노심초새가 한두 마리 날아온 게 아니다. 어떻게 이 노심초
새를 잡아서 구워 먹을까?

　이러다 보면 녀석들이 우리 초가집 추녀 밑에 진을 칠지 모를
일이다. 주머니에 꽂혀 있는 소나무 새총을 잠시 서랍에 넣어두고
커다란 밤나무 새총을 들고 다니리라. 머리맡에 두고 자다가 기어
코 놈의 머리통을 박살 내리라. 다짐하며 너무 세게 어금니를 무는
순간, 우두둑 차돌이 씹힌다. 차돌 부서지는 소리를 들었으련만 엄
니는 아무 말도 안 한다. 반주로 내놓은 소주 한 컵을 아버지께서
단숨에 들이켜신다. 조리로 뉘를 제대로 골라내질 않은 걸 보면 노
심초새한테 정신 줄을 빼앗긴 게 분명하다. 나는 도대체 언제 어른
이 된단 말인가? 장남이라지만, 아직 마른버짐 덕지덕지한 여덟 살

배기가 감당하기에는 힘에 부치는 새임에 틀림없다. 왜 녀석은 어른들에게만 날아와서 어른들의 가슴을 후벼 파먹는 것일까?

까치는 왜 밤새 사람들의 머리카락에 둥우리를 짓는단 말인가? 빡빡머리인 내게 까치가 찾아들 일은 없지만, 까치는 게으름뱅이의 머리칼만 좋아한다는 말을 담임선생님한테 들은 적 있다. 그때 덕진이가 벌떡 일어나 질문했다. "선생님, 우리 아버지와 할아버지는 세상에서 가장 부지런하십니다. 근데 아침마다 아버지와 할아버지는 까치집을 달고 일어나십니다. 그러니까 선생님 말씀은 틀린 거 같습니다. 게으른 사람이 아니라, 게으른 어린이라고 바꿔야할 것 같습니다." 우리는 손뼉을 쳤던가? 덕진이는 전체에서 1등을 놓친 적 없는 양계장집 아들이었다. 선생님 중에 덕진이네 계란을 안 드신 분이 없었다. "그렇구나. 선생님도 사람이라 더러 실수를 한단다. 역시 월간지 보는 덕진이는 언제나 바른말 대장이란 말이여. 근데 덕진아, 할 말 있으면 조용하게 일대일로 하는 게 예의다. 너희들은 얼굴만 있지만 어른들은 체면이란 게 있으니께 말이다." 덕진이가 알겠다고 고개를 끄덕였다. 하지만, 나머지 애들은 '체면이 뭐지?' 하면서 뜨악하니 서로를 둘러볼 뿐이다. '체면이란 게'

하지만 어른들만 드시는 무슨 국수쯤 되는가 보다 하고, 장난꾸러기 재오가 후루룩 쩝쩝 국수 삼키는 흉내를 냈다.

학교 갔다 오니 외양간이 텅 비어 있다. "소는 곧 다시 넣을 거여. 늙다리라 바꾼 거여. 곧 좋은 암송아지 한 마리 넣을 테니께, 내 송아지라고 생각하고 학교 갔다 오면 꼴 잘 베고 일요일마다 외양간 청소하는 거 잊으면 안 된다. 너도 이제 곧 아홉 살이여. 그 나이면 농사짓는 집안의 장남으로 밥값은 충분히 할 나이다."

다음 날 새벽, 엄니와 아버지의 말다툼 소리에 일찍 잠에서 깼다. 잘하면 노심초사를 볼 수 있겠는걸. 찢어진 문틈에다 뱁새눈을 갖다 댔다. 마당에 달빛이 그득했다. 술에 취한 아버지가 마루에 앉아 계셨다. "들어와서 얘기해요. 어머니 깨시겠어요. 그리고 애들 고단하게 자는 시간에 왜 자꾸 한 말 또 하고, 한 말 또 하고 그런대요."

"미안해. 암만해도 청녀울 밭을 팔아야겠어. 초가 다랭이 논도 팔고 말이여. 서울에서 핏덩어리 둘 데리고 제수씨가 내려온 지 두 해가 지났어. 형이 돼서 죽은 동생을 위해 집 한 칸도 못 지어주면 그게 인간이겠어. 나는 초가집에 살아도 제수씨하고 조카들에겐 기어코 기와집을 지어줄 거여."

　겨울 지나고 봄이 올 즈음, 선산 초입에 기와집이 한 채 들어섰다. 작은어머니와 사촌 동생들은 끝내 그 빨간 기와집으로 이사 오지 않았다. 아버지의 소주잔이 맥주잔으로 바뀌었다. 기와를 얹고 방구들을 놓을 때쯤, 작은어머니께서 절대 들어오지 않겠다고 통보해오셨다.

　그로부터 10여 년, 빨간 기와집은 산속에서 혼자 늙어갔다. 나도 무럭무럭 자라서 노심초새가 노심초사(勞心焦思)라는 말임을 깨우치는 나이가 됐다.

　우리 집 담장 아래로 내려온 그 빨간 기와는 나란히 누워 모래로 돌아가고 있다. 매년 봄이 오면 거기에서 세상 가장 서러운 빛으로 이끼가 돋는다. 노심초새의 깃털 빛으로.

나무는 참나무, 새는 참새

텃밭 두둑에 미루나무 한 그루가 있었다.

옆에 있던 감나무와 호두나무를 피해서 키를 끌어 올린 미루나무 우듬지에 해마다 새들이 둥우리를 틀었다. 토끼며 꿩은 잡는 사람이 임자였고, 두루미며 청둥오리도 몰래 잡아먹던 배고픈 시절이었다. 어른들은 대숲 머리에 그물을 쳐서 참새며 굴뚝새로 술안주 했다. 청년들은 속을 파낸 생콩에 '싸이나'라는 청산가리를 넣어 꿩과 비둘기를 잡아먹었다.

새 잡는 이야기 가운데, 우스갯소리 하나가 떠오른다. 늘 조무래기들 모아놓고 허풍을 떨던 동네 청년회장의 말이다.

"새 많이 잡고 싶지? 새 중에 어떤 새가 가장 맛있는 줄 아냐?"

"먹어본 새가 별로 없는데요."

"내가 백 종류는 먹어봤지. 기름 중의 기름은 참기름, 나무 중의 나무는 참나무, 그럼 새 중의 새는 뭐여? 그려, 참새가 가장 맛나. 내가 참새 잡는 쉬운 방법을 알려줄 테니까, 새 잡으면 반반 나눌래?"

"네. 백 마리 잡으면 쉰 마리 줄게요. 우리 동네 참새 씨가 다 마르겠네."

"그건 걱정 마. 윗동네 참새들이 또다시 몰려올 테니까."

"빨리 가르쳐주세요."

"단단히 약속한 거다. 방법은 둘이여. 그 하나는 마네킹 손이 필요해."

"마네킹이 뭔데요?"

"무식하긴. 양장점이나 옷 가게에 가면 사람하고 똑같이 생긴 인형이 있는데, 그 마네킹의 오른손이 필요해."

"그걸 우리가 어떻게 구해요."

"누나가 양장점 다니는 사람 있잖아. 손들어봐, 우리 처남!"

"처남은 또 뭐래요?"

"그건 몰라도 돼. 먼저 마네킹 손에 볍씨나 수수를 올려놓고 담장 뒤나 헛간에 숨어 있는 거여. 그럼 처음에는 새들이 마네킹 손이 사람 손하고 똑같이 생겼으니까 가까이 오질 안 해. 근데 하루 이틀 지나다 보면 사람 손이 움직이질 않거든. 얘들이 착각을 하는 거지. 아, 저게 바로 허수아비구나. 작년에 이미 허수아비를 놀려먹은 '몸의 기억'이란 게 있거든."

"너무 어려운 얘기는 하지 말아요. 그다음은요?"

"참새가 믿기 시작하면, 그때 진짜 손을 내미는 거여. 그 손에 참새가 와서 모이를 콕콕 쪼겠지. 그럼 재빨리 손가락을 웅크려서 잡으면 돼."

"와! 그런데 언제 열 마리, 쉰 마리를 잡아요."

"내가 두 가지 방법이 있다고 했잖아."

"나머지 방법은요?"

"이건 소주가 필요해. 정록이 너는 집에 항상 소주가 있지. 아버지가 중독자잖아."

"중독은 아니에요. 즐기시는 거지."

"먼저 쌀 한 됫박을 독한 소주에 하루쯤 담갔다가 그늘에 살짝 말려. 그걸 새벽 마당에 뿌려놔."

"왜 새벽에 뿌려요."

"새들이 밤새 굶었으니 출출하잖아. 배 속이 비어 있을 때 술에 잘 취하거든."

"아, 술 취한 새를 잡는 거군요."

"그려. 근데 술에 취해도 참새들이 다 날아가버리면 끝장이여. 그러니까 안 깐 땅콩 깍지를 쉰 개쯤 마당에 뿌려놓는 거여."

"왜 땅콩을 뿌린대요?"

"아이고, 바보들! 그건 베개여. 그래야 취한 참새들이 땅콩을 베고 잠에 떨어질 거 아니냐. 잠에 빠지면 빗자루로 쓸어 담기만 하면 돼."

그제야 아이들은 '또 당했구나' 하고, 입맛 다시던 침 자국 닦으며 자리를 털며 일어났다.

어른들의 술안주와 청년들의 밀렵 사이에서 침만 흘리던 조무래기들이 할 수 있는 일이라곤 새 둥우리에 기어올라 올무를 놓는 일뿐이었다. 어느 날 미루나무에 올라 올무를 놓았다. 둥우리 속에 알록달록한 새알이 네 개나 들어 있었다. 학교에 갔다 오면 목이 아프게 미루나무를 우러러보았다. 어미 새가 보이질 않았다. 둥우리에서 알을 품고 있을 때 확 채야 어미를 잡을 수 있는데 말이다. '올무 놓은 줄 어찌 알까? 새대가리는 짱돌이라는데.' 안타깝고 아쉬웠다. 새를 잡으면 진흙 구이를 해 먹어야겠다고 며칠을 침 흘렸는데 말이다. '올무를 잡아채보고 다시 나무에 오를까? 마냥 기다릴 수는 없잖아.' 심장이 뛰었다. 하지만 올무가 꼼짝 안 했다. 아마도 삭정이나 옹이에 걸린 것일 것이다. 다시 힘주어 잡아당겼다. 제법 묵직한 떨림이 손목에 느껴졌다. 픽 하고 바닥에 떨어진 것은 털도 안 난 새끼 세 마리였다. 올무가 둥지를 흔들자, 어미가 먹이를 물어온 줄 알고 목을 빼 울부짖다가 걸려든 것이었다. 그날 밤 잠이 오질 않았다. 남은 한 마리가 잘 자라서 하늘로 날아올랐는지는 기억에 없다. 자꾸만 어린 새들의 붉은 눈동자가 떠올랐다. 주름진 쌍꺼풀이 떠올랐다. 한동안 죄스러워서 미루나무를 올려다보지도 못했다.

소만을 지나 망종이 다가온다. 통도사 대웅전 옆 울타리에 써놓은 팻말이 떠오른다.

"새들의 산란기이니 조용히 해주십시오."

가슴우리

햇살이 언 땅을 들어 올리는 봄이다. 아버지께서 돌아가신 날도 입춘이었다. 어머니와 단둘이 누운 봄밤! 대화가 국수 토막처럼 뚝 뚝 끊긴다. 고드름 부서지는 소리도 없다. 개가 일찍 잠에 들었나, 적막하다. 봄밤의 적막은 눅눅하다. 먹먹한 어둠을 올려다본다. 사각 천장이 거대한 도토리묵 같다. 묵의 표면에 작은 기포 같은 게 반짝인다. 도토리묵의 젖은 눈빛을 읽을 길 없다. 작게 속삭이는 도토리묵의 말씀을 들을 수가 없다. 어머니가 전기장판 온도를 조금 높인다. 텔레비전을 켤까 하다가 리모컨을 머리맡 고구마 자루에 다시 올려놓는다. 멀리서 오토바이 소리가 난다. 점점 가까워져 온다. 신작로에서 우리 집 앞으로 이어진 마차 길로 들어선다. 대동 샘까지 왔다. 감나무 밑이다. 비닐하우스 곁이다. 부릉부릉 액셀을 당긴다. 빙빙 돈다. 말뚝에 묶인 발정 난 숫염소 꼴이다.

"누구래요?"

"남정네겠지."

"아는 사람이래요?"

"너도 아는 사람이여."

"왜 저런대요?"

"술 한잔하자고 저러지. 어미가 혼자 사니께…… 봄밤이잖아."

"좀 늦은 시간인데요. 불 켤까요?"

"내버려둬. 저러다 그냥 가."

"맨날 와요?"

"술이 떡이 돼서는 혼자 저러다가 제풀에 지쳐서 떠나. 담날 여기 왔다 간 줄도 몰라. 그냥 오는 거여."

"엄니를 좋아해서 오는 게 아니에요?"

"아녀. 진짜 좋아하는 과부는 따로 있어. 산양이란 동네에 나보다 어린 과부가 있어."

"근데 여기는 왜 와서 붕붕거린대요?"

"다 헛헛해서 그러지. 닭 대신 꿩! 꿩 대신 봉황!"

"바뀐 거 아니에요?"

"넌 어미가 닭이었으면 좋겠냐?"

"이왕 잠 놓친 거, 사랑 얘기 좀 해줘요."

"먼젓번에 다 얘기했잖아. 진짜 사랑은 편애라고."

"벌써 시로 써먹었어요. 그리고 그건 내리사랑이잖아요. 연애에 대해서 한 말씀 해줘요."

"내가 연애해봤냐. 중매결혼인데."

"그래도 엄니는 모르는 게 없잖아요."

"어미는 결혼하고 난 뒤에 연애란 걸 해봤다."

"엄니, 바람피웠어요?"

"미친놈, 내가 멋진 아버지 놔두고 눈이 삐었냐. 아버지 간수하기도 바빴는데."

"그럼 아버지랑 연애했어요?"

"그려. 결혼하고 나서야 사랑이 싹텄지. 중매결혼은 그래. 게다가 임신시켜놓고 입대해버렸으니, 독수공방에 얼마나 그립던지. 휴가 나오기만 기다렸지. 내가 그때 알았다."

"뭘요?"

"사랑을 하면 가슴팍에 짐승이 돌아다니고 귀에서 귀뚜라미 소리가 들린다는 걸 말이다. 귀가 젤 먼저 붉게 달아오르지. 귀에서 귀뚜라미 보일러가 팡팡 돌아가서 그런 거여. 그땐 생솔가지 땔 땐데, 벌써 그 회사는 알았는가 봐. 쩔쩔 끓는 방에서 사랑을 나누라고 보일러 이름을 그리 지었나?"

"어떤 짐승이 살아요?"

"모르긴 해도 황소 같아. 코끼리보다는 자발스럽고 원숭이보다는 점잖은 짐승, 말이나 소가 아닐까 싶어. 왜 소 키우는 데를 외양간이라고 하고 말 키우는 덴 마구간이라고 하지 않냐? 그럼 사랑하는 사람이 크는 데는 가슴간 아니었냐? 내가 이름을 붙여봤다."

"엄니 가슴간엔 누가 산대요?"

"난 죽어서도 아버지다. 그만한 멋쟁이가 없지. 술 조금 많이 먹고 먼저 저세상 간 거만 빼고는 흠잡을 데 없지. 술 취해서 농사일 안 하고 병치레 십수 년 한 거 빼고는 얼마나 멋졌냐?"

"그거 빼면 뭐가 남아요. 우리도 그런 얘기를 해요. 수업하고 업무만 없으면 선생 노릇 할 만한 거라고. 신문기자들도 그런대요. 취재와 기사 쓸 일만 없으면 기자가 최고라고. 농사꾼이 농사는 안 짓고 병원비로 기둥뿌리 뽑는데, 뭐가 멋지대요?"

"그런 데는 그럴 만한 속사정이 있는 거야. 사랑하면 그 눈물과 고통의 뿌리를 알게 되니까, 어떤 상황에서도 사랑이 식지 않고 끄느름하게 익어가는 거여. 꽃 좋은 것만 보고는 열매를 못 보는 거여. 난을 좋아하는 사람은 꽃만 예뻐하질 않아."

"그럼 엄니 허리가 자꾸 굽는 이유가 그 짐승이 커져서 그런 거

고만요? 가슴이 쪼그라드는 것도 그 짐승이 밤낮으로 쪽쪽 빨아먹
어 그렇고요?"

"그려. 근데 넌 다 가르쳐줘도 반밖에 몰라. 허리가 굽는 건 말이
여, 가슴간 울타리가 자꾸 허름해지니까 그 짐승이 달아날까 봐 그
려. 그리고 가슴간이 자꾸 식으니까 짐승이 추울 거 아니냐. 그래
허리를 구부려 감싸주려는 거지."

"그럼 쭈그렁 가슴은?"

"그건 보는 나도 속상하지. 그쪽은 미용이 첫째인데. 하긴, 그것
도 늘어져야 짐승 우리를 잘 감쌀 거 아니냐? 이만하면 내 농담 짓
거리가 막걸리잔처럼 찰람찰람하지?"

오토바이마저 떠난 봄밤이다. 어머니의 가슴우리에 어찌 아버지
만 있으랴. 어머니의 귀에 귀뚜라미가 우는가 보다. 귀를 베갯잇에
살포시 뉜다. 돌아누운 어머니의 등이 내 쪽으로 둥글다. 어머니
가슴속 짐승이 나를 보고파서 머리를 들이미는 것 같다. 고구마 자
루에 올려져 있던 리모컨이 방바닥으로 미끄러진다. 고구마에 싹
이 돋나 보다. 고구마의 가슴에도 뿔 좋은 짐승 한 마리씩 뛰어다
니는 봄밤이다.

6부

시가 안 써지면 나는
어머니 스케치북을 본다

시답잖았던 녀석이 엄마!
잇몸 내보이며 웃을 때까지

싸우지 말고 살아라
결혼하고 애 낳고 사는 게 별거냐
그늘 좋고 풍경 좋은 데다가
의자 몇 개 내놓는 거여

얼마큼 맑게 살아야
내 팻국물로
하늘 가까이 푸른 열매를 매달고
땅 위, 꽃그늘을 적실 수 있을까요

싱그럽고 반갑고 사랑스럽고 달콤하고 눈물겹고 흐뭇하고
뿌듯하고 근사하고 짜릿하고 감격스럽고 황홀하고
벅차다

눈에 넣어도
아프지 않은 것들 때문에, 운다

눈에 넣어도
아프지 않은 것들 때문에, 산다

작가의 말

사랑한 나머지,

태초에 빛이 있었습니다.

사랑한 나머지, 당신이 태어났습니다.

사랑한 나머지, 희망과 설렘과 얼싸안음과

시린 등과 어깨 울음이 태어났습니다.

사랑한 나머지, 노을과 편지봉투가 태어났습니다.

사랑한 나머지, 비밀과 질문이 태어났습니다.

사랑한 나머지, 나는 어쩔 수 없습니다.

2018년 초겨울,

이정록

시가 안 써지면 나는 시내버스를 탄다
ⓒ 이정록 2018

초판 1쇄 발행 2018년 12월 4일
초판 2쇄 발행 2019년 9월 30일

지은이 이정록
펴낸이 이상훈
편집인 김수영
본부장 정진항
문학팀 김준섭 정선재 김수아
마케팅 조재성 천용호 박신영 조은별 노유리
경영지원 이해돈 정혜진 이송이

펴낸곳 한겨레출판(주) www.hanibook.co.kr
등록 2006년 1월 4일 제313-2006-00003호
주소 서울시 마포구 창전로 70 (신수동) 화수목빌딩 5층
전화 02-6383-1602~3
팩스 02-6383-1610
대표메일 munhak@hanibook.co.kr

ISBN 979-11-6040-209-4   03810